革命烈士诗抄

(合订本)

萧三 主编

中国青年出版社

图书在版编目（CIP）数据

革命烈士诗抄 / 萧三主编 . —北京：中国青年出版社，2011.10
（2025.3 重印）
ISBN 978-7-5153-0280-5

Ⅰ.①革... Ⅱ.①萧... Ⅲ.①诗集—中国—现代 Ⅳ.① I226

中国版本图书馆 CIP 数据核字（2011）第 203973 号

本版责任编辑：叶施水　马福悦

出版发行：	中国青年出版社
社　　址：	北京市东城区东四十二条 21 号
网　　址：	www.cyp.com.cn
电子邮箱：	jdzz@cypg.cn
编辑中心：	010-57350406
营销中心：	010-57350370
经　　销：	新华书店
印　　刷：	山东新华印务有限公司
规　　格：	850mm×1168mm　1/32
印　　张：	14.625
插　　页：	1
字　　数：	350 千字
版　　次：	1959 年 4 月北京第 1 版　1962 年 6 月北京第 2 版 1989 年 12 月北京第 3 版　2011 年 11 月北京第 4 版
印　　次：	2025 年 3 月山东第 57 次印刷
印　　数：	1564171—1574170 册
定　　价：	39.00 元

如有印装质量问题，请凭购书发票与质检部联系调换
联系电话：010-57350337

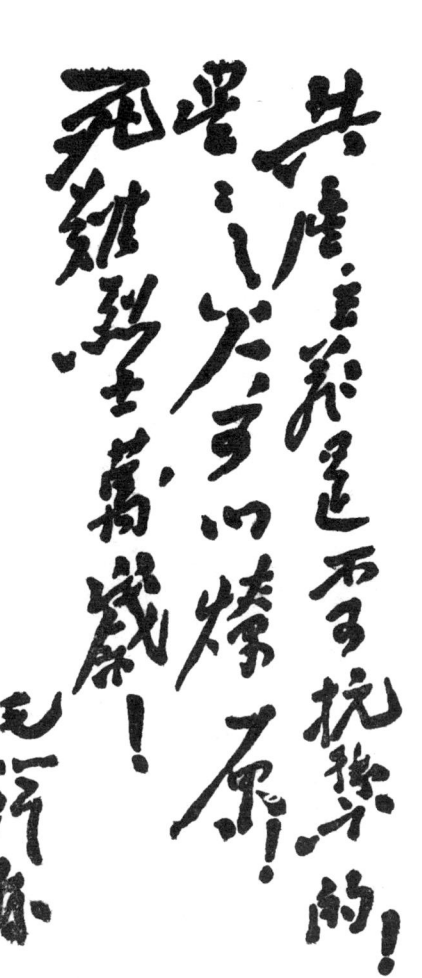

共产主义是不可抗拒的！

星星之火，可以燎原！

死难烈士万岁！

毛泽东

读革命烈士诗钞

战友音容永世违，
　门生业绩有光辉。
如闻謦欬精神振，
展诵遗篇识所归。

一九五九年三月

董必武敬题

门生一词见后汉书卷八十七刘陶传

革命烈士诗抄

谁能动手换人间,
非佛非仙非圣贤。
五四以来新历史,
光芒万丈此诗篇。

林伯渠 一九五九年
四月十八日

题革命烈士诗抄

郭沫若

中国青年出版社收集了党员烈士四十多位的遗诗，编成《革命烈士诗抄》，并详加注释。立刚铁韵，戟戟楷模。读罢潸然后题上。

血性文章血写成，
志人风格万年贞。
丹砂粉碎丹仍在，
铁链烧成铁愈铮。
龙战玄黄离旦赤，
鸡鸣风雨卒天晴。
颅颅换得金星五，
满地红旗众手擎。

一九五九年三月二日。

革命烈士诗抄

言炳丹青
德配天地
功昭日月
行作楷模

吴玉章 一九六一年
六月十一日

题革命烈士诗钞

句句是诗，
字字是血。
如游龙般矢矫。
如震雷般磅礴。
一歌兮水倒流，
再歌兮山断裂。
三歌四歌兮
红日东升
妖风消灭。
烈士的歌声长存，
人民的心头永热。

谢觉哉
一九六一年六月十二日

目　次

致读者（代序）……………………………………	001
再致读者（增订本序）………………………………	013
李大钊（六首）………………………………………	025
杨　超（一首）………………………………………	030
周文雍（一首）………………………………………	031
帅开甲（两行）………………………………………	032
欧阳梅生（一首）……………………………………	033
夏明翰（三首）………………………………………	034
刘绍南（二首）………………………………………	035
蔡济黄（一首）………………………………………	038
贺锦斋（九首）………………………………………	039
熊亨瀚（五首）………………………………………	045
占谷堂（一首）………………………………………	047
彭　湃（六首）………………………………………	048
罗学瓒（三首）………………………………………	052
张锦辉（三首）………………………………………	054
柔　石（二首）………………………………………	055
殷　夫（五首）………………………………………	063
欧阳立安（一首）……………………………………	073
恽代英（一首）………………………………………	074
蔡和森（一首）………………………………………	075
杨匏安（一首）………………………………………	077
曾　莱（四首）………………………………………	079

古公鲁（一首）……………………………………082
田位东（一首）……………………………………083
张剑珍（一首）……………………………………084
魏　嫄（一首）……………………………………085
赵博生（一首）……………………………………086
黄　励（一首）……………………………………087
邓中夏（三首）……………………………………088
吉鸿昌（二首）……………………………………091
许瑞芳（一首）……………………………………092
黄治峰（一首）……………………………………093
何叔衡（一首）……………………………………094
刘伯坚（三首）……………………………………095
方志敏（四首）……………………………………098
陈松山（一首）……………………………………102
雷开元（一首）……………………………………103
李天和（一首）……………………………………104
宣侠父（三首）……………………………………105
涂正坤（一首）……………………………………107
金方昌（两行）……………………………………108
萧次瞻（三首）……………………………………109
杨靖宇（二首）……………………………………111
吕大千（一首）……………………………………115
袁国平（一首）……………………………………116
何　斌（一首）……………………………………117
黄　诚（一首）……………………………………119
杨道生（一首）……………………………………120
陈法轼（一首）……………………………………121
刘铁之（一首）……………………………………122
王凌波（一首）……………………………………124

林基路（一首）	125
陈　辉（三首）	127
朱学勉（一首）	135
李少石（六首）	136
吕惠生（一首）	140
李兆麟（二首）	141
王若飞（两行）	147
黄齐生（二首）	148
叶　挺（一首）	151
关向应（一首）	153
罗世文（一首）	154
车耀先（四首）	155
续范亭（三首）	157
李贯慈（一首）	159
陈国桢（三首）	160
高　波（一首）	163
任　锐（二首）	164
余文涵（一首）	165
陈　然（一首）	166
许晓轩（二首）	167
何敬平（二首）	169
余祖胜（二首）	171
白深富（一首）	173
何雪松（一首）	175
蓝蒂裕（一首）	176
古承铄（四首）	177
沈迪群（二首）	180
蔡梦慰（一首）	181
刘振美（一首）	192

文　泽（一首）……………………………………………… 193
刘国铽（一首）……………………………………………… 196

续　编

序　言………………………………………………………… 199
王尽美（八首）……………………………………………… 204
李慰农（一首）……………………………………………… 207
萧朴生（一首）……………………………………………… 208
萧楚女（一首）……………………………………………… 210
孙炳文（一首）……………………………………………… 213
田波扬（四首）……………………………………………… 216
赵世炎（一首）……………………………………………… 218
帅开甲（三首）……………………………………………… 220
姚有光（一首）……………………………………………… 222
杨　超（一首）……………………………………………… 223
朱也赤（五首）……………………………………………… 224
袁玉冰（一首）……………………………………………… 226
邓雅声（八首）……………………………………………… 227
欧阳梅生（一首）…………………………………………… 230
王达强（七首）……………………………………………… 232
夏明翰（七首）……………………………………………… 237
汪石冥（四首）……………………………………………… 241
郭　亮（四首）……………………………………………… 243
陈逸群（四首）……………………………………………… 247
于方舟（十首）……………………………………………… 249
向警予（一首）……………………………………………… 253
刘象明（一首）……………………………………………… 254
贺锦斋（十六首）…………………………………………… 255

熊亨瀚（一首）……………………………………260
俞昌准（四首）……………………………………261
王幼安（一首）……………………………………265
赵天鹏（一首）……………………………………266
吴厚观（一首）……………………………………267
何挺颖（二首）……………………………………268
占谷堂（两句）……………………………………269
张傲寒（一首）……………………………………270
黄接舆（一首）……………………………………271
陈　昌（四首）……………………………………272
郭石泉（一首）……………………………………274
唐　克（二首）……………………………………275
张锦辉（一首）……………………………………276
陈毅安（一首）……………………………………277
蓝飞鹤（二首）……………………………………279
李司克（二首）……………………………………280
王干成（一首）……………………………………282
姚伯壎（二首）……………………………………284
龙大道（三首）……………………………………285
何孟雄（一首）……………………………………287
欧阳立安（一首）…………………………………288
邓恩铭（四首）……………………………………289
恽代英（三首）……………………………………291
周逸群（四首）……………………………………294
谭寿林（一首）……………………………………297
张剑珍（四首）……………………………………300
蔡和森（一首）……………………………………303
高文华（一首）……………………………………305
蔡上林（一首）……………………………………306

王金林（一首）……………………………………307
古宜权（一首）……………………………………308
梁建新（一首）……………………………………310
刘琦松（一首）……………………………………311
无名烈士（一首）…………………………………312
陈寿昌（一首）……………………………………313
吉鸿昌（一首）……………………………………314
王泰吉（十首）……………………………………315
聂永晖（一首）……………………………………319
刘自兴（一首）……………………………………320
杨和钧（二首）……………………………………322
阮啸仙（一首）……………………………………323
毛泽覃（一首）……………………………………324
何叔衡（一首）……………………………………325
瞿秋白（六首）……………………………………326
方维夏（四首）……………………………………341
方志敏（二首）……………………………………343
林　青（一首）……………………………………345
杨　旭（一首）……………………………………347
郭绍伯（一首）……………………………………348
李　飞（一首）……………………………………349
宋铁岩（五首）……………………………………350
吕大千（一首）……………………………………353
李延平（一首）……………………………………354
辛忠荩（三首）……………………………………355
杨靖宇（一首）……………………………………357
赵敬夫（一首）……………………………………359
萧次瞻（一首）……………………………………360
冯志刚（一首）……………………………………361

李　策（一首）	362
林正良（三首）	365
程晓村（七首）	367
吴建业（一首）	371
王凌波（八首）	374
陈法轼（四首）	379
蒲　风（三首）	381
郁达夫（五首）	385
鲁特夫拉·木塔里甫（六首）	390
王麓水（一首）	401
叶　挺（二首）	402
黄齐生（三首）	403
李公朴（一首）	405
闻一多（四首）	406
罗世文（八首）	410
杜斌丞（一首）	415
钱　毅（六首）	416
续范亭（三首）	418
卢志英（四首）	420
宋学芬（一首）	422
杨虎城（三首）	424
何雪松（二首）	426
蔡梦慰（三首）	428
宋绮云（一首）	436
许晓轩（一首）	437
黎又霖（四首）	438
余祖胜（三首）	440
周从化（两行）	444
古承铄（三首）	445

致读者(代序)

萧 三

成千成万的先烈,为着人民的利益,在我们的前头英勇地牺牲了,让我们高举起他们的旗帜,踏着他们的血迹前进吧!

——毛泽东:《论联合政府》

(1945年4月24日)

一

这本《革命烈士诗抄》,不是普通的"诗抄"或"诗集"。它的意义远远超过一般的诗文集。

它的作者很少是被称为诗人的。但是每一个作者——每一个革命烈士本身就是一篇无比壮丽、无比伟大的诗章。他们的战斗的生活、艰苦的工作,他们的崇高的人格、坚贞的操守,他们对于中国人民革命事业无限忠诚的赤心,都是可歌可泣、足以惊天地而动鬼神的最伟大的诗篇。正像一位殉难烈士所写的,他们"每一个人,每一段事迹,都如神话里的一般美丽,都是大时代乐章中的一个音节……"

"生的伟大,死的光荣"——这是我们伟大领袖毛主席为刘胡兰烈士墓所写的题词。可以说,这两句话,也是对一切为共产主义事业英勇牺牲的革命烈士的崇高赞誉。

殷夫烈士写过一首诗——《血字》，前三节的开头一句都是："血液写成的大字"。

是的，烈士们遗留下来的每字每句都是用自己的鲜血写出来的，它们不是寻常的"创作"。就因为这样，所以常言说的"诗如其人"，在这本诗抄里表现得最为明显，也最为光辉。

革命烈士们都是真正的、伟大的诗人。

革命烈士们的诗，都是雄壮的、响彻云霄的音乐。

笔者参加这本诗抄的编辑工作，得以重温和初读全部壮烈的诗篇，内心经常十分激动。我想起那些曾经认识和共同工作过的烈士们的英雄形象，以及那些虽然不曾认识，但是读了遗诗就在我的脑际巍然矗立起来的烈士们的英雄形象，每每不由得停下笔来，默默地向他们全体和一个个志哀，致敬！

我看见了，在一切反革命、反动派的极端残暴、极端凶恶，对共产党人和革命者施行极端野蛮的镇压、逮捕、监禁、刑罚、屠杀以及极端卑鄙的阴谋、收买、诱惑、挑拨之下，"中国共产党和中国人民并没有被吓倒，被征服，被杀绝。他们从地下爬起来，揩干净身上的血迹，掩埋好同伴的尸首，他们又继续战斗了"。（毛泽东：《论联合政府》）

我想起了，中国革命的胜利，真不是轻易得来的呵！我们今天的自由幸福生活，是无数烈士用生命和鲜血换来的。正如一九五七年四月八日《人民日报》的社论所说："中国革命胜利以前，中国共产党员和许多革命者，不怕杀头，不怕坐牢，他们离乡背井，东奔西走，不计名利，不图享受，惟一想到的是国家的存亡和人民的祸福。他们为了革命事业的胜利，英勇牺牲，艰苦奋斗，前面的人倒下去，后面的人跟上来，革命失败了，马上重整旗鼓，继续奋斗。"

他们，无数的革命烈士，有的留下了姓名或著作，更多的连姓名都没留下来。但是我们知道：没有土壤，泰山不能成其大；没有细流，河海不能就其深。灾难深重的中国人民的革命过程，是漫长而曲折、艰苦而残酷的过程。没有千千万万先烈的英勇牺牲，革命就不能胜利，约占人类四分之一的中国人民就不能站起来。

我又想起了毛泽东同志一九四五年六月十七日在延安中国革命死难烈士追悼大会上所说的：一切反动派的企图是想用屠杀的办法消灭革命，他们以为杀人越多革命的力量就会越小。但是和这种反动的主观愿望相反，事实是反动派杀人越多，革命的力量就越大，反动派就越要灭亡。这是一条不可抗拒的法则。

于是我听见：几乎所有的共产党员在就义前都慷慨高唱的《国际歌》声，都昂然高呼的"中国共产党万岁""中国人民解放万岁"的口号声。他们是怎样坚决地相信：自己的血是不会白流的，革命事业一定胜利，人民一定能够解放，社会主义——共产主义社会一定要实现。

李大钊同志生前在一篇文章里就曾坚定地预言："试看将来的环球，必是赤旗的世界。"

瞿秋白同志在赴难时的诀词中又说过："为中国革命而死是人生最大的光荣。"

当我每次背诵夏明翰同志就义时的四句绝笔诗——"砍头不要紧，只要主义真。杀了夏明翰，还有后来人！"都不禁低下头来向他深深地致敬，然后又立起身子愿做他所说的"后来人"。

我似乎永远听见杨超同志就义时高声朗诵的英雄壮语："满天风雪满天愁，革命何须怕断头？留得子胥豪气在，三年归报楚王仇！"我也似乎经常看见吉鸿昌同志在刑场地上用树枝写他的壮士豪言:"恨不抗日死,留作今日羞。国破尚如此,我何惜此头!"

方志敏同志在狱中写的《诗一首》具有雷霆万钧的力量:"敌人只能砍下我们的头颅,决不能动摇我们的信仰!"刘绍南同志在刑场上高唱的《壮烈歌》将永远响彻云霄:"……烈,豪杰!铡刀下,不变节,要杀就杀,要砍就砍,要我说党,我决不说。杀死我一人,革命杀不绝。"李少石同志的遗诗将永远激励后代:"不作寻常床箦死,英雄含笑上刑场。""生当忧患原应尔,死得成仁未足悲。""莫讶头颅轻一掷,解悬拯溺是吾徒。"吕惠生同志在狱中写的《留取丹心照汗青》表现了共产党人何等崇高的抱负:"忍看山河碎?愿将赤血流……八载坚心志,忠贞为国酬。且欣天破晓,竟死我何求!"陈然同志在狱中痛斥敌人时写的《自白书》又表现了共产党人何等坚贞的气节:"……对着死亡我放声大笑,魔鬼的宫殿在笑声中动摇;这就是我——一个共产党员的自白,高唱凯歌埋葬蒋家王朝。"

在这样英勇坚毅的共产党员的面前,敌人的一切残酷暴行只能加速自己的灭亡,而对共产党人的伟大理想一丝一毫也摧折不了!

叶挺同志在重庆狱中写过一首《囚歌》,诗的最后一句是:"我应该在烈火和热血中得到永生。"郭沫若同志说:"他的诗是用生命和血写成的。他的诗就是他自己。"——这两句话,可以作为每个革命烈士和他们所写的每一首诗的写照。

二

我们的烈士,中国共产党的优秀党员和非党的革命志士,每一位都抱着"已摈忧患寻常事,留得豪情做楚囚"(恽代英同志诗)、"头可断,肢可折,革命精神不可灭。志士头颅为党落,好汉身躯为群裂"（周文雍同志诗）的勇气和决心；都具备着"带镣长街行，志气愈轩昂"（刘伯坚同志诗）、"心志既坚实，苦汁甘如饴"（萧次瞻同志诗）的风格和品质；都表现了"任脚下响着沉重的铁镣，任你把皮鞭举得高高，我不需要什么自白，哪怕胸口对着带血的刺刀……"（陈然同志诗）的宁死不屈的磅礴气概。革命烈士们这种对党、对无产阶级、对人民革命事业的无限忠诚，真"像金子一般的亮，像金子一般的坚"（蔡梦慰同志诗），给我们全体党员、全体革命人民树立了万代楷模，已经做到了古人所说的"立德"——共产主义的最高道德。

他们，我们优秀的共产党员和非党的布尔什维克，在党的领导下，在各个岗位、各条战线上，同各色各样的敌人进行过英勇不懈的剧烈的斗争；唤醒了、组织了人民群众走向革命，把革命事业、历史车轮推向前进。他们具有"为了免除下一代的苦难，我们愿，愿把这牢底坐穿"的崇高抱负，终于使"工农齐解放"的事业得到了今天的胜利，他们又做到了古人说的"立功"——为人民立下了大功。

他们都做到了保尔·柯察金所说的——在死去的时候不因虚度年华而感到悔恨，因为烈士们的一生，已经贡献给世界上最壮丽的事业了。

此外，无数烈士还做到了古人所说的"立言"——他们留下了许多精辟感人的著作。例如李大钊同志的《守常文集》，蔡和森同志的通信和政治论文，瞿秋白同志的《瞿秋白文集》，彭湃同志的《农民运动日记》，邓中夏同志的《中国职工运动简史》，赵世炎同志在《政治生活》《向导》等党刊上所发表的许多文章，方志敏同志的《可爱的中国》《狱中纪实》等著作，以及恽代英同志和萧楚女、林育南、李求实诸同志为青年写的许多热情的文章，柔石、胡也频、冯铿等同志的作品，殷夫同志的诗文等。这些遗作，在中华人民共和国成立以后都已陆续出版或将要继续出版。它们对于我们青年一代——不仅青年一代——都有极其巨大的政治教育意义。这些革命烈士的遗著，是我国文化宝库的珍品，希望我们的出版界能广为收集出版，以供广大青年们阅读。

我们现在辑录在这本《诗抄》里的烈士遗作，只是目前初步收集到的一部分革命先烈的诗歌创作（而且如李大钊、殷夫、续范亭、陈辉诸同志的作品，也仅只选了他们全部诗作中一小部分），今后我们还将继续收集出版。

古人说："诗言志。"现代人常说：诗是真实感情的流露。的确，通过革命烈士的诗作，我们可以深切感到革命先烈们的伟大襟怀；这些诗，都是革命者的伟大心声。同时，诗歌又是最易传诵、最能动人心弦的。因此，许多烈士的诗作，虽然只有短短的几行，但读起来有时却比千行长诗更有力量，更能使人感动和受到鼓舞。

烈士们是知道自己的历史使命的。因此，他们也都深刻理解自己写诗作歌的使命。

李大钊同志写《在太平洋舟中作》《送幼蘅诗》，邓中夏同志写《新诗人的棒喝》，彭湃同志写《劳动节歌》，杨靖宇同志写《抗日联军第一路军歌》，李兆麟同志写《露营之歌》，涂正坤同志创作民谣……都是他们直接用自己的笔，创作了为当前政治服务的宣传鼓动的诗歌。

从小就写诗，后来成为革命诗人的殷夫同志，不愧为"历史的长子""海燕""时代的尖刺"（《血字》）。他的大部分诗歌都是

配合当前任务的。他是我们共产主义的、无产阶级的诗人。他有几句诗,很鲜明地表达了自己对诗歌创作的态度:

我们是青年的布尔塞维克,
一切——都是钢铁:
我们的头脑,
我们的语言,
我们的纪律!
——《我们是青年的布尔塞维克》

这几句诗,真可以作为青年读者们的座右铭。诗人把钢铁的语言和钢铁的头脑、钢铁的纪律并举,可见烈士对于写作是怎样的严肃而认真。

另一位青年诗人陈辉烈士也在他的《献诗》里写道:

人民就是上帝!
而我的歌呀,
它将是
伊甸园门前守卫者的枪支!

由此可见,烈士对于诗歌创作的意义看得怎样庄严而隆重。

这样的诗是战斗的诗。这样的诗人是战斗的诗人。他们首先是革命者——干革命工作,然后才是写诗。写诗也是为了革命工作的需要。他们首先是共产党员和革命家,然后才是诗人。写诗正表达了作为共产党员和革命者的他们的崇高理想。

三

我们目前收集到的革命烈士的诗歌遗著,还很不完全——这有待于逐渐发现、收集,有赖于后死者的我们和广大读者继续不断地收集。

但是,仅从这本《诗抄》——这块园地里,我们已经看到了万紫千红的盛景,看到了烈士诗作的高度政治价值和艺术价值,看到了各种各样的创作方法和风格:有现实主义的,有浪漫主义的,但都是无产阶级的革命现实主义和革命浪漫主义,而且许多是二者相结合的——在这方面也可以说是"百花齐放"。

我们大家都知道,烈士们自己都是深入生活的革命战士,和人民有密切的联系,都参加了火热的、剧烈的实际斗争。他们的诗作都写出了自己爱祖国、爱人民和对党忠诚的热烈感情,显示了他们豪迈磅礴的气魄、坚定不移的意志和对革命胜利的信心。这些诗作的思想性,无疑都是强烈的。它们的艺术技巧水平,虽然各个作者是不平衡的,但是应该指出:像李大钊同志忧时忧民的诗篇,是非常精炼纯熟的玉振金锵之作。像蔡和森、罗学瓒、刘伯坚、袁国平、李少石、吕惠生、续范亭、任锐、李贯慈、许晓轩……诸同志的旧体诗词,像恽代英同志在狱中写的一首七言绝句,罗世文同志临难时写的一首五言绝句,黄诚同志的七律二首,朱学勉同志的七律一首,以及萧次瞻同志狱中遗诗三首,陈法轼同志的五言律诗一首等作品,作者都掌握了相当熟练的技巧,可以看出,他们在我国古典诗词方面都是很有修养的。殷夫、刘绍南、方志敏、林基路、陈辉、叶挺、陈然、何敬平、蔡梦慰……诸同志的遗作都是新体诗，诗中也都饱含浓厚的诗意，可以说是琳琅满目。关向应同志仅存的一首《征途》，寥寥几句，就很形象而富有诗意。有些烈士既写旧体诗，又写新体诗。例如邓中夏同志的《过洞庭》（旧体诗），《新诗人的棒喝》《胜利》（新体诗）。由于诗中燃烧着炽烈的阶级感情，他们都写得很好。

瞿秋白同志生前热情地提倡文艺大众化，极力为劳动人民群众着想。他"坐而言，起而行"，自己写了一篇《东洋人出兵》的大众化长诗①，而且用普通话和上海话两种语文发表。由此可见，我们共产党人和职业的革命者从来就都不陷入资产阶级唯心主义"为艺术而艺术"的泥坑，而总是主张和实行为革命而艺术、为斗争而艺术的。秋白同志也写歌词，如《赤潮曲》，又善于利用民族的传统形式。他的《平津令》杂剧和旧体《无题》《王道诗话》又极尽讽刺的能事。

黄励同志仅存的一首歌《工人苦》，非常通俗。青年烈士欧阳立安同志的《天下洋楼什么人造》，也是利用旧形式写新内容。

使我们读者今天特别感兴趣的，还有广东女烈士张剑珍同志就义时唱的四句山歌："人人喊我共产嫲，死都呒嫁张九华！红白总要分胜负，白花谢了开红花！"和又一位广东农村女烈士就义时唱的一首山歌："又吹号筒又拿枪，咁多士兵来送丧，咁多官员做孝子，死到阴间心也凉。"

论诗体，这两首都接近民歌。这是很自然的，因为烈士本人就是劳动妇女。她们的语言非常朴素，然而很有气魄，坚强、豪爽，而且幽默。你读时，看得见革命烈士的态度从容、内心骄傲、

---

① 瞿秋白同志的遗诗已收入《革命烈士诗抄》续编中。

乐观无畏、视死如归的神情。

限于篇幅,我不能一篇篇地列举了。总之,无论旧体、新体、民间歌谣体、格律诗、自由诗,烈士们的遗著都是好诗,都可以反复吟味。鲁迅先生所说的:"根本问题是在作者可是一个'革命人',倘是的,则无论写的是什么事件,用的是什么材料,即都是'革命文学'。从喷泉里出来的都是水,从血管里出来的都是血。"在这里又得到了充分的证实。同时,就从这些诗章已经足够说明一个问题——目前我国诗歌界讨论的问题,那就是:诗的形式可以多样化,也必定会是多样化的,只要内容是革命的,任何形式、任何风格都可以运用和同时并存。

四

在每位革命烈士的遗诗后面,我们还附了烈士的事略。对于诗中涉及的某些史实和比较难解的词句,我们也做了一些注释,我们相信,这对青年读者当是有益处的。

我们的烈士们都是"十次苦刑犹骂贼,从容就义气如虹"(许晓轩同志诗)的英雄战士。他们坚信"红白总要分胜负,白花谢了红花开",因此他们无不充满革命的乐观主义精神,并且自豪地蔑视敌人:"砍头枪毙,告老还乡;严刑拷打,便饭家常。"林基路同志在这篇《囚徒歌》的末句说:"洒我们的鲜血,染成红旗,万载飘扬!"李贯慈同志在《哭辽东》中说:"男儿一副好身手,拼将热血洒神州。"正是烈士们的鲜血染红了我们的五星红旗,灌溉了我们神圣的国土,灌溉了社会主义——共产主义的鲜花,使得今天在我们的国土上——我们祖国的万花园里能够百花盛开,并且要结出社会主义——共产主义的美果来。

年仅二十四岁就英勇牺牲了的陈辉烈士曾经写道:

> 也许吧,
>
> 我的歌声明天不幸停止,
>
> 我的生命
>
> 被敌人撕碎,
>
> 然而,
>
> 我的血肉呵,
>
> 它将
>
> 化作芬芳的花朵,
>
> 开在你的路上。
>
> ——《献诗——为伊甸园而歌》
>
> 祖国呵,
>
> 在埋着我的骨骼的黄土堆上,
>
> 也将有爱情的花儿生长。
>
> ——《为祖国而歌》

是的,烈士同志们!全中国的每条路上、每堆土上,今天都生长着无数鲜艳的爱情的花、幸福的花、自由的花。让烈士们安息吧!我们永远纪念他们,向他们学习。在党和毛主席的领导下,在烈士们的鼓舞下,我们应当更加鼓足干劲,艰苦奋斗,来建设我们伟大的美丽的祖国,以继承烈士们未竟的遗志。正如殷夫烈士所写的:

让死的死去吧!
他们的血并不白流,
……
他们尽了责任,
我们还要抖擞。

　　让我们全党全民同心同德、团结一致,按照党中央和毛主席所指示的方向,逐步实现近百年来中国志士仁人们的伟大理想、革命先烈们的伟大理想,保卫我们得来不易的革命果实,保卫我们人民的自由幸福,建设我们伟大的社会主义祖国,直到实现共产主义社会;让我们团结全世界的人民,坚决反对帝国主义、殖民主义,支援一切被压迫者的民族解放斗争和人民革命斗争,保卫世界和平,使全世界受压迫受剥削的民族和人民都获得独立、解放、自由、民主、和平和幸福!

1959 年 3 月 14 日,北京

再致读者（增订本序）

萧 三

当我们回顾四十年历史的时候，我们对于为共产主义事业和中国人民解放事业而牺牲的光荣的先烈们，表示崇高的敬意。他们之中，许多是共产党员，许多是劳动人民，许多是党外人士。他们在斗争中，流尽了自己的鲜血，献出了自己的生命。他们是永垂不朽的！

——刘少奇：在庆祝中国共产党成立四十周年大会上的讲话

（1961年6月30日）

我一次又一次地怀着沉痛悼念的心情和极大的尊敬，细读了截至目前所能收集到的中国人民革命的烈士们用鲜血和生命写成的诗篇，并阅读了全部烈士们的传略，我内心更加激动，感受更加强烈，更加爱好这些诗作。革命烈士同志们的形象在我的脑海里显得更加伟大，更加崇高了。

《革命烈士诗抄》一九五九年四月在北京一出版，立即受到广大读者的热烈欢迎。（第一次印刷了十万册，不到半月就被争购一空。七八月又增印了三十二万册。为了满足读者的需要，东北、西南各地都先后翻印了这本书。据不完全的统计，一年之内总共印行了六十多万本，但仍然供不应求。此外，广播、电视、各种集会上……都经常朗诵烈士们的这些遗著。）许多读者纷纷来信述说自己读了这本书所受到的鼓励和感动。他们认为，读了这些诗文，是受到了最严肃、最深刻的阶级教育和政治思想教育。他们愿意向烈士们学习，为继承烈士们的事业而奋斗。不少读者都这样表示，读了这本书之后，不禁对自己提出一连串的问题：你经受过烈士们所曾经受过的锻炼和考验么？你的年龄比烈士为革命而英勇牺牲的时候的年龄，或者更小些，或者更大一些，但是你为党为人民所做的事业，能比得上烈士所做过的几分之几么？在解放胜利的今天，假如不奋发努力学习和工作，积极参加祖国的社会主义建设，并支持世界各国还处在被压迫、被奴役状态人民的解放斗争，你不会觉得有愧于革命先驱者的血么？你能不下定决心，从此以后更加振作起来，急起直追，勤勤恳恳，老老实实，听党的话，站在自己的岗位上，为人民服务得更多一点和更好一些么？

读者们的这种表示和对改进这本书的宝贵意见，特别是一些革命前辈和烈士亲友纷纷来信，陆续提供了不少新发现的烈士遗作和事迹，使我们得以把这本《诗抄》重编增订，成为现在的样子第二次出版。对同志们的热忱鼓励和宝贵帮助，谨代表广大读者和我们编者，表示衷心的深深的感谢！

我们感谢董老、郭老、吴老、谢老为《诗抄》题了诚挚动人的诗句，等于为本书写了序言。

《诗抄》第一次出版之后不久，曾经热情地为之题诗的林老去世了。我们永远记得他的诗句："谁能动手换人间？非佛非仙非圣贤。"读了这两句诗，使人联想起《国际歌》中的"从来就没有什么救世主，也不靠神仙皇帝。要创造人类幸福，全靠我们自己！"

我们在这里沉痛地纪念这位革命老前辈、共产主义战士。

熊瑾玎老同志除提供了王凌波同志和何叔衡同志的亲属寄给他的何老的遗作之外,还曾作《读革命烈士诗抄》律诗两首,可说是语重心长,特抄在这里:

其一:
诗抄连日展晴窗,读罢频添泪万行。
粉骨碎身心似铁,吊民伐罪笔如枪。
忧时字字皆悲愤,唤众篇篇最激昂。
躯壳纵填沟壑去,精神犹在海天张!

其二:
河山节次换新装,饮水思源岂可忘?
领导必须由我党,斗争方得挫强梁。
人民跃进心无二,先烈牺牲志已偿。
珍重一声安息吧,遗篇不断放奇光!

这次增订出版的《诗抄》比初版时增加了五十位烈士的一〇二首诗,其中包括蔡和森、何叔衡、罗学瓒、王若飞等这些很早的中国共产主义战士的遗作和中华人民共和国成立前夕被美帝国主义者和国民党反动派成批屠杀的青年烈士的诗句。此外,还增补了先烈彭湃等的诗作。

我们觉得遗憾的是,还有许多革命烈士的遗诗没有收集到。像向警予、姜梦周、萧楚女、林育南、张浩(林育英)、刘志丹、左权等同志,我们或者明知其有诗,或者揣想其一定写过诗歌的,但直到现在还没有发现真迹;而如蔡和森、恽代英……诸同志每人只留存了一首,虽则我们明知其写过多首,例如恽代英同志在狱中就曾写过革命歌曲一首,七言、五言旧体诗各一首,但现在仅看到一首七言绝句。这都有待于将来继续征求收集。

　　这次《诗抄》的增订本,除增加了许多烈士诗作外,对初版也做了某些调整。书的版型比初版大了些。根据读者的要求,增加了一些插图。感谢我国著名木刻家李桦、古元、彦涵三位同志热情地为本书创作了李大钊、蔡和森、彭湃、邓中夏、方志敏、王若飞、叶挺等烈士的肖像,使读者由此而对烈士感到倍加亲切。

　　《诗抄》增订本里新补入的一些宝贵遗作,和原来收集到的许多珍贵诗篇一样,使读者体会到革命烈士为国为民的赤胆忠心,意气风发、力图上进的远大抱负,坚忍不拔的革命意志和愿为革命事业粉身碎骨的壮志雄心。蔡和森同志《少年行》中的"忠诚印寸心,浩然充两间。虽无鲁阳戈,庶几挽狂澜。凭舟衡国变,意志鼓黎元";罗学瓒同志《自勉》里的"何言乎富贵,赤胆为将来",《咏怀》里的"倾洋涤宇宙,重建此乾坤",《随感》里的"开怀天下事,不言家与身……奋我匣中剑,斩此冤孽根!立志在匡时,欲为国之英"等句,都表现了他们在青年时代就有救国救民的抱负,不同于庸庸碌碌、醉生梦死的凡夫俗子。这种爱国和上进的精神是足以供我们今天的青年效法的。

　　革命烈士光辉的遗著都具有使顽者振、懦者立的力量。我们在本书第一版时《致读者》(代序)里已经引用过不少这样的诗行——现在已经成为人人爱诵的名句。从新增补的烈士遗诗里,我常爱朗读我国最早的无产阶级革命作家柔石写的一首诗里这样坚决的句子——誓言:

呵！战！
剜心也不变！
砍首也不变！
只愿锦绣的山河，
还我锦绣的面！
呵！战！
努力冲锋，
战！

诗末注明写作的日期是"1925年7月8日夜"。一九三一年二月七日柔石同志被国民党秘密杀害，身中十弹（见鲁迅写的《柔石小传》）。

我也非常喜欢熊亨瀚烈士的豪情壮志、气势磅礴的诗：

昨夜洞庭月，今宵汉口风。
明朝何处去？豪唱大江东！

——《途中》

大地春如海，男儿国是家。
龙灯花鼓夜，长剑走天涯。

——《客中过上元节》

他的《亡命》七言律诗里的"蹈火归来又赴汤，只身亡命是家常……风尘小憩田夫舍，索得浓茶作胆尝"和《亡命彭泽》七言绝句里的"一舟风雨寻常事，曾自枪林闯阵来"，都是很豪放的句子。

烈士们坚贞的革命意志见于王若飞同志的两句诗中:

死里逃生唯斗争,铁窗难锁钢铁心!

《王若飞在狱中》这本书已经成为广大青年手中最珍贵的读物之一。这两句诗是他在狱中为鼓励同志而作的短文《生活在微笑》的结语。诗虽只两句,却具有雷霆万钧的力量——因此我们把这两句作为"一首"编入这本诗抄。

若飞同志经常用诗对狱中难友进行政治气节教育。一次,他给狱中同志写秘密信,开头便引了明代于谦的一首焚石灰诗:"千锤万击出深山,烈火焚烧若等闲。粉骨碎身全不顾,只留清白在人间。"若飞同志富有才华,生平为文,无不淋漓痛快,所作诗词也不少,但可惜全部损失了,仅留得两句诗和一首歌,这实在是一大憾事!

仅只两句诗但含有巨大力量的,还有下面两个例子:

第一次国内革命战争失败后壮烈牺牲的江西帅开甲烈士临刑前写道:

记取章江门外血,他年化作杜鹃红。

一个普通的共产党员,年仅十九岁就英勇牺牲了的金方昌烈士,被敌人打断了胳膊……他忍住巨大的痛苦,用手指蘸血在墙上写道:

严刑利诱奈我何,领首流泪非丈夫!

这种威武不屈、慷慨赴义的革命英雄气概，也屡见于其他烈士的诗句，如熊亨瀚烈士写的："吾道终当行九域，慷慨以身相许"，"忧国耻为睁眼瞎，挺身甘上断头台"。如陈法轼烈士的："磊落生平事，临刑无点愁。壮怀犹未折，热血拼将流。""慷慨为新鬼，从容作死囚。"陈辉烈士的："英雄抛碧血，化为红杜鹃。"车耀先烈士的："愿以我血献后土，换得神州永太平。"李贯慈烈士的："男儿一副好身手，拼将热血洒神州。"余文涵同志的："无限苍生无限仇，个人生死何足论。"何敬平同志的《把牢底坐穿》："……为了免除下一代的苦难，我们愿，愿把这牢底坐穿！"和他同监狱同时牺牲的蔡梦慰同志写的《黑牢诗篇》里也有几乎完全同样的两句，这都表达了烈士们自我牺牲、坚定不移的革命信念。

和本书初版时所收集的诗作一样，这次增补的许多烈士的诗歌，也都是百花齐放、万紫千红。许多烈士的诗作不仅战斗性很强，艺术性也很高。初版出书后，不少读者认为，像陈辉同志确是出色的新诗人。他的诗集应该重版翻印。他的某些诗歌大有资格加入例如《中国新诗选》这类书中去。不幸，这位有才华的诗人在他二十四岁时就英勇牺牲了！

《诗抄》里不少诗歌具有民歌风格，例如共产党员、诗人和音乐家古承铄同志的《薪水是个大活宝》，像讽刺小品，像歌谣，又像快板，流利晓畅，宜乎烈士创作的很多这类作品，中华人民共和国成立前在群众中流传甚广。假如他不在这样年轻的时候就被反动派杀害了，他的创作活动，特别是作为讽刺作家，一定大有成就。这从我们这次选他的三首诗歌中就可看出。

年仅十五岁就牺牲了的张锦辉女烈士原是福建永定地区著名

的红色歌手,就义前她所唱的三首诗就是她平日善唱宣传歌的一个例子。

沈迪群同志的两首遗诗也富有民歌味。

初版时我们只收集了蔡梦慰烈士的一首诗,事后才发现,那只是他的《黑牢诗篇》长诗中的一章罢了。这次发表的这首全诗共五章,计二百三十行。全部读了之后觉得,作者显然还有言之未尽处。如果不是刽子手夺去了他的生命,我想,烈士必定会继续写下去的。即以已写成的五章二百数十行而论,里面有多少卓越的诗句呵!他描写黑牢里的种种,详尽而不琐屑,有行动,有形象,所以全诗很有力量。看,置身在监牢里的革命者是多么坚强和乐观呀:

从什么年代起,
监牢呵,便成了反抗者的栈房!

……你呀,光荣的胜利者,
在一点头、一摇首之间,
曾经历了怎样剧烈的战斗!

……紧咬着的嘴唇
——那是千百个战士的安全线呵!
用刺刀来切剖胸腹吧,
挖得出的——
也只有又热又红的心肝!

是呵，看一个人是否真正的共产主义者，是否真正的革命者，在他和阶级敌人作生死存亡斗争的严重关头尤其明显。我们的革命烈士们都是经得住考验的。

革命者虽置身在监狱里，仍然无时不在准备战斗。

> 像笼里的鹰
> 梳理着它的羽翼，
> 准备迎接那飞翔的日子……
> ……在铁窗里面，
> 无时不在磨砺着斗争的武器——
> 用黄泥搓成的粉笔，
> 在地板上写出了讲义，
> 你，是学生，也是教师，
> 　　卡尔、
> 　　恩格斯、
> 　　伊里奇、
> 　　约瑟夫
> 就像坐在身边，
> 同大家亲密地讲叙；
> 毛泽东的话呵，
> 　　又一遍在心里重新记忆，
> 　　再一遍在心里仔细温习。
>
> ……转动齿轮的，
> 挥舞锄锹的，

摇弄笔杆和舌头的；
趁着新建的花园完工之前，
你，向自己的弟兄，
赤裸出深藏的灵魂和躯体，
　　看哪里还有暗迹，
　　看哪里还有污点，
进入那圣洁芬芳的田园地呀，
谁，好意思带着一身垢腻！……

　　看，这不是一幅志士们在狱中坚持整风学习的图画么？现在在光天化日自由世界的人们，在参加"新建花园"的工作中，不更应该"又一遍在心里重新记忆，再一遍在心里仔细温习""毛泽东的话"么？

　　这次新补入的烈士诗作者，如何敬平、余祖胜、白深富、沈迪群、蔡梦慰、蓝蒂裕、古承铄、刘振美、文泽、刘国锜诸同志，都是临近解放时和其他许多同志被国民党屠杀的，牺牲时都很年轻。他们没有能活着迎接解放，非常可惜！在这些诗中表示了他们对于反动派身临末日却加倍残暴的无比痛恨，而又充满了胜利在望的信心和欢悦的心情。

　　　　总有一天，我们将
　　　　站在这个城堡上，
　　高声宣布：
　　太阳是我们的！

　　　　　　　　　　　　　　——余祖胜

黎明之前黑暗,

黑暗之中混乱,

世上总有阳光,

黑夜毕竟很短。

——古承铄

既已听见潮鸣了,

排山倒海的浪涛呀,

必然的,更接近了,

　　　更接近了呀……

——蔡梦慰

革命烈士们全都可以这样自豪地向人们大声宣告:

同志们,听吧!

像春雷爆炸的,

是人民解放军的炮声!

人民解放了,

人民胜利了!

我们——

没有玷污党的荣誉!

我们死而无愧!

这是刘国鋕烈士走赴刑场时在白公馆朗诵的诗句。

是的,烈士同志们一个个都是"生的伟大,死的光荣"。他们为党为人民奋斗一生，流尽了最后一滴血。他们没有偷生一日，他们死而无愧。

"你要学习写诗么？学习这样的诗歌吧！你要学习做人么？向这样的人学习吧！"——这是一位同志在读了这本《诗抄》第一版之后写给我们的信中的两句话，我愿意在这里向我们广大的读者重复这两句话。

1962 年 3 月 18 日

李大钊（六首）

李大钊（1889—1927）：河北乐亭人。中国共产党的创始人之一。新文化运动和五四爱国运动的直接组织者和领导者。对中国早期马克思主义的传播起过重要作用。1922年在中国共产党的第二次全国代表大会上被选为中央委员。曾任中共北方区委书记，领导了北方的工人运动和革命斗争。1927年4月6日，奉系军阀张作霖在帝国主义的指使下，逮捕了李大钊同志。在敌人的监狱里，大钊同志始终坚贞不屈，表现了共产主义战士的英雄气概。反动军阀竟不顾社会舆论和人民义愤，悍然下令于4月28日用绞刑杀害了李大钊同志。当时，在绞架面前，大钊同志作了最后一次演讲，宣传了共产主义必然胜利的真理，然后从容就义。遗著有《李大钊选集》等。

玉泉流贯颐和园墙根，潺潺有声，闻通三海。禁城等水，皆溯流于此。[1]

殿阁嵯峨接帝京，　阿房当日苦经营。[2]
只今犹听宫墙水，　耗尽民膏是此声。

乙卯残腊，由横滨搭法轮赴春申，在太平洋舟中作。[3]

浩渺水东流，　客心空太息。[4]
神州悲板荡，　丧乱安所极？[5]
八表正同昏，　一夫终窃国。[6]
黯黯五彩旗，　自兹少颜色。[7]
逆贼稽征讨，[8]　机势今已熟。

义声起云南，　鼓鼙动河北。[9]
绝域逢知交，　慷慨道胸臆。
中宵出江户，[10] 明月临幽黑。
鹏鸟将图南，　扶摇始张翼；[11]
一翔直冲天，　彼何畏荆棘？
相期吾少年，　匡时宜努力；
男儿尚雄飞，　机失不可得。

南天动乱，适将去国，忆天问军中。[12]

班生此去意何云？　破碎神州日已曛。[13]
去国徒深屈子恨，　靖氛空说岳家军。[14]
风尘河北音书断，　戎马江南羽檄纷。[15]
无限伤心劫后话，　连天烽火独思君。[16]

丙辰春，再至江户。幼蘅将返国，同人招至神田酒家小饮，风雨一楼，互有酬答。辞间均见风雨楼三字，相约再造神州后，筑高楼以作纪念，应名为神州风雨楼，遂本此意，口占一绝，并送幼蘅云。[17]

壮别天涯未许愁，　尽将离恨付东流。
何当痛饮黄龙府，[18] 高筑神州风雨楼。

幼蘅行未久,相无又去江户,作此送之。

逢君已恨晚, 此别又如何?
大陆龙蛇起, 江南风雨多。[19]
斯民正憔悴, 吾辈尚蹉跎。[20]
故国一回首, 谁堪返太和?[21]

题蒋卫平遗像

斯人气尚雄, 江流自千古。
碧血几春花, 零泪一抔土。[22]
不闻叱咤声, 但听呜咽水。[23]
夜夜空江头, 似有蛟龙起。[24]

1- 玉泉:北京西郊玉泉山上流下来的泉水。这股泉水流经颐和园。三海:指北京城内的中南海(即中海、南海)和北海而言。三海的水都是从玉泉流过来的。禁城:紫禁城,即故宫。
2- 殿阁:指颐和园内的宫殿楼阁。嵯峨:状高大。接帝京:跟北京城接近。阿房:秦始皇穷奢极侈建筑阿房宫,浪费了无数人力物力。这是指清末慈禧太后做寿时,把建设海军的经费拿去建筑颐和园,削弱了中日战争中中国的海军力量,这是当时中国在海战中溃败的原因之一。
3- 乙卯残腊:1915年的阴历年底。阴历十二月称腊月。当时作者为了进行讨袁运动,从日本横滨坐法国轮船回到上海,在回国途中作这首诗。
4- 浩渺:指水势的广大无边。太息:叹气。
5- 神州板荡:中国混乱。神州,指中国。"板"和"荡"是《诗经》两篇诗的名称,内容都感叹世乱,因此称世乱为板荡。丧乱安所极:祸乱怎样才停止?安所,何所。极,到尽头。1915年袁世凯勾结日本帝国主义,出卖中国主权,准备窃国称帝,故作者有此感叹。

6- 八表同昏:指全国陷在袁世凯的黑暗统治之下。八表,犹八方。一夫窃国:指袁世凯窃国称帝。一夫,为全民所唾弃的暴君。

7- 五彩旗:辛亥革命以后,建立"中华民国",当时的国旗用红黄蓝白黑五色。少颜色:失去光彩。

8- 逆贼:指袁世凯。稽征讨:稽迟讨伐,讨伐得太迟了。

9- 义声起云南:指蔡锷在云南起义讨袁。鼓鼙:军鼓,指袁世凯派兵去镇压起义。

10- 江户:在日本。作者是从江户转横滨回国的。

11- 鹏鸟:庄子的寓言说,大鹏鸟要飞到南海去,张开翅膀一直飞上九万里高空。扶摇:指大鹏鸟飞上去时所激起的旋风。这里表达出作者回国讨袁的冲天豪气,不怕一切困难。

12- 1916年春,南方各省为反对袁世凯,纷纷宣布独立。天问:即郭厚庵,作者友人。

13- 班生:指东汉班超。他曾投笔从戎,到西域去为国立功。这里用班生来指作者的朋友天问,问他这次投笔参军以后心情如何,夙愿能否顺利实现。日已曛:日落黄昏,指祖国在军阀统治下前途暗淡。

14- 屈子:指战国时爱国诗人屈原。当他曾被朝廷赶走,离开国都。这里借来说明作者自己抱着爱国之心,出国时对祖国的危亡不胜哀痛。靖氛:指平定战乱。岳家军:南宋岳飞统率的抗金军队英勇善战,当时人赞美道:"撼山易,撼岳家军难。"这是说,可惜当时在讨袁战争中,还缺少像岳家军那样强大坚定的武装力量。言下含有对友人的殷切期望。

15- 风尘河北:这是说北方已有战事,自己已经和朋友们音讯断绝。戎马:犹兵马。羽檄:军书。这是说江南的军事活动正在开展,消息纷纷传来。

16- 劫后话:劫,劫难,指当时袁世凯窃国所造成的灾难。劫后话,指将来战后碰见时的谈话,谈到当时战乱,无限伤心。连天烽火独思君:指在战火遍地的情况下怀念友人,希望友人有所作为。烽火,战火。

17- 丙辰:1916年。那时袁世凯已窃国称帝,作者在上年底回上海后,没有机会参加讨袁军,在春天又到日本。再造神州:指消灭袁世凯,重建中国。神州风雨楼:指重建中国后准备兴建的纪念胜利的建筑。《诗经》:"风雨如晦,鸡鸣不已。"指在时局黑暗中志士不停止地奋斗。口占一绝:随口吟成一首绝句。

18- 黄龙府:金国的京城,故城在今吉林省农安县。南宋初,金国侵占了黄河流域。岳飞在进军时,对部下将士说:"直捣黄龙,与诸君痛饮。"这里指消灭了窃国大盗袁世凯,痛饮祝捷。

19- 大陆:指中国。龙蛇起:指各地讨袁军的兴起。风雨多:指战事频繁。当时讨袁军和袁世凯的反动军队正在南方作战。

20- 斯民: 这里的人民。憔悴: 饥饿贫困。蹉跎: 指自己报国的志愿没有实现,有白白错过时机的感叹。

21- 太和: 太平。当时作者在日本,感叹祖国的军阀战乱,渴望祖国人民奋起旋转乾坤,使祖国回复太平。

22- 碧血: 周朝大夫苌弘,忠心于国,却被杀害。相传他的血三年后化为碧玉,后因称死难者的血为碧血。几春花: 言碧血化成几个春天的花。一抔土: 一捧土,指坟。

23- 叱咤声: 具有英雄气概的呼斥声。呜咽水: 发出呜咽声的流水。呜咽,含有对死者悲悼感叹的意味。

24- 蛟龙起: 蛟龙腾起。这是说,蒋卫平虽已牺牲,但他的英勇气概还像蛟龙腾起那样鼓舞着人心。蒋卫平,爱国志士,作者友人。1910年前后,在东北渡河时被反动派暗害。

杨　超（一首）

杨超（1904—1927）：江西德安人。1923年在南京东南大学附中读书时加入共产主义青年团，1925年在北京大学加入中国共产党。1926年由党派回江西担任中共江西省委委员，后赴德安担任中共县委书记。1927年4月蒋介石背叛革命，杨超同志曾经转往南昌、武昌、河南等地工作；10月，党任命他为特派员再回江西，不幸在九江被特务逮捕。1927年12月27日在南昌市德胜门外下沙窝牺牲。

就义诗[1]

满天风雪满天愁，　革命何须怕断头？
留得子胥豪气在，　三年归报楚王仇![2]

1- 这首诗，是杨超烈士就义时高声朗诵的。
2- 春秋时代，伍子胥的父亲和哥哥没有一点罪而被楚平王杀死。伍子胥逃到吴国，取得了吴王的信任，起兵打进楚国京城。当时楚平王已死，伍子胥掘墓鞭尸，报了杀害他父亲和哥哥的仇恨。这里是说革命必将获得胜利，烈士的鲜血绝对不会白流，具有英雄气概的革命同志一定会向敌人讨还血债的。

周文雍（一首）

周文雍：1927年12月广州起义时，曾任广州苏维埃劳动委员和工人赤卫队总指挥。1928年春，他和假称夫妻关系一起坚持地下工作的陈铁军同志同时被捕。以上这首慷慨激昂的诗，是文雍同志写在监狱的墙壁上的。在狱中，他们严词驳斥敌人的审问，使反动派张口结舌。就义时，态度从容，沿途高喊革命口号，高唱《国际歌》，感动得许多群众掩面哭泣。在刑场上，他们向群众作了最后一次演讲，陈铁军同志并当众宣布和周文雍同志结婚："让反动派的枪声，来作为我们结婚的礼炮吧！"他们同声高呼："同志们，永别了。望你们勇敢战斗！未来是属于我们的！"

绝笔诗

头可断，肢可折，

革命精神不可灭。

壮士头颅为党落，

好汉身躯为群裂。

帅开甲（两行）

帅开甲：江西永丰人。共产党员。能诗，擅书法。出身贫苦的农民家庭，幼年失怙。大革命前与永丰县著名烈士宋大勋等同志在永丰县建立党的组织。1927年大革命失败后被捕，英勇不屈，牺牲时至为壮烈。

记取章江门外血，
他年化作杜鹃红。

欧阳梅生(一首)

欧阳梅生(1895—1928):湖南湘潭人。1926年加入中国共产党。曾任湖南总工会秘书长、中共湖北省委秘书、中共汉阳县委委员。1928年初病逝。

试笔诗[1]

中国一团黑,　悲嚎不忍闻。

愿为刀下鬼,　换取真太平。

[1] 1924年中国正处在军阀混战时期,当时梅生同志虽然尚未成为一个共产主义者,但早就具有革命思想。有一次,他买了一支毛笔,在试笔的时候,发现笔杆上刻有"太平笔庄制"几个字,他忿然地说:"如今伸出手看不见五指,一片漆黑。有钱的打打杀杀,好像疯狗抢骨。中国这么大,没有半块地方是安静的,这叫做什么'太平'!"说罢就用刀将笔上"太平"两字刮掉,并且立时作了这首试笔诗。

夏明翰(三首)

夏明翰(1900—1928):湖南衡阳人。五四运动时,是衡阳学生联合会的领导者。1920年到长沙,从事爱国学生运动。1921年湖南自修大学成立,在自修大学学习马克思列宁主义,同时在党的领导下从事青运工作和工运工作。1925年以后,担任中共湖南省委委员。1927年,在武汉农运讲习所任秘书,"马日事变"后回湖南,担任中共湖南省委委员兼组织部长,旋调汉口任中共湖北省委委员。1928年2月8日被捕,次日即遭国民党反动派杀害。

就义诗

砍头不要紧, 只要主义真。
杀了夏明翰, 还有后来人。

金 鱼

鱼且能自由, 人却为囚徒。

童 谣

民家黑森森, 官家一片灯。
民家锅朝天, 官家吃汤丸。

刘绍南（二首）

刘绍南（1903—1928）：湖北洪湖人。1916年到武汉共进中学读书，1924年考入武汉中华大学。在武汉读书期间，他接受马克思列宁主义思想，1925年加入中国共产党。1928年，党派他到洪湖地区，曾任中国工农红军十六师政治部主任。1928年夏，红十六师挺进湘西，绍南同志留守洪湖，在与豪绅土匪反动武装的战斗中，不幸受伤被捕。1928年7月23日在洪湖县戴家场被反动派杀害。上面两首诗歌，据说是绍南同志在受审时和在刑场上高声歌唱的。

答敌人审问

大丈夫，要革命，
立志创造新社会；
为工农，谋幸福，
百折不挠气不馁。

你们杀了我一人，
好像明灯暂被狂风吹；
革命少了我一人，
好比大海丢了一滴水。

革命声势如浪涌，
一起一伏前后追，
浪打沙埋众贼子，

哪怕妖魔逞淫威。

白旗倒了红旗飘,
老子生死在这回,
走上前来不下跪,
贼子们,睁开眼睛看爷爷!

壮烈歌

壮,好汉!
铡刀下,把话讲:
土豪劣绅,一群狗党,
万恶滔天,刮民血汗。
休要太猖狂!
革命人,你杀不完。
有朝一日——
血要用血还。
刀放头上不胆寒,
英勇就义——
壮!壮!壮!

烈,豪杰!
铡刀下,不变节,
要杀就杀,要砍就砍,
要我说党,我决不说。

杀死我一人，
革命杀不绝。
直到流尽了——
最后一滴血，
眼睛哪肯把敌瞥！
宁死不屈——
烈！烈！烈！

蔡济黄(一首)

蔡济黄(1906—1928):湖北麻城人。1925年入党。1927年参加和组织黄麻农民秋收暴动,曾任中共麻城县委书记。1928年,蒋介石调兵向麻城一带围攻,蔡济黄同志不幸被捕牺牲。

明月照秋霜, 今朝还故乡;
留得头颅在, 雄心誓不降。

贺锦斋（九首）

贺锦斋（1896—1928）：湖南桑植人。第一次国内革命战争时期，曾在贺龙同志所率部队担任师长，1927年加入中国共产党。1928年贺龙同志回湘鄂西建立中国工农红军第四军，锦斋同志担任第一师师长。1928年9月在湖南石门泥沙战斗中牺牲。

浪淘沙[1]

我由广东回到上海，见反革命在各地屠杀工农群众，令人不胜悲忿；而美丽的上海，当时亦呈现了一片恐怖和凄凉的景象，因感而作此词，时1927年9月。

仰望蔚蓝天，
与水相连，
两岸花柳更鲜妍。
可惜一片好风景，
被匪摧残。

蒋匪太凶顽，
作恶多端，
屠杀工农血不干。
我辈应伸医国手，
重整河山。

同前调 [2]

1928年初,我在湖北藕池一带游击,闻毛泽东同志已在湘南组织农民起义,朱德同志亦收集散部由粤回湘,令人喜而不能成寐。

花好正含苞,
色胜鲜桃,
一遇春风即吐娇。
飞遍全球成硕果,
自信非遥。

反动命难逃,
挣扎徒劳,
革命巨浪比天高。
试看湘南与粤北,
滚滚波涛。

西江月

1928年秋由松滋撤退时,成千上万的农民,皆弃家随军移走,大有携民渡江之况,我心怆然有感。

为了消弭灾难,
只有拼死搏战。
遥望江北与江南,
满地洪水泛滥。

可怜人民千万,
个个妻离子散。
莫道重湖似海深,[3]
未抵冤仇一半。

随常兄回桑植原籍有感[4]

大地乌云掩太阳, 　一朝消散又重光。
忽闻各处人喧闹, 　胡子果然转故乡。[5]

其二
故乡匪势太凶顽, 　害得人民苦不堪。
拔苦须先除暴戾, 　此身誓把责承担。

在匪军四面包围中,深夜在大山中开会,准备反击,口占一首。

层层铁网逼周围, 　夜集深山雪满衣。
为党为民何惧死? 　宝刀要向贼头挥。

在胡芦壳险道上,拦击匪军龙博爱旅,口占二首。[6]

万弩千弓对寇仇, 　霎时大半变浮鸥。
一人怕死真堪笑, 　跌跪尘埃只磕头。[7]

其二

万众一心山可排,　战场从此向东开。[8]
眼前军实皆充备,　尽是光头远送来。[9]

澧源歌[10]

澧源之水清且凉,　蜿蜒漂荡入安乡。
两岸居民百余万,　世代勤苦事农桑。
大仓小廪堆谷米,　还有棉花运川康。
出产丰富衣食足,　人人鼓腹乐陶唐。[11]

哪知好景难再得,　一群鬼怪恣妖孽。
贪官污吏与豪绅,　彼此扭手相勾结。
抽税筹款征钱粮,　催租逼押夺田宅。
张三去了李四来,　暮暮朝朝无停歇。
新捐旧债紧纠缠,　一窝青菜连根掘。
门前鸡犬不闻声,　灶中烟火久断绝。
可怜广大劳动人,　难堪剥削与压迫;
弃家逃走走无途,　处处乌鸦一般黑。
到底何处可藏身?　恨天无梯地无穴!
心中忍受千般苦,　面面相对只悲咽。

自从南昌起了义,　澧源更招匪注意。
认为贺龙生其间,　定多革命潜伏力。
惟恐烈火发高烧,　吓得蒋匪心着急。

调遣大批强盗军, "剿共""溶共"更积极,
漫山遍野紧搜查, 硬将人民当仇敌。
头上套着红帽子, 诬为犯了滔天罪。
从早到晚乱抓人, 一杀二绑三关闭。
地上鲜血流成渠, 狱中冤囚挤破壁。
许多志士不怕死, 愿将肉身抗刀锯。
尤有一事更痛心, 婴儿也当纸撕碎。[12]
妇女不愿受奸污, 悬梁投河甘自缢。
眼见滨澧八九县, 山川改色人绝迹。
灾难实在比水深, 欲想排荡无良计。
也曾不断作斗争, 结果总是败下去。
常从事后追原因, 无人领导空叹息!
大家抬眼望贺龙, 只有他能吞魔魅。
党为人民谋解放, 必须靠他作领队。
党比父母恩德深, 定不使民遭陷溺。
果然派他远归来, 人人雄心高百倍。
一齐投入斗争场, 不辞生死与艰巨。
斗争可以求生存, 这点大家才明晰。
从此有党作领导, 我们事事都不惧。

我今写了澧源歌, 当作一篇讨匪檄。
蒋匪已经靠西山, 垂死挣扎也无济。
尚望万众一条心, 努力向前莫后退!
手执大刀和枪炮, 打遍湘鄂与赣豫。
要将全国大片土, 一块一块来"割据"。

前途障碍要荡平，　消灭敌人要干脆。
反动统治要推翻，　人民政权要建立。
党如旭日向东升，　霞光早已照大地。
人民忿火化怒潮，　任何力量难抵御。
革命到处发吼声，　势如暴风卷残絮。[13]
估计不到二十年，　定在京沪庆胜利。

1- 1927年8月，锦斋同志随贺龙同志参加南昌起义。1927年10月随军南下海陆丰后，在转移中与贺龙同志失去联系，乃乘船到上海找贺龙同志。这一首诗，即是当时写的。
2- 1927年11月，锦斋同志遵照贺龙同志指示，回洪湖、湘鄂西一带继续进行革命活动，在湖北藕池一带建立了游击队。
3- 重湖：指洞庭湖，古称洞庭为八百里重湖。
4- 1928年2月，贺龙同志回湖南桑植故乡组织革命武装，锦斋同志随同前往。贺龙同志本名文常，故诗中称为常兄。
5- 胡子：是当地人民对贺龙同志的亲切称谓。因为他在二十岁时即蓄了胡髭。
6- 胡芦壳：在桑植西北角，系从石壁上凿成的道路，下临大江，当时被歼的敌人多半跌入江中。
7- 原注：在战场上俘虏一个匪军秘书长，年约七十。他怕死跪在地下哀求饶命。
8- 原注：胡芦壳战役胜利后，随即向洪家关歼灭团防头子陈匪策勋。
9- 原注：我军称蒋匪介石为光头，因为他脑壳上没有头发。
10- 澧水：是湖南四大河流之一，发源于桑植县，故桑植亦称澧源。其水经桑植、大庸、慈利、石门、临澧、澧县流入安乡与洞庭湖汇合。当1928年5、6月间，我军正在澧水发源地分水岭、庙嘴河一带休整，锦斋烈士触景生情而作此歌。
11- 鼓腹：肚子吃得饱饱的。乐陶唐：快乐地过着太平日子。陶唐，帝尧称陶唐氏。传说中的帝尧时代，人民过着太平日子。
12- 敌军对待红军家属极为凶残，甚至五六个月的婴儿，亦多被敌军用双手撕死。
13- 当时毛泽东、朱德同志已建立湘赣革命根据地。湖南石门南乡农民武装斗争声势也极为浩大，影响甚广。

熊亨瀚（五首）

熊亨瀚（1894—1928）：湖南桃江人。早年参加民主革命运动，1926年加入中国共产党。1927年蒋介石发动反革命政变后，在白色恐怖中，亨瀚同志仍来往奔走。1928年11月，在武汉鹦鹉洲不幸被捕，旋即被害。

途 中[1]

昨夜洞庭月， 今宵汉口风。
明朝何处去？ 豪唱大江东！

观 涛

大江东去，浩荡谁能拒！
吾道终当行九域，[2] 慷慨以身相许。

大孤山下停桡， 小孤山上观涛，[3]
热血也如潮涌， 时时滚滚滔滔。

亡 命[4]

蹈火归来又赴汤， 只身亡命是家常。[5]
东西南北路千里， 父母妻儿天一方。[6]
太息斯民犹困顿， 驰驱我马未玄黄。[7]
风尘小憩田夫舍， 索得浓茶作胆尝。[8]

客中过上元节 [9]

大地春如海， 男儿国是家。[10]
龙灯花鼓夜， 长剑走天涯。[11]

亡命彭泽 [12]

忧国耻为睁眼瞎， 挺身甘上断头台。
一舟风雨寻常事， 曾自枪林闯阵来。

1- 这一首诗，和下一首《观涛》，都是作者在为革命工作奔波途中写的，其中充满革命事业必然胜利的信心和对反动派的蔑视与忿恨。
2- 吾道：指伟大的共产主义理想。九域：指中国，我国古书记载，古分天下为九州，故有此称。
3- 大孤山：在江西省九江市东南鄱阳湖中，正当湖水流入长江之处。小孤山：在江西省彭泽县北长江中，与大孤山遥遥相对。
4- 亡命：即亡名，户口册上没有名字，指为革命奔走。
5- 蹈火赴汤：指投向最激烈的革命斗争中去，不怕牺牲。家常：平常的事。
6- 天一方：天各一方，分散在各地。
7- 太息：叹长气。斯民：此民，指人民。玄黄：又黑又黄，指病困。马未玄黄，还可奔跑。这是感叹人民的痛苦，说明自己为革命奔走，毫不感到困累。
8- 小憩：稍稍休息。田夫舍：农家。浓茶味苦，当作越王勾践的尝胆，指休息中都在苦心规划革命。
9- 上元节：正月十五日。
10- 国是家：以国为家。
11- 龙灯花鼓：上元节民间挂龙灯打花鼓来庆祝节日。长剑走天涯：到遥远的地区去从事武装斗争。
12- 彭泽：县名，在江西省。

占谷堂(一首)

占谷堂(1882—1929):安徽金寨人。1923年加入中国共产党。入党后,一面从事教育工作,一面深入农村,开展革命活动。1929年2月任鄂东北特委书记兼商城县中心县委书记,6月任红军独立十一师政委。同年7月部队调走后,谷堂同志留在地方坚持斗争。由于坏人告密被捕,不久即被国民党反动派杀害。

感军阀混战民不聊生口占一首[1]

茫茫四州起战争, 苍生何日晓升平,

大江一把狂浪起, 斩尽妖魔济众生。

1- 1924年,占谷堂同志在河南固始志成小学教书时,经常结合时事发表评论。这首诗是他谈到军阀混战、人民受苦时,随口吟给人们听的。

彭 湃（六首）

彭湃（1896—1929）：广东海丰人。中国早期农民运动的领导人之一。广东海陆丰革命根据地的创始人。曾任中共广东省委委员、全国农协临时执行委员会委员、中共中央委员、中共中央政治局委员。1929年8月在上海被捕，不久在龙华被害。临刑时，态度自若，高呼："打倒帝国主义！""打倒国民党蒋介石！""中国共产党万岁！""中国苏维埃革命万岁！"遗著有《海丰农民运动》。

劳动节歌[1]

今日何日？
　"五一"劳动节，
　　　世界劳工同盟罢工纪念日。
劳动最神圣，
　　　社会革命时机熟。
希望兄弟与姊妹，
　　　"劳动"两字永牢记。

起义歌

我们大家来起义，
　消灭恶势力！
如今大革命，
　反封建，分田地，

坚决来斗争,
建设苏维埃!
工农来专政,
实行共产制,
人类庆大同,
无产阶级世界革命,
最后成功!

田仔骂田公[2]

冬冬冬!田仔骂田公:
田仔做到死,田公吃白米。
冬冬冬!田仔打田公。
田公唔(不)知死,田仔团结起。
团结起来干革命,革命起来分田地。
你分田,我分地,
有田有地真欢喜,免食番薯食白米。
冬冬冬!田仔打田公。
田公四散走,拿包斗[3],
包斗大大个,割谷免用还。

歌一首

无道理,无道理,
死了一个人,

吃饱通乡里。

太不该,太不该,
地主来讨债,
孝子哭哀哀!

真可恼,真可恼,
生做个穷人,
死不当只狗。

莫烦恼,莫烦恼,
大家合起来,
打倒地主佬!

打倒地主分田地,
千家兴,万家好。

歌一首

山歌一唱闹嚷嚷, 农民兄弟真凄凉!
早晨食碗番薯粥, 夜晚食碗番薯汤。

半饥半饱饿断肠, 住间厝仔(小屋子)无有梁。
搭起两间草寮屋, 七穿八漏透月光。

歌一首

日头出来对面山。欢送阿郎去打战；

打了胜仗阿郎返，俚（我）爱手枪和炸弹。

1- 这首歌是1921年彭湃同志在海丰担任教育局长时，为庆祝"五一"国际劳动节写的。当时曾经作为海丰各中小学音乐课的教材，在学生中广泛流传。
2- 田仔：即佃户。田公：即地主。这首歌是彭湃同志从事农民运动时写的，为了达到通俗宣传的目的，他采用了本地的方言。
3- 包斗：即麻布袋，装米用。

罗学瓒（三首）

罗学瓒（1893—1930）：湖南湘潭人。共产党员。1918年参加新民学会，1919年赴法勤工俭学，1922年回国，先后在湖南省总工会、中共湖南省委工作。曾任中共湖南醴陵县委书记、湘潭县委书记。1929年在中共浙江省委工作时被捕，1930年在杭州被国民党反动派杀害。

自 勉[1]
书此以为异日遇艰难时之反省也

不患不能柔，　惟患不能刚；
惟刚斯不惧，　惟刚斯有为。
将肩挑日月，　天地等尘埃。
何言乎富贵，　赤胆为将来。

咏 怀
与诸友人雇舟畅游水陆洲一周后

龙蛇争大地，　豹虎满环瀛。[2]
蹂躏无余隙，　巢空草木惊。
安得异人起，　拔剑斩妖氛。
倾洋涤宇宙，　重建此乾坤。
一同登乐园，　万世庆升平！

随 感

我心如不乐， 移足晤故人。
故人留我饮， 待我如嘉宾。
开怀天下事， 不言家与身。
登高翘首望， 万物杂然陈。
光芒垂万丈， 何畏鬼妖精？
奋我匣中剑， 斩此冤孽根！
立志在匡时，[3] 欲为国之英。

1- 这一首诗，是罗学瓒同志在湖南第一师范读书时写的。
2- 豹虎：指帝国主义与封建军阀。环瀛：四海。
3- 匡时：犹言救时，意即改造社会，纠正现状。

张锦辉(三首)

张锦辉(1915—1930):女,福建永定人。土地革命时期党的青年宣传员,永定地区著名的红色歌手。1930年4月,张锦辉同志随着区苏维埃政府宣传队到西洋坪村去开展工作,因反革命分子的告密,不幸被捕牺牲,年仅十五岁。上面的三首诗就是张锦辉同志被押赴刑场途中朗诵的。

就义诗

唔(不)怕死来唔怕生,天大事情妹敢当;
一心革命为穷人,阿妹敢去上刀山。

打起红旗呼呼响,工农红军有力量;
共产党万年走天下,反动派总是不久长。

穷苦工农并士兵,希望大家要齐心;
打倒军阀国民党,何愁天下唔太平。

柔 石（二首）

柔石（1901—1931）：原名赵平复，化名少雄。浙江宁海人。共产党员。1928年到上海从事革命文学运动，曾任《语丝》编辑，并与鲁迅先生同办朝花社。1930年初，自由运动大同盟筹建，柔石为发起人之一。1930年3月中国左翼作家联盟成立，柔石曾任执行委员、编辑部主任。同年5月以左联代表资格，参加全国苏维埃区域代表大会。1931年1月在上海被捕，同年2月7日与殷夫、欧阳立安等二十三位同志同被国民党反动派秘密杀害。牺牲后，鲁迅曾写《为了忘却的纪念》一文，追悼他和其他死难同志。遗著有《柔石选集》。

战！

尘沙驱散了天上的风云，
尘沙埋没了人间的花草；
太阳呀，呜咽在灰黯的山头，
孩子呀，向着古洞深林中奔跑！

陌巷与街衢，
遍是高冠大面者的蹄迹，
肃杀严刻的兵威，
利于三冬刺骨的飞雪！

真的男儿呀，醒来罢，
炸弹！手枪！

匕首！毒箭！
古今武器，罗列在面前，
天上的恶魔与神兵，
也齐来助人类战，
战！

火花如流电，
血泛如洪泉，
骨堆成了山，
肉腐成肥田。
未来子孙们的福荫之宅，
就筑在明月所清照的湖边。

呵！战！
剜心也不变！
砍首也不变！
只愿锦绣的山河，
还我锦绣的面！
呵！战！
努力冲锋，
战！

1925年7月8日夜

血在沸
——纪念一个在南京被杀的小同志

血在沸,

心在烧,

在这恐怖的夜里,

他死了!

他死了!

在这白色恐怖的夜里——

我们的小同志,

枪杀的,

子弹丢进他的胸膛,

躺下了——小小的身子,

草地上,

流着一片鲜红的血!

国民党,

魔脸的刽子手。

狼的心,

狐狸的尾巴,

狗的鼻;

嗅到他了,

咬去他了,

吞下他了!

血在沸!
心在烧!
地球在震动!
火山在爆发!

帝国主义呀,
记住你们的末日
大风在飞沙,
猛浪在卷石。
从工厂的烟囱里喷出火,
在犁锄上,土地溅出了血!
一切,你们的一切,
都在崩溃了,
都在收场了!

金钱,淫威,压迫,剥削,
还给他们吧!
大炮,飞机,毒瓦斯,电网,
你们快些布置吧!

这是最后的一幕,
在人类斗争的历史上。
血腥的历史,
枪和炮的历史,
地球震撼着的历史呀!

我们的小同志,

十六岁的人类底兄弟,

就牺牲在这一幕的历史上了!

——切断! 号哭! 恸心!

子弹穿过他的脑袋。

伴着他有五人,

排成一列的;

伴着他有五百人,

排成一队的;

伴着他有无数万人,

全世界无产阶级的队伍!

奋斗的队伍呀,

敢死的队伍!

血在沸,

心在烧,

我们小同志有铁的筋肉,

——如火的眼睛。

子弹向它们飞进去了!

他做了打靶者的靶子,

瞄准的黑点,

他被残杀而死了!

"起来!

饥寒交迫的奴隶!"

全国的工农劳苦群众呀！一齐起来，
解放我们自己！

黄河的红水冲上两岸了，
苏维埃的旗帜，
在全国的山岭上飞！
伟大的革命，
伟大的斗争，
我们的小同志，
少年先锋队的队长，
就死在这里面了！

疯狂的夜，
白色恐怖的夜。
处处有狼的心，
狐狸的尾巴，
狗的鼻！

群山号叫了！
统治阶级，
你们的末日，
白衣，
白棺，
快些预备吧！
你们的坟墓，

工农群众,
早已亲手给你们掘好了!
挽歌被唱着:

"我们有锄,
我们有斧,
我们有热血,
我们有赤心!"

疯狂的夜,
白色恐怖的夜。
鼾卧的人们是——
　　豪绅,
　　买办,
　　资产阶级。
你们从此没有天明,
你们从此不能见晨星,
——"微笑你们自己底罢,
　　黑暗! 在临死的时候!"

我们的小兄弟,
可敬可佩的 C.Y. 同志![1]
枪杀的,
你微笑而死去!
这是使命,

这是真理!

黑夜,

狂风,

迅雷,

暴雨,

——看,斗争的末日!

冲向前!

同志们!

我们要为死者复仇,

要为生者争得迅速的胜利!

血在沸,

心在烧,

我们十六岁的少年同志被残杀,

在这白色恐怖的夜里!

1930.10.23.阴森的夜。

1- C.Y.: 共青团的英文(Communist Youth)缩写。

殷　夫（五首）

殷夫（1909—1931）：原名徐白，又名白莽，浙江象山人。共产党员。中国无产阶级的优秀诗人。1928年起即在进步刊物《奔流》和《列宁青年》上发表革命诗歌。1929年起，在党的领导下从事青年工人运动，曾经几次被捕，遭反动派毒打，出狱后继续坚持革命工作。1930年3月中国左翼作家联盟成立，他即加入作为盟员。同年5月，作为左联代表，参加全国苏维埃区域代表大会。1931年1月在上海被捕，2月7日在龙华被害。遗著有《殷夫诗文集》。

血　字

血液写成的大字，
斜斜地躺在南京路，
这个难忘的日子——
润饰着一年一度……

血液写成的大字，
刻画着千万声的高呼，
这个难忘的日子——
几万个心灵暴怒……

血液写成的大字，
记录着冲突的经过，
这个难忘的日子——

狞笑着几多叛徒……

"五卅"哟!
立起来,在南京路走!
把你血的光芒射到天的尽头,
把你刚强的姿态投映到黄浦江口,
把你的洪钟般的预言震动宇宙!

今日他们的天堂,
他日他们的地狱,
今日我们的血液写成字,
异日他们的泪水可入浴。

我是一个叛乱的开始,
我也是历史的长子,
我是海燕,
我是时代的尖刺。

"五"要成为报复的枷子,
"卅"要成为囚禁仇敌的铁栅,
"五"要分成镰刀和铁锤,
"卅"要成为断铐和炮弹!……

四年的血液润饰够了,
两个血字不该再放光辉,

千万的心音够坚决了,
这个日子应该即刻销毁!

让死的死去吧!

让死的死去吧!
他们的血并不白流,
他们含笑地躺在路上,
仿佛还诚恳地向我们点头,
他们的血画成地图,
染红了多少农村,城头。
他们光荣地死去了,
我们不能向他们把泪流。
敌人在瞄准了,
不要举起我们的手!

让死的死去吧!
他们的血并不白流,
我们不要悲哀或叹息,
漫漫的长途横在前头。
走去吧,
斗争中消息不要走漏,
他们尽了责任,
我们还要抖擞。

1929.11

五一歌

在今天,
我们要高举红旗,
在今天,
我们要准备战斗!

怕什么,铁车坦克炮,
我们伟大的队伍是万里长城!
怕什么,杀头,枪毙,坐牢,
我们青年的热血永难流尽!

我们是动员了,
我们是准备了,
我们今天一定,一定要冲,冲,冲,
冲破那座资本主义的恶魔宫。
杀不完的是我们,
骗不了的是我们,
我们为解放自己的阶级,
我们冲锋陷阵,奋不顾身。

号炮响震天,
汽笛徒然催,
我们冲到街上去,
我们举行伟大的"五一"示威!

我们手牵着手,

我们肩并着肩,

我们过的是非人的生活,

惟有斗争才解得锁链,

把沉重的镣枷打在地上,

把卑鄙的欺骗扯得粉碎,

我们要用血用肉用铁斗争到底!

我们要把敌人杀得干净,

管他妈的帝国主义国民党,

管他妈的取消主义改组派,

豪绅军阀,半个也不剩!

不建立我们自己的政权——

我们相信,我们相信,永难翻身!……

1930.4.25

我们是青年的布尔塞维克

我们是青年的布尔塞维克,

一切——都是钢铁:

我们的头脑,

我们的语言,

我们的纪律!

我们生在革命的烽火里,

我们生在斗争的律动里,

我们是时代的儿子,
我们是群众的兄弟,
我们的摇篮上,
招展着十月革命的红旗。
我们的身旁是世界革命的血波,
我们的前面是世界共产主义。

我们是劳苦青年的先锋军,
我们的口号是"斗争"!
嘹亮——我们的号筒,
高扬——旗儿血红。
什么是我们的进行曲?
"少年先锋"!
伟大是我们的队伍,
无穷是我们的兄弟,
共产主义青年团,
新时代的主人翁。

我们是资产阶级的死仇敌,
我们是旧社会中的小暴徒,
我们要斗争,要破坏,
翻转旧世界,犁尖破土,
夺回劳动者的山,河!
我们要敲碎资本家的头颅,
踢破地主爷的胖肚,

你们悲泣吧，战栗吧!
我们要唱歌，要跳舞。
在你们的头顶上，
我们建筑起新都，
在你们的废墟上，
我们来造条大路，
共产主义的胜利，
在太阳的照耀处。

我们不怕死，
我们不悲泣，
我们要破坏，
我们要建设，
我们的旗帜显明：
斧头镰刀和血迹。

战斗的警钟响彻了天空，
是时候了，全世界无产青年快团结!
齐集在共产青年团的旗下，
曙光在前——
准备刺刀枪炮，袭击!

1930年"五卅"纪念

别了,哥哥[1]
(算作是向一个"阶级"的告别词吧!)

别了,我最亲爱的哥哥,
你的来函促成了我的决心,
恨的是不能握一握最后的手,
再独立地向前途踏进。

二十年来手足的爱和怜,
二十年来的保护和抚养,
请在这最后的一滴泪水里,
收回吧,作为噩梦一场。

你诚意的教导使我感激,
你牺牲的培植使我钦佩,
但这不能留住我不向你告别,
我不能不向别方转变。

在你的一方,哟,哥哥,
有的是,安逸,功业和名号,
是治者们荣赏的爵禄,
或是薄纸糊成的高帽。

只要我,答应一声说,
"我进去听指示的圈套",

我很容易能够获得一切,
从名号直至纸帽。

但你的弟弟现在饥渴,
饥渴着的是永久的真理,
不要荣誉,不要功建,
只望向真理的王国进礼。

因此机械的悲鸣扰了他的美梦,
因此劳苦群众的呼号震动心灵,
因此他尽日尽夜地忧愁,
想做个普罗米修士偷给人间以光明。[2]

真理和忿怒使他强硬,
他再不怕天帝的咆哮,
他要牺牲去他的生命,
更不要那纸糊的高帽。

这,就是你弟弟的前途,
这前途满站着危崖荆棘,
又有的是黑的死,和白的骨,
又有的是砭人肌筋的冰雹风雪。

但他决心要踏上前去,
真理的伟光在地平线下闪照,

死的恐怖都辟易远退,
热的心火会把冰雪融消。

别了,哥哥,别了,
此后各走前途,
再见的机会是在,
当我们和你隶属着的阶级交了战火。

1929.4.12

1- 殷夫同志的哥哥当时是国民党反动政府的航空署长。他写此诗,以表示同他哥哥决裂和斗争到底的决心。
2- 普罗米修士:希腊神话中的巨人,因盗窃神火给人类,为天神宙斯锁系在高加索山上。

欧阳立安(一首)

欧阳立安(1911—1931):一名杨国华。湖南长沙人。共产党员。曾任共青团江苏省委委员兼上海总工会青工部部长、国际青工代表大会中国代表。1931年1月在上海被捕,2月7日在龙华被害。

天下洋楼什么人造,
　什么人坐在洋楼哈哈笑,
　什么人看门来把守,
　什么人为工人坚决奋斗?

天下洋楼我工人造,
　资本家坐在洋楼哈哈笑,
　国民党看门来把守,
　共产党为工人坚决奋斗!

恽代英（一首）

恽代英（1895—1931）：原籍江苏武进，生于武昌。在武昌中华大学文学系毕业，善于为文，长于言词。五四运动时是武汉学生运动的领导者之一。1919—1921年在湖北创办利群书社和共存社，团结进步青年。中国共产党成立以后，代英同志随即加入。1923年被选为中国共产主义青年团中央委员，曾任团中央宣传部长兼《中国青年》主编，以其雄辩的才能、生动的文章、热忱的关怀，教育了广大革命青年。1926年任黄埔军官学校政治总教官。1927年，在中国共产党第五次全国代表大会上当选为中央委员。同年，先后参加南昌起义和广州起义。1928年后在党中央宣传部工作。1930年在上海被捕，1931年4月在南京被国民党反动派杀害。

狱中诗

浪迹江湖忆旧游，[1] 故人生死各千秋，[2]
已摈忧患寻常事， 留得豪情作楚囚。[3]

1- 浪迹：行踪飘泊不定。旧游：指老朋友。
2- 故人：老朋友，这里指革命同志。千秋：不朽。
3- 已摈忧患：已经除去个人的忧患，即不把个人的忧患放在心上。楚囚：本谓楚国之俘囚。春秋时，有楚国人被晋国俘虏，但他仍戴着南方样式的帽子，表现对故国的怀念。这里说虽被囚禁，还是保持着革命者的豪情壮志。

蔡和森（一首）

蔡和森（1895—1931）：湖南双峰县人。1918年，他和毛泽东同志等创立新民学会。1919年赴法勤工俭学，在法国期间认真学习和研究马列主义，极力宣传走俄国十月革命道路，实行无产阶级专政。1921年回国在中共中央工作。1922年在中国共产党第二次全国代表大会上被选为中央委员。曾任党中央机关报《向导》周刊的主编、中共中央政治局委员、中共中央北方局书记。1931年任两广书记赴香港指导两广党的工作，为英帝国主义所逮捕，引渡到广州。反革命刽子手把他的四肢摊开，钉在壁上活活打死，胸脯被刺刀戳烂，和森同志始终坚贞不屈，为中国人民革命事业英勇殉难。

少年行[1]
——北上过洞庭有感

大陆龙蛇起，乾坤一少年。[2]
乡国骚扰尽，风雨送征船。[3]
世乱吾自治，为学志转坚。[4]
从师万里外，访友人文渊。[5]
□□□□□，□□□□□。
匡复有吾在，与人撑巨艰。[6]
忠诚印寸心，浩然充两间。[7]
虽无鲁阳戈，庶几挽狂澜。[8]
凭舟衡国变，意志鼓黎元。[9]
潭州蔚人望，洞庭证源泉。[10]

1918年

1. 这首诗是蔡和森同志在1918年所作。当时杨昌济先生在北京大学任教,他写信给毛泽东同志,讲到有人发起赴法勤工俭学的消息。毛泽东同志主张争取赴法勤工俭学的机会,了解俄国和欧洲的革命的真实情况,因此和蔡和森同志在湖南青年中倡导和组织赴法勤工俭学运动,并召集在长沙的新民学会会员共同商讨,提议由蔡和森同志先到北京去了解情况和取得联络。蔡和森同志便在1918年6月下旬离长沙去北京,坐木船过洞庭湖,风雨大作,有感而作了这首诗。原稿散失,现在根据刘昂同志的记忆录出。
2. 大陆句: 指当时国内各种派系的政治力量正展开激烈斗争。乾坤: 天地。一少年: 作者自指。
3. 乡国: 指湖南。骚扰: 指军阀的扰乱地方、迫害人民。在1918年前后,湖南为北洋军阀汤芗铭、傅良佐、张敬尧所统治,成为南北军阀长期拉锯的战场。兵祸天灾,连年不断,人民所受的灾害极其深重。
4. 世乱句: 上承风雨句,犹《诗经·风雨》篇中所说"风雨如晦,鸡鸣不已",言国内的政局虽然混乱,但我自是清醒地从事革命工作。
5. 从师: 作者去北京访问他的老师杨昌济先生。杨先生在湖南第一师范学校任教时是毛泽东同志和蔡和森同志等最敬爱的教师。人文渊: 指北京是人文渊薮,即人文汇聚的地方。这句后面,根据刘昂同志的记忆可能还有两句,但她已记不起来。
6. 与има句: 言与同志共同担负革命的艰巨任务。
7. 浩然句: 言浩然正气充塞于天地之间。浩然,指正义感。两间,天地间。
8. 鲁阳戈:《淮南子》里说,鲁阳公跟韩国军队作战,到太阳落山时,他用戈一挥,太阳倒退了三舍(一舍为三十里)。后人用鲁阳挥戈来指使敌人倒退。这句是说自己没有掌握军权。挽狂澜: 本于韩愈文"挽狂澜于既倒",是指要把国内军阀所造成的战乱平定下来。
9. 衡国变: 衡量国内的变乱。鼓黎元: 鼓动人民的革命热情。黎元,人民,百姓。
10. 潭州: 指长沙。蔚人望: 蔚,蔚然,状丰盛繁茂。这句当指毛泽东同志领导的新民学会,人才济济,为青年所仰望。洞庭句: 从洞庭湖的浩渺广大证明它的源泉的深远众多,这句当指新民学会等湖南进步团体取得众多青年的仰望,有深厚的群众基础。

杨匏安（一首）

杨匏安（1896—1931）：广东中山人。共产党员。1927年在中国共产党第五次全国代表大会上被选为中央委员。1931年，杨匏安等十余人被国民党反动派逮捕，关押在伪上海龙华警备司令部内，不久即被杀害。

狱中诗[1]

慷慨登车去，　临难节独全。
余生无足恋，　大敌正当前。
投止穷张俭，[2]　迟行笑褚渊。[3]
者番成永别，　相视莫潸然。

1- 这首诗，是杨匏安同志在就义的前夕写给狱中难友的。
2- 张俭：东汉桓帝时人。延熹初年，任东部督邮（山阳郡督察官），疏劾宦官侯览贪赃枉法，残害百姓。侯怒，诬以党事。张俭被迫逃亡，望门投止。人皆重其姓名，破家相容。
　　望门投止，形容张俭在逃亡时非常窘迫，见有相识之家，即往投托隐蔽。因为张俭为人正直，因此人皆敬仰，甘愿毁家相救。作者借用这个典故，表明自己宁愿承受任何危难，也要坚持革命气节。
3- 褚渊：南北朝时宋人，为宋明帝所信任。明帝临死，封他为中书令，托他与袁粲扶助幼主，协理国事，但他看到萧道成野心勃勃很有作为，竟出卖幼主和袁粲而投靠萧。萧篡宋后，称齐高帝，封褚渊为南康郡公，加尚书令。世人以其毫无气节讥之。
　　迟行：形容从容不迫。作者借用这个典故表明，自己绝不辜负党和人民的希望，在敌人的威逼面前从容镇定坚持气节，耻笑那些出卖革命的无耻叛徒像褚渊一样将为后世万人唾骂。据当时在龙华狱中的难友回忆，1931年与杨匏安同志同时被捕的约十七八人,其中有罗绮园者,入狱后无耻地当了叛徒,出卖了全部同志,企图以此苟且偷生。可是,统治者的刽子手并没有饶恕他,在他出卖同志之后,也一并处决了他。诗中此句,即是指罗的变节而言。

曾莱（四首）

曾莱：四川荣县人，第一次国内革命战争失败后，他在荣县、内江、梁山等县领导农民运动，并一度参加领导重庆地下党的工作。《春》《夏》《秋》《冬》农民四季苦的歌谣，便是他1929年在内江从事农民运动期间写的。1931年曾莱同志担任梁山中心县委书记时被内奸暗杀。

春

春来百花开满林，
米口袋撇紧，
无心去玩春。
工农同志要谋生，
军阀要打倒，
土豪要肃清。
同志们，下决心，
努力前进，
革命大功，
即将全告成。

夏

夏日田中谷子黄，
拌桶乒乓响，[1]

可望吃粞粞。[2]
背时军阀真堪伤,
捐款多花样,
催兵如虎狼。
挑黄谷,
折苟捐,
五拖六抢,
看着看着,
抢得精光。

秋

秋来桂花满园香,
军阀又打仗,
人民遭大殃。
丘八爷,下四乡,
挑抬拉汉子,
陪睡拖女娘。
倘若不依从,
要扳要犟,[3]
钢枪一响,
命见无常。[4]

冬

冬日天寒雪花飘，
年关已将到，
心里慌又焦。
儿啼饥，女号寒，
衣服当完了，
红苕没一条，
债主家中逼，
如何是好?
起来革命，
才有下场!

1- 拌桶: 打谷用的木桶。
2- 棺棺: 四川土话，即吃干饭之意。
3- 扳: 挣扎；犟: 倔强，不听话。
4- 无常: 佛家语。谓有无常鬼，能促人死。这里是形容人死，见到无常鬼。

古公鲁（一首）

古公鲁（1884—1932）：广东五华人。1927年加入中国共产党，旋即参加五华农民运动，曾任中国工农红军第十一军军需处长。1932年在揭阳县河安圩被捕，不久在五华被国民党反动派杀害。

漂泊频年太坎坷，[1] 风霜历尽志难磨。
一肩任务千斤重， 都为工农解放多。

1- 频年：多年。坎坷：不得志。这里用来比喻革命的志愿没有顺利实现。

田位东（一首）

田位东：山东菏泽人。1927年前加入中国共产党，在菏泽做革命工作。大革命失败后，在济南、青岛进行地下革命活动。曾任枣庄特委书记。1932年被国民党反动派逮捕，在济南千佛山下就义。

诗一首[1]

在我们前面

白色恐怖，困苦，艰难，

好像几座大山，

但是挡不住我们——

劳苦大众联合起来，

粉碎帝国主义的锁链。

自食其力，

何须要人可怜![2]

前进！前进！

冲破黎明前的黑暗，

胜利就在明天！

1- 这首诗写于"九一八"事变前后，是从田位东同志的一本札记里发现的。
2- 田位东同志为了进行革命工作，曾靠拉包车、拾柴火为生，并以此为革命工作提供经费。

张剑珍（一首）

张剑珍:女,广东五华双华乡人。第一次国内革命战争时期的宣传员,后被敌人杀害。上面这首诗就是她就义时唱的山歌。

就义诗

人人喊涯（我）共产嫲,
死都唔（不）嫁张九华![1]
红白总要分胜负,
白花谢了开红花!

1- 张九华:当地的反动头子。

魏 嫲（一首）

魏嫲：女，广东五华龙村老田人。第一次国内革命战争时期参加革命，后被敌人杀害。上面这首诗是她就义时唱的山歌。

就义诗

又吹号筒又拿枪，　　咁多士兵来送丧，[1]
咁多官员做孝子，　　死到阴间心也凉。[2]

1- 咁多：广东话，即这么多。咁音甘。
2- 心也凉：心里痛快。

赵博生（一首）

赵博生（1897—1933）：河北黄骅人。1931年加入中国共产党，同年12月24日，他和董振堂率领国民党第二十六路军在宁都举行起义。起义后，在党的领导下，成立红军第五军团，赵博生同志任参谋长兼十四军军长，1933年1月在江西黄狮渡反"围剿"战斗中壮烈牺牲。

革命精神歌

先锋! 先锋!

热血沸腾，

先烈为平等牺牲，

作人类解放救星。

侧耳远听，

宇宙充满饥饿声，

警醒先锋，

个人自由全牺牲。

我死国生，

我死犹荣，

身虽死精神长生，

成功成仁，

实现大同。

黄 励（一首）

黄励（1905—1933）：湖南益阳人。1925年加入中国共产党。1933年由于叛徒告密被捕，于7月5日在南京雨花台被国民党反动派杀害。

工人苦

北风呼呼声怒嚎，
手提饭篮往外跑，
望一望工厂未到，
哎哟，哎哟！望一望工厂未到。

马路跑过两三条，
两只脚腿都酸了，
去迟了厂门关了，
哎哟，哎哟！今天工钱罚掉了。

邓中夏（三首）

邓中夏（1894—1933）：湖南宜章人。五四运动时即接受马克思列宁主义思想，后积极从事工人运动。1922年在中共第二次全国代表大会上被选为中央委员。曾任中国劳动组合书记部主任、中国社会主义青年团中央组织部长、全国总工会执行委员、中共江苏省委书记、中共广东省委书记、全总驻赤色工会国际代表、赤色工会国际执行委员、中共湘鄂两省委委员。1933年5月在上海被捕，10月在南京雨花台被国民党反动派杀害。遗著有《中国职工运动简史》。

过洞庭

莽莽洞庭湖，　五日两飞渡。[1]
雪浪拍长空，　阴森疑鬼怒。
问今为何世？　豺虎满道路。
禽狝歼除之，　我行适我素。[2]

莽莽洞庭湖，　五日两飞渡。
秋水含落晖，　彩霞如赤炷。[3]
问将为何世？　共产均贫富。
惨淡经营之，　我行适我素。

胜　利

哪有斩不除的荆棘？
哪有打不死的豺虎？
哪有推不翻的山岳？
你只须奋斗着，
　　猛勇地奋斗着；
持续着，
　　永远地持续着。
胜利就是你的了！
胜利就是你的了！

送李启汉同志赴□□ [4]

去罢！战士呀！
我们是为群众而入牢狱的。
我们从牢狱出来，
我们仍回群众间去。
战士呀！去罢！

1924年10月14日写于上海

1- 1921年前后，中夏同志因为革命工作奔走于长沙、汉口之间，曾于数日内两渡洞庭湖，因有此句。莽莽，状广阔。
2- 禽狝歼除之：像捕杀禽兽那样歼灭它。我行适我素：适，趋向，适合。素，平生的志愿。全句是说，我的行为正是向着（或合乎）我的志愿前进，即为革命而奋斗。

3- 赤炽:红色的火炬,象征蓬勃的革命力量。
4- 李启汉同志,又名李森,湖南人,共产党员,中国早期工人运动的领导人之一。1921年春在上海小沙渡办过劳动半日学校。1922年6月1日,因领导浦东纱厂和上海邮局工人罢工,被帝国主义的上海巡捕房逮捕;9月间,又被引渡给上海的军阀机关——护军使署,押入大牢中,直到1924年10月13日始被释放。在1925年5月召开的全国第二次劳动大会上,被选为中华全国总工会的执行委员,任总工会组织部主任。五卅惨案发生后,曾组织发动广州沙面工人的大罢工。1927年4月15日,在广州被国民党反动派杀害。

吉鸿昌（二首）

吉鸿昌（1895—1934）：河南扶沟人，1932年入党。1933年任察绥民众抗日同盟军第二军军长。1934年11月在天津被捕，英勇就义。

诗一首

渴饮美龄血， 饥餐介石头。
归来报命日， 恢复我神州。

就义诗

恨不抗日死， 留作今日羞。
国破尚如此， 我何惜此头。

许瑞芳（一首）

许瑞芳：江西崇仁人。1926年加入中国共产党。1926年在临川县开展农民运动，组织革命武装。蒋介石叛变革命后，许瑞芳同志在白色恐怖下坚持斗争。后率领农民武装参加"八一"南昌起义，又随军南征广东。1931年冬转到中央苏区工作，后担任红四军第十师宣传科长，1934年随红军主力长征，在途中牺牲。

农人的叹声

农人苦真苦，清早去锄土，太阳已下山，做到二更鼓。
日光当头晒，汗如雨下注，风吹暴雨淋，正在田间做。
水旱天灾降，深夜睡不着，且幸秋收熟，大半交租谷。
镰刀方收藏，又要寻借户，春荒米陡涨，日子真难度。
官衙差警来，催粮太紧促，绅士去领捐，团丁作威福，
兵士来拉夫，难免将被捉，任你怎乞求，只是空泣诉。
可怜衣无穿，补上又加补，居住太窄狭，东倒西歪屋，
四季无饱期，时常要吃粥，儿女已长成，怎能教他读。
人们卑贱我，道是红脚肚，一生白勤劳，为他人造福。
总是要翻身，快去找出路，大家来团结，别人靠不住，
努力去斗争，罢税抗租谷，个个去做工，人人来享福。

黄治峰(一首)

黄治峰(1891—1934):广西奉议县(今田阳县)人。壮族。1928年10月加入中国共产党,先后担任过右江赤卫军总指挥、红七军二十师副师长和军部参谋处长职务。1934年调离中央苏区,返回右江坚持斗争,途中被国民党反动派杀害。

诗一首[1]

男儿立志出乡关, 报答国家那肯还,
埋骨岂须桑梓地, 人生到处有青山。

1- 这是黄治峰同志青年时代写的一首诗。

何叔衡（一首）

何叔衡（1875—1935）：湖南宁乡人。1918年毛泽东同志发起组织新民学会，叔衡同志是基本会员之一。1921年7月各地共产主义小组代表在上海召开中国共产党第一次全国代表大会，叔衡同志与毛泽东同志一道作为湖南代表出席。1921—1923年，党在长沙先后创办湖南自修大学和湘江学校，叔衡同志是主持人之一。第一次国内革命战争以后，党派他去苏联学习。回国后在中央苏区工作，曾任中央工农民主政府工农监察人民委员。1934年中央红军长征以后，留在根据地坚持斗争。1935年2月在福建长汀水口附近突围时牺牲。

诗一首[1]

身上征衣杂酒痕，　远游无处不消魂。[2]
此生合是忘家客，　风雨登轮出国门。[3]

1- 这首诗是何叔衡同志于1928年赴莫斯科路过哈尔滨时写的。诗句有意就陆游《剑门道中遇微雨》一诗改作。陆游原诗是："衣上征尘杂酒痕，远游无处不消魂。此身合是诗人未？细雨骑驴入剑门。"
2- 消魂：是说人在感触很深的时候，好像他的灵魂也要离开身体了似的。消和销相通。
3- 风雨登轮：指当时蒋介石背叛革命，正到处屠杀共产党人和革命人民，作者在形势危急的情况下被派去莫斯科学习。

刘伯坚（三首）

刘伯坚（1901—1935）：四川平昌人。曾在法国和比利时勤工俭学。1922年加入中国共产党，1924年赴苏联学习。1926年回国，党派他出任西北军冯玉祥部总政治部主任。1927年后又去苏联军政大学学习，1930年回国在中央苏区工作，曾当选为中央工农民主政府执行委员。1931年任红军第五军团政治部主任。1934年中央红军长征后，留在根据地坚持斗争，担任赣南军区政治部主任。1935年3月在战斗中受伤被俘牺牲。

带镣行

带镣长街行，　蹒跚复蹒跚，
市人争瞩目，　我心无愧怍。

带镣长街行，　镣声何铿锵，
市人皆惊讶，　我心自安详。

带镣长街行，　志气愈轩昂，
拼作阶下囚，　工农齐解放。

1935年3月11日由大庾县狱中
带脚镣经大街移囚绥署候审室。

移 狱

大庾狱中将两日， 移来绥署候审室，
室长八尺宽四尺， 一榻填满剩门隙；
五副脚镣响锒铛， 匍匐膝行上下床，[1]
狱门咫尺隔万里，[2] 守者持枪长相望。
狱中静寂日如年， 囚伴等吃饭两餐，
都说欲睡睡不得， 白日睡多夜难眠；
檐角瓦雀鸣啁啾， 镇日啼跃不肯休，
瓦雀生意何盎然，[3] 我为中国作楚囚。
夜来五人共小被， 脚镣颠倒声清脆，
饥鼠跳梁声喷喷，[4] 门灯如豆生阴翳；
夜雨阵阵过瓦檐， 风送计可到梅关，[5]
南国春事不须问， 万里芳信无由传。[6]

1935年3月13日晨

狱中月夜

空负梅关团圆月， 囚门深锁窥不得。
夜半皎皎上东墙， 反影铁窗皆虚白。

3月19日夜半口占

1- 匍匐：同蒲伏，爬着走，写牢房的局促和狱中生活的困顿。
2- 咫尺万里：咫，八寸。咫尺，极言距离近，离开牢门不过咫尺，可是像万里那么远，不能越过，亦指被囚在牢内和外面沸腾的革命斗争隔绝。
3- 盎然：饱满。这是指瓦雀的活泼跳跃，生气勃勃。

4- 跳梁: 跳跃。
5- 梅关: 当指大庾县南的梅岭一带。当时烈士被囚禁在大庾县狱中,他估计风可以把夜雨送到梅关,含有把他们被囚的消息送到革命队伍中去的意思。
6- 南国春事: 指南方的革命势力像春意蓬勃地发展是必然的,不须问得。只是作者被囚,跟外边咫尺万里,无由获得消息罢了。

方志敏(四首)

方志敏(1900—1935):江西弋阳人。1922年加入社会主义青年团,1923年加入中国共产党。曾任县委书记、特委书记、省委书记、军区司令员、江西省农民协会秘书长、闽浙赣省苏维埃政府主席、红十军政治委员。1928年,在中国共产党第六次全国代表大会上,当选为中央委员。1931年,在全国苏维埃第一次代表大会上,当选为中央工农民主政府执行委员。1934年率领红军抗日先遣队北上。1935年1月在与国民党反革命军队作战中被捕。同年8月6日在南昌被国民党反动派杀害。遗著有《可爱的中国》《狱中纪实》等。

诗一首[1]

敌人只能砍下我们的头颅,
决不能动摇我们的信仰!
因为我们信仰的主义,
乃是宇宙的真理!

为着共产主义牺牲,
为着苏维埃流血,
那是我们十分情愿的啊!

哭 声[2]

仿佛有无量数人在我的周围哭泣呵!
他们呜咽的、悲哀的而且时时震颤的声音。

越侧耳细心去听,越发凄楚动人了!

"我们血汗换来的稻麦,十分之八被田主榨取去了,
剩的些微,那够供妻养子!……

"我们牛马一般的在煤烟风尘中做做输运,奔走,
每日所得不过小洋几角,疾病一来,只好由死神摆布去了!

"跌倒在火坑里,呵!这是如何痛苦呵!
看呀,狂暴的恶少,视我们为娱乐机械,又来狎弄我们了!……

"唔!唔!唔!我们刚七八岁就给放牛,做工去吗?
金儿福儿读书,不是……很……快乐吗?

"痛呀!枪弹入骨肉,真痛呀!
青年人,可爱的青年人,你不援救我们还希望谁?"
似乎他们联合起来,同声哭诉。
这时我的心碎了,
热泪涌出眼眶来了。
我坚决勇敢地道:
"是的,我应该援救你们,我同着你们去……"

1922年5月于同文书院

呕 血

呵,什么?
鲜红的是什么?
血吗?
血呀!

我为谁呕?

我这般轻轻年纪,就应该呕血吗?

呵! 是的!

我是个无产的青年!

我为家庭虑,

我为求学虑,

我又为无产而可怜的兄弟们虑。

万虑丛集在这小小的心儿里,

哪能不把鲜红的血挤出来呢?

呵! 是的,无产的人都应该呕血的,

都会呕血的——何止我这个赢弱的青年;

无产的人不呕血,

难道那面团团的还会呕血吗?

这可令我不解!

我为什么无产呢?

我为什么呕血呢?

1922.6.21于九江

同情心

在无数的人心中摸索,

只摸到冰一般的冷的,

铁一般的硬的,

烂果一般烂的,

它³，怎样也摸不着了——

把快要饿死的孩子的口中的粮食挖出来喂自己的狗和马；
把雪天里立着的贫人底一件单衣剥下，抛在地上践踏；
他人的生命当馒餐，
他人的血肉当羹汤，
啃着，喝着，
还觉得平平坦坦，
哦，假若还有它，何至于这样？

爱的上帝呀！
你既造了人，
如何不给个它！

1- 这一首诗，见《狱中纪实》，当是方志敏同志在狱中作。
2- 这一首诗，和以下的《呕血》《同情心》两首，都是方志敏同志早年写的。《哭声》《呕血》写于1922年。当时方志敏同志在九江同文书院（即南京伟烈大学）读书，在校中积极参加"反基督大同盟"的活动，领同学上街张贴标语，宣传演讲，展开反对美帝国主义运动。不料这时他的肺病复发，常常吐血不止，他在病中写了这两首诗，反映了当时劳动人民的悲惨生活，和他对旧社会的忿激的心情。《同情心》写于1923年初。当时方志敏同志已经离开学校从事革命活动，因避敌人搜捕转移南京，在南京无法找到工作，住在一个小客栈中，写了这一首诗，揭露旧社会的罪恶。
3- 它，指"同情心"。这首诗揭露了剥削阶级对于劳动人民只有残酷压榨，丝毫无"同情心"可言。这是剥削阶级的阶级本性决定的。只有劳动人民中间，才有真正的阶级友爱。

陈松山（一首）

陈松山：1936年前后被国民党反动派逮捕，关在江西莲花九都坊监狱里，不久被杀害。

革命的"铁砧"[1]

共产党人意志坚，　赴汤蹈火我当先，

严刑拷打何足畏，　"铁砧"美名万古传。

1- 江西莲花县狱中共产党人坚贞不屈，白匪政治局长给上司报告中说：共产党员"诚属'铁砧'，用尽重刑亦无济于事"。陈松山同志知道这个情况后，便写了这首诗。

雷开元（一首）

雷开元：共产党员，于第二次国内革命战争时期在湖北洪湖县被捕遇害。

就义词

自从把命革，

此心坚如铁；

痛恨反动派，

杀尽那顽劣。

谁知反动派，

勾引"清乡"狗，

围困了，

汉河口，[1]

竟遭匪毒手。

宁死不背党，

同志当共守；

坚决跟随共产党，

牺牲价值有。

1- 汉河口：洪湖县的一个集镇。

李天和(一首)

李天和(1913—1932):湖北麻城人,十六岁即参加红军。1932年在中驿战斗时被俘,不久被国民党反动派杀害。上面这首诗,是他受审时对敌人的回答。

回答敌人审问

老子革命本是真,
老子革命一个人,
你要问:
普天下都有我的人,
你杀了老子人一个,
叫你中驿不太平。

宣侠父（三首）

宣侠父（1899—1938）：浙江诸暨人。共产党员。1924年在黄埔军校第一期肄业。曾任察绥民众抗日同盟军第二军师长、八路军总部高级参谋。1938年8月在西安被国民党反动派暗害。

诗三首[1]

（一）

神州遍地涨烽烟，[2] 莫只登楼意黯然。
惟有齐心来革命， 一条生路在人前。

赴潼前一日为之道志弟书此
越东侠父于少华山麓

（二）

中华民族命何穷，都在铁蹄践踏中。
今日工农齐奋起，国民革命快成功。[3]

国民革命无工农群众参加
断无成功希望　侠父

（三）

人民渐自梦中回， 革命呼声惊似雷。
同志如今须记取， 自由要用血争来。

1- 见于烈士遗墨,当是第一次国内革命战争时期所写。
2- 神州:指中国。遍地烽烟:指连年军阀混战。
3- 国民革命:1924年,孙中山在共产国际和中国共产党的帮助下改组了中国国民党,发表了由中国共产党人参加起草的《中国国民党第一次全国代表大会宣言》,重新解释了三民主义,实行联俄、联共、扶助农工三大政策,以打倒帝国主义、打倒封建军阀为斗争目标,并在此目标下展开了第一次国内革命战争。

涂正坤(一首)

涂正坤(1897—1939):湖南平江人。1925年加入中国共产党。曾任湘鄂赣边区县委书记、省委书记、特委书记兼新四军驻嘉义留守处主任。1939年6月12日,国民党反动派制造平江惨案,正坤同志被惨杀。

梭镖亮亮光， 擒贼先擒王，
打倒蒋介石， 活捉许克祥。[1]

1- 1927年蒋介石背叛革命,湖南反动军官许克祥在蒋介石的唆使下屠杀革命群众,涂正坤同志转入平江乡下进行革命活动,这首民谣,就是他在白花尖山上写的,当时流传很广。

金方昌(两行)

金方昌(1921—1940):山东聊城人。1938年加入中国共产党。曾任中共山西代县县委委员。1940年11月在游击区不幸被俘,同年12月被日本帝国主义杀害。

答敌人审问

严刑利诱奈我何,
颔首流泪非丈夫!

萧次瞻(三首)

萧次瞻:贵州思南人。1927年加入中国共产主义青年团,1938年加入中国共产党。曾任中共思南县委书记、中共贵州省工委秘书长。1940年夏被国民党特务逮捕,同年12月7日被敌人秘密杀害于贵阳。

短 歌[1]

……

心志既坚实, 苦汁甘如饴;
读书三十年, 真伪辨须臾。
仰不怨天命, 俯不怪人非;
生当大时代, 鞠躬唯赴义。
服劳尚有日, 慎保五尺躯;
大义须舍身, 慷慨亦何辞!
不恋我身前, 陈账一笔除;
不虑我身后, 后事有人继。
人生持久战, 小败大胜利;
胜利多信心, 遗忘个人私。
招手有巨人, 普罗米修士。[2]

诗一首

历尽崎岖路几程， 寸心原欲救危倾；[3]
黄花寂寞锁深院， 浓雾迷漫罩古城。[4]
忍受折磨堪励志， 相关痛痒见交情；
劝君正向光明面， 心自安详气自盈。[5]

读《感赋》有感敬和原韵

年来处处有奇闻， 安定心灵镇定魂；
残酷并非今创举， 斗争何地不留痕？

铁胆天宫盗火种，[6] 剥坑山下祸自担；
文明不许探囊取， 君子原来不素餐！[7]

1- 这几首诗，是李策烈士（1941年1月18日殉难于贵阳）于1940年12月15日自狱中致其二弟信中寄出。那封信上说："兹有殉道朋友遗作附上，望妥为保存，此皆他年博物馆中之珍物也。"又在另纸上写道："此诗均为一人所作……作者于本月七号晚殉道。"现据了解，这些诗的作者是萧次瞻烈士。
2- 普罗米修士：见殷夫诗注2。
3- 崎岖：高低不平，喻在革命中所遭到的艰难困苦。危倾：比喻国家的危亡。
4- 黄花：菊花，以菊花能够傲霜来比喻烈士们的坚贞不屈。浓雾：比喻反动派的黑暗统治。
5- 安详：从容镇定。
6- 从天上盗取火种因而被锁在山上的，就是普罗米修士。
7- 探囊：伸手到袋里取东西，极言容易。这是说，要建立文明的新社会需要艰苦的斗争，不是容易的。不素餐：《诗经·伐檀》里说："彼君子兮，不素餐兮！"意即：那些大人先生呵，不是白吃饭的! 这里是指敌人绝不会自动退出历史舞台，他们费尽心机要想维护剥削阶级统治；因此，革命事业要想取得胜利，没有艰苦斗争是不行的。

杨靖宇（二首）

杨靖宇（1905—1940）：河南确山人。1927年加入中国共产党。曾任中共豫南特委书记。1929年由中共中央派赴东北工作，曾任哈尔滨市委书记、满洲省委代理军委书记。1934年在全国苏维埃第二次代表大会上当选为中央工农民主政府执行委员。1936年春任东北人民抗日联军第一军军长兼政委，并任中共南满省委委员。1936年6月任东北抗日联军第一路军总司令兼政委。1940年2月在蒙江与日寇作战中壮烈牺牲。

东北抗日联军第一路军歌[1]

我们是东北抗日联合军，
创造出联合军的第一路军。
乒乓的冲锋杀敌缴械声，
那就是革命胜利的铁证。

正确的革命信条应遵守，
官长士兵待遇都是平等。
铁般的军纪风纪要服从，
锻炼成无敌的革命铁军。

亲爱的同志们团结起，
从敌人精锐的枪刀下，
夺回来失去的我国土，

解放亡国奴的牛马生活!

英勇的同志们前进呀!
赶走日寇推翻"满洲国"。[2]
这一次的民族革命战争,
要完成弱小民族的解放运动。

高悬在我们的天空中,
普照着胜利军旗的红光。
冲锋呀,我们的第一路军!
冲锋呀,我们的第一路军!

中朝民族联合抗日歌

一

山河欲裂,万里隆隆,大炮的响声,
帝国主义宰割弱小民族的象征。
国既不国,家何能存,根本没有和平。
黑暗、光明,生死线上斗争来决定。

崛起呀,中朝民族!
万不要再酣梦。
既有血,又有铁,
只等着去冲锋。

二

全世界上，最大的仇敌日帝数头等，
焚烧掠夺，奸淫侮辱，亡国且灭种；
并朝吞中，莫非《田中奏折》的兽行！[3]
同仇敌忾，共赴国难，决不让再久逞！

联合呀！中朝民族！
团则生，离则亡！
谨防备离间计，
手携手打冲锋！

三

热血沸腾，杀声冲天，民族齐觉醒。
壮夫断臂，争先恐后，共夺万年灯！[4]
旌旗所至，势如破竹，虏焰自息影。
阵容强化，战线巩固，基础早奠定。

团结呀！中朝民族！
互相间，本赤诚，
坚持那最后五分钟。
勇冲锋！

四

照耀全球，闪烁不灭，最惊人的火星！
万恶日寇，自掘坟墓，非人能回生。

勇猛冲锋，吉凶祸福并非天来定。

事在人为，诚至金开，[5]自有曙光逢。

前进呀，中朝民族！

既有始，要有终！

誓杀到敌人大本营。

猛冲锋！

1- 抗日联军第一路军："九一八"事变以后，在中国共产党的领导之下，东北义勇军的抗日斗争风起云涌。1932年前后，南满有一支游击队一天天壮大起来。为了加强党的领导，中共满洲省委调靖宇同志往吉林磐石担任南满游击队的政治委员，李红光同志担任游击大队长。以后这支游击队逐渐发展壮大，建立成抗日联军第一路军。

2- 满洲国：1931年"九一八"事变以后，日本侵入我国东北，不久即以溥仪为傀儡，建立伪"满洲国"，作为实行殖民统治的罪恶工具。1945年8月日本侵略军投降，伪满卖国政权即被粉碎。

3- 田中奏折：田中义一是日本帝国主义的一个政治阴谋家。他在1927年任日本首相时，即曾以机密奏折一件送呈日本天皇，提出侵略中国和全亚洲的阴谋计划。侵占我国东北，就是这个阴谋计划的主要内容之一。

4- 壮夫断臂：即成语所说"毒蛇噬臂，壮士断腕"，意指为了保全生命，不惜牺牲手臂。这里比作为了保全国家，革命战士不惜牺牲生命。万年灯：比喻万年不灭的祖国的领土主权。

5- 诚至金开：即谚语"精诚所至，金石为开"。

吕大千（一首）

吕大千（1909—1937）：黑龙江宾县人。1933年加入中国共产党。曾任中共宾县特别支部宣传委员、书记等职。1937年5月因组织遭破坏，被捕入狱。同年7月被日寇杀害于哈尔滨圈河。

狱中遗诗

时代转红轮， 朝阳日日新；
今年春草除， 犹有来年春。

袁国平（一首）

袁国平（1904—1941）：湖南邵东人，中国共产党党员。1927年在黄埔军校第四期学习。第一次国内革命战争以后，参加过南昌起义和广州起义，曾任工农红军第四师党代表、红三军团政治部主任、红军教导师师长兼政委、新四军政治部主任。1941年蒋介石发动皖南事变，袁国平同志在战斗中牺牲。

和毛主席长征诗

万里长征有何难？　中原百战也等闲。[1]
驰骋潇湘翻浊浪，　纵横云贵等弹丸。[2]
金沙大渡征云暖，　草地雪山杀气寒。
最喜腊子口外月，　夜辞茫荒笑开颜。

1- 中原：本指黄河流域，这里指中国。等闲：平常事。
2- 潇湘：潇水湘水均在湖南，因此也用以泛指湖南。云贵：云贵高原。等弹丸：把云贵高原看得像弹丸之地，极力写出红军纵横驰骋的豪气。

何　斌（一首）

何斌（1915—1941）：字功伟，湖北咸宁人。1936年加入中国共产党，任中共湖北省委农委委员、武昌市委书记、鄂南特委书记、鄂西特委书记、湘鄂川特委书记。1941年1月27日在湖北恩施被捕，国民党湖北当局曾以高官厚禄诱其自首，均遭痛斥，遂遭敌人杀害。

狱中歌声[1]

黑夜阻着黎明，只影吊着单形，
镣铐锁着手胫，怒火烧着赤心。
蚊成雷，鼠成群，灯光暗，暑气蒸，
在没太阳的角落里，
谁给我们同情慰问？
谁抚我痛苦的伤痕？
我热血似潮水的奔腾，心志似铁石的坚贞，
我只要一息尚存，誓为保卫真理而抗争。[2]
呵！姑娘，去秋握别后，再不见你的倩影，
别离为了战斗，再会待胜利来临。
谁知未胜先死，怎不使英雄泪满襟！
你失了勇敢的战友，是否感到战线吃紧？
我失了亲爱的伴侣，也曾感到征途凄清！
不，姑娘，你应该补上我的岗位，坚决地打击敌人！
愿你同千千万万的人们，踏着我们的血迹前进！

呵，姑娘，天昏昏，地冥冥，用什么来纪念我们的爱情？

惟有作不倦的斗争。

用什么表达我的忿怒？

惟有这狱中歌声。

1941年11月

1- 1942年11月13日延安《解放日报》刊登这首遗诗时，标题是《忆许云》。
2- 何斌同志在狱中时，国民党湖北省主席陈诚阴谋诱骗其父到恩施，企图劝何斌同志投降，何斌同志在狱中闻知，送出一信劝阻其父去恩施。信中表示坚贞不屈，决心为革命牺牲，辞意真切，大义凛然。

黄 诚（一首）

黄诚（1914—1941）：河北安次人。"一二·九"学生爱国运动中的积极战士之一。曾任清华大学学生会主席、北平学联主席。不久，加入中国共产党。1937年抗日战争爆发后，参加新四军，曾任新四军总政治部秘书长。1941年蒋介石反动派发动皖南事变，黄诚同志在英勇抵抗后被俘，不久，牺牲于上饶集中营。

亡 命[1]

茫茫长夜欲何之？　银汉低垂曙尚迟。[2]

搔首徘徊增愧感，　抚心坚毅决迟疑。

安危非复今朝计，　血泪拼将此地糜。

莫谓途难时日远，　鸡鸣林角现晨曦。

[1] 这一首诗，是黄诚同志1936年2月当国民党反动派闯入清华大学搜捕进步同学时，他写下以表达自己在斗争中的决心。

[2] 何之：何往，向哪儿去。银汉低垂：天河低挂，指夜深。曙尚迟：离开天亮还久。这是指当时中国处在反动的黑暗统治之下，光明的前途还要等待一段时期，但是，晨曦已经在望，光明毕竟不远。

杨道生(一首)

杨道生(1911—1942):1938年加入中国共产党,从事党的文化出版事业,担任成都战时出版社社长。1941年2月13日被捕,1942年6月3日在成都东门外沙河堡野地被国民党反动派杀害。

狱 中

中原大地起腾蛟, 三字沉冤恨未消。
我自举杯仰天笑, 宁甘斧钺不降曹。

陈法轼(一首)

陈法轼(1917—1942):贵州贵阳人。1939年加入中国共产党。曾积极参加贵州邮电职工运动,与反动派混入工会的特务分子进行坚决斗争。1941年11月被捕。1942年6月20日在贵阳被国民党反动派杀害。

狱中诗

磊落生平事, 临刑无点愁。
壮怀犹未折, 热血拼将流。
慷慨为新鬼, 从容作死囚。
多情惟此月, 再照雄心酬。

刘铁之（一首）

刘铁之：河北清河人，第二次国内革命战争时期在北平参加学生运动，加入中华民族解放先锋队，1935年加入中国共产党。抗日战争时期担任冀南行署秘书长，后到山西参加边区政府领导工作。1942年6月日寇大"扫荡"中牺牲。

诗一首[1]

二月雪天，
被捕在"中大"门前，[2]
个个绳捆索绑，
忍受警察皮鞭；
若问犯了何罪？
为爱我国锦绣江山！
坐囚车，
押解公安局转军监。
军监中，
"军法"严，
脚带镣，
衣衾寒；
铁窗里，
从此作了囚犯。
一天两个窝窝头，

两盅清水无有盐。

再想起:

敌人入腹地,

泪涟涟!

国将破,

家将亡,

民族将沦丧,

汉奸何无耻!

勾敌自残伤,

捕杀爱国人,

奴颜事东洋。

一朝人民翻身起,

叫你狗命见阎王!

1- 刘铁之同志曾在北平参加"一二·九"学生运动,后被捕,此诗系在狱中所作。另有一说,该诗开头至"泪涟涟"是独立的一首,诗句稍有出入,原文如下:"腊月雪天,被捕在中大门前。一个个绳捆索绑,□□□□。问问犯了什么罪,为爱国家锦江山!坐囚车解到公安局,转军监。军监中,军法严;镣铐重,衣衾寒,铁窗里从此作了囚犯。一天两个窝窝头,清水白菜没有盐。待想到敌寇入腹地,发冲冠!"
2- 中大: 指北平中国大学。

王凌波（一首）

王凌波（1889—1942）：湖南宁乡人，1925年加入中国共产党。曾任国共合作的国民党湖南省党部书记长兼党团副书记。1927年长沙"马日事变"后，曾两次被捕入狱，始终不屈。抗日战争爆发以后，担任八路军驻湘通讯处主任兼新四军驻湘办事处主任。1940年国民党反动派发动反共高潮，非法将凌波同志武装"押送出境"。同年，凌波同志调到延安，担任行政学院副院长。1942年6月3日，因患脑充血症急救无效，不幸逝世。

诗一首[1]

相识各年少，　而今快白头。

前途正艰巨，　拔剑断横流。[2]

1- 这一首诗，是凌波同志在1940年写的。当时抗日战争正处在艰苦阶段，国民党反动派不断制造反共事件，企图破坏抗日团结。凌波同志在这首诗中，表示了坚决为民族解放和人民解放英勇斗争的决心。诗是为答姜国仁同志而作。姜国仁同志，系凌波同志的爱人和战友，1940年凌波同志五十一岁生日时，她曾写诗一首互勉。诗曰：

　　　　　　风雨结同舟，依依约白头，
　　　　　　任凭潮浪险，相与渡横流。

2- 横流：本指水行不由故道，即洪水泛滥之意。此处指国民党反动派的倒行逆施。

林基路（一首）

林基路（1916—1943）：广东台山人。1935年加入中国共产党。曾任新疆学院教务长、库车县县长。1942年被盛世才逮捕，1943年牺牲于新疆狱中。

囚徒歌

我噙泪低吟民族的史册，
一朝朝，一代代，
但见忧国伤时之士，
赍志含忿赴刑场。[1]
血口獠牙的豺狼，
总是跋扈嚣张。[2]

哦！民族，苦难的亲娘！
为你那五千年的高龄，
　　已屈死了无数的英烈。
为你那亿万年的伟业，
　　还要捐弃多少忠良！
铜墙，困死了报国的壮志，
黑暗，吞噬着有为的躯体，
镣链，锁折了自由的双翅，
这森严的铁门，囚禁着多少国士！[3]

豆萁相煎,便宜了民族仇敌。[4]

无穷的罪恶,终要叫种恶果者自食,

难闻的血腥,用噬血者的血去洗。

囚徒,新的囚徒,坚定信念,贞守立场!

砍头枪毙,告老还乡;

严刑拷打,便饭家常。

囚徒,新的囚徒,坚定信念,贞守立场!

掷我们的头颅,奠筑自由的金字塔,

洒我们的鲜血,染成红旗,万载飘扬!

1- 赍志: 赍音积,抱着。赍志,抱着志愿。这里含有志愿没有实现而牺牲的意思。
2- 跋扈: 骄横。
3- 国士: 一国的特出人才。
4- 豆萁: 萁,豆茎。相传三国时代魏文帝曹丕忌弟曹植才,曾限令他七步成诗,不成则行大法。植应声为诗曰:"煮豆燃豆萁,豆在釜中泣。本是同根生,相煎何太急。"后来就用豆萁相煎来比兄弟相逼。这里是指蒋介石政府在抗日战争时期竟实行"积极反共,消极抗日"的反动卖国政策,对人民残酷迫害,对敌人投降妥协。

陈 辉（三首）

陈辉（1920—1945）：湖南常德人。共产党员。1938年到延安，1939年到晋察冀敌后抗日根据地，1941年到涞涿平原工作，曾任青救会主任、区委书记、武工队政委。1945年在战斗中牺牲。遗作有诗集《十月的歌》。

为祖国而歌

我，
埋怨
我不是一个琴师。

祖国呵，
因为
我是属于你的，
一个大手大脚的
劳动人民的儿子。

我深深地
深深地
爱你！

我呵，
却不能，

像高唱马赛曲的歌手一样,[1]
在火热的阳光下,
在那巴黎公社战斗的街垒旁,[2]
拨动六弦琴丝,
让它吐出
震动世界的,
人类的第一首
最美的歌曲,
作为我
对你的祝词。

我也不会
骑在牛背上,
弄着短笛。
也不会呵,
在八月的禾场上,
把竹箫举起,
　轻轻地
　轻轻地吹;
让箫声
飘过泥墙,
落在河边的柳荫里。

然而,
当我抬起头来,

瞧见了你,
我的祖国的
那高蓝的天空,
那辽阔的原野,
那天边的白云
　　悠悠地飘过,
或是
那红色的小花,
笑眯眯的
从石缝里站起。
我的心啊,
多么兴奋,
有如我的家乡,
那苗族的女郎,
在明朗的八月之夜,
疯狂地跳在一个节拍上,
……

我的祖国呵,
我是属于你的,
一个紫黑色的
年轻的战士。

当我背起我的
那支陈旧的"老毛瑟",

从平原走过,
望见了
敌人的黑色的炮楼,
和那炮楼上
飘扬的血腥的红膏药旗,
我的血呵,
它激荡,
有如关外
那积雪深深的草原里,
大风暴似的,
急驰而来的,
祖国的健儿们的铁骑……

祖国呵,
你以爱情的乳浆,
养育了我;
而我,
也将以我的血肉,
守卫你啊!

也许明天,
我会倒下;
也许
在砍杀之际,
敌人的枪尖,
戳穿了我的肚皮;

也许吧,
我将无言地死在绞架上,
或者被敌人
投进狗场。
看啊,
  那凶恶的狼狗,
  磨着牙尖,
  眼里吐出
  绿色莹莹的光……
祖国呵,
在敌人的屠刀下,
我不会滴一滴眼泪,
我高笑,
因为呵,
我——
你的大手大脚的儿子,
你的守卫者,
他的生命,
给你留下了一首
崇高的"赞美词"。
我高歌,
祖国呵,
在埋着我的骨骼的黄土堆上,
也将有爱情的花儿生长。

       1942年8月10日,初稿于八渡。

献诗——为伊甸园而歌 [3]

那是谁说
"北方是悲哀的"呢?

不!
我的晋察冀呵,
你的简陋的田园,
你的质朴的农村,
你的燃着战火的土地
它比
天上的伊甸园,
还要美丽!

呵,你——
我们的新的伊甸园呀,
我为你高亢地歌唱。

我的晋察冀呵,
你是
在战火里
新生的土地,
你是我们新的农村。
每一条山谷里,
都闪烁着

毛泽东的光辉。
低矮的茅屋,
就是我们的殿堂。
生活——革命,
人民——上帝!

人民就是上帝!
而我的歌呀,
它将是
伊甸园门前守卫者的枪支!

我的歌呀,
你呵,
要更顽强有力地唱起,
虽然
我的歌呵,
是粗糙的,
而且没有光辉……

我的晋察冀呀,
也许吧,
我的歌声明天不幸停止,
我的生命
被敌人撕碎,
然而,

我的血肉呵,

它将

化作芬芳的花朵,

开在你的路上。

那花儿呀——

　红的是忠贞,

　黄的是纯洁,

　白的是爱情,

　绿的是幸福,

　紫的是顽强。

诗一首

　　英雄非无泪,　不洒敌人前。
　　男儿七尺躯,　愿为祖国捐。
　　英雄抛碧血,　化为红杜鹃。
　　丈夫一死耳,　羞杀狗汉奸。

1- 马赛曲:法国革命时,马赛地方战士出发赴巴黎时所唱的进行曲。相传为鲁日德·李尔所作,后来被采用作法国国歌。
2- 巴黎公社:1871年3月巴黎工人所建立的革命政府,是第一个无产阶级专政的政权。到5月28日,被法国资产阶级和普鲁士干涉者所镇压。
3- 伊甸园:意即乐园。《旧约》里说:人类最初的祖先是亚当和夏娃,他们住在伊甸园里,在那里没有人间的一切烦恼。这当然是神话。在这首诗里,作者借用它来指已经建立了人民民主政权的抗日根据地。这才是真正的人民的乐园。

朱学勉(一首)

朱学勉(1912—1944):原名应端贤,浙江宁海人。1937年10月奔赴延安,11月加入中国共产党。1938年2月由党派回浙江松阳县工作,以后曾任中共鄞县县委组织部长、余姚县委书记、诸暨县委书记。1943年任浙东游击队金肖支队第一大队大队长。1944年5月27日在诸暨北乡墨城坞与日伪军作战时牺牲。

有 感[1]

男儿奋发贵乘时, 莫待萧萧两鬓丝!
半壁河山沦异域, 一天烽火遍旌旗。
痛心自古多奸佞, 怒发而今独赋诗。
四万万人同誓死, 一心一德一戎衣。

[1] 这首诗是学勉同志在1937年8月写的。

李少石(六首)

李少石(1906—1945):广东新会人。第一次国内革命战争时期加入共产主义青年团,不久加入中国共产党。曾在香港海员工会、党联系上海和苏区的香港交通站、上海工人通讯社、中共江苏省委宣传部工作。1934年被捕,1937年始被释放。抗战后曾在港澳工作一个时期。后赴重庆,在中共中央南方局外事组工作。1945年10月8日不幸遇难逝世。

咏 史

万千逻卒猎街衢, 偶语宁辞杀不辜?[1]
安内难忘伤手足, 攘夷偏惜掷头颅。[2]
天之未丧斯民主, 人尽能诛是独夫。[3]
二世亡秦前鉴在, 祖龙何事怒坑儒?[4]

南京书所见

丹心已共河山碎, 大义长争日月光。
不作寻常床箦死, 英雄含笑上刑场。[5]

寄 母

赴义争能计养亲?[6] 时危难作两全身。
望将今日思儿泪, 留哭明朝无国人。[7]

寄 内

一朝分袂两相思， 何日归来不可期。
岂待途穷方有泪，[8] 也惊时难忍无辞。
生当忧患原应尔， 死得成仁未足悲。[9]
莫为远人憔悴尽， 阿湄犹赖汝扶持。[10]

无 题

何须良史判贤愚， 正色宁容紫夺朱？[11]
半壁河山存浩气， 千年邦国树宏模。[12]
风云敌后新民主， 肝胆人前大丈夫。
莫讶头颅轻一掷， 解悬拯溺是吾徒。[13]

祝董老六十大寿[14]

地缺山崩六十年， 高张赤帜独当先。[15]
诛心有论追良史， 强项无惭对昔贤。[16]
抗日不虚程二万， 承风何止士三千？[17]
笑看桃李庭前发， 雨露从知未枉然。[18]

虎穴刀丛惯险虞， 万千魑魅视如无。[19]
中流独力撑危局， 内助英雄亦丈夫。[20]
天下几能称大老， 苍生何幸见楷模！[21]
红岩此日传佳话， 百寿图成晋一觚。[22]

正气丹心孰与俦？　黄安一老自千秋。[23]
六年参政争言路，　万里长征记壮猷。[24]
为挽颠危甘尽瘁，　每怀饥溺辄先忧。[25]
巴山祝嘏留佳话，　名将如今见白头。[26]

1- 此诗是1944年作者在重庆作。当时国民党盘踞重庆，到处充满白色恐怖，无数特务经常在街道上窃听行人说话，搜捕革命志士。这两句是说反动派残酷横暴，看到可疑的无辜的人抓来就杀。
2- 安内：反动派称扼杀人民革命力量为"安内"。攘夷：抗日。反动派所说的"抗日"，只是"挂羊头卖狗肉"，欺骗人民，实际上是在实行卖国投降路线，而用全力屠杀人民。
3- 天之未丧斯民主：天意绝不会断送民主事业。天意，这里指人民的意志。独夫：为全国人民所唾弃的暴君，指蒋介石。
4- 这是说蒋介石注定要灭亡，大杀革命志士是没有用的。这里以秦始皇比喻蒋介石。
5- 丹心：一颗红心。河山碎：指日本帝国主义侵占我国国土。床箦死：箦音责，席。后汉马援说："男儿要当死于边野，以马革裹尸还葬耳，何能卧床上在儿女子手中耶！"这里是说革命战士在反动派的残酷迫害下，表现了英勇无畏、宁死不屈的英雄气概，不愿昏昏聩聩度日。
6- 争能：怎么能够。这是说为了革命不能照顾家庭。
7- 无国人：亡国之人。指在日本帝国主义侵略之下将被反动派卖国投降路线牺牲、失去祖国的人民。
8- 途穷方有泪：晋朝阮籍坐车出外，碰到路走不通时，便痛哭回来。这里是说，哪里还要等到路绝时才伤心，看到祖国在反动统治和日本帝国主义侵略之下所受的苦难，早就热泪满眶了。
9- 成仁：指为革命牺牲。
10- 阿湄：烈士女儿的名字。全句是嘱他爱人好好抚养女儿。
11- 正色：古人以朱红为正色，紫不是正色。这句意思就是恨不是正色的夺去正色。这里是说哪能容许以伪夺真，以邪夺正，即不容许反动派和敌伪侵夺人民政权。
12- 存浩气：保存浩然正气。树宏模：建立远大的规模。这是指在敌后建立人民政权的抗日民主根据地，是建立新中国的雏形。

13- 解悬拯溺: 指解救被奴役的人民。悬: 倒挂。溺: 淹死。比喻敌占区人民在水深火热中的生活。
14- 董老: 对董必武同志的尊称。
15- 地缺山崩: 比喻时局变动的剧烈。高张赤帜: 高举共产主义的红旗。
16- 诛心: 春秋时晋灵公被臣下所杀,当时赵盾执政,纵容杀晋灵公的人。晋国的史官记着赵盾弑君,这是就他的用心来加以指责,称诛心之论。这里是说,董老指斥反动派的正义言论像那位良史那样深刻。强项: 后汉杨震,性情刚直,敢于直谏,汉帝称他为"强项"。强项犹言硬骨头,有骨气。
17- 程二万: 行程二万,指二万五千里长征。承风: 承望风旨,承受教化。士三千: 相传孔丘的学生有三千人。这是说,受到董老教化的人不止三千。
18- 桃李: 喻学生。雨露: 喻教化。
19- 虎穴刀丛: 喻危险境地。惯险虞: 习惯于艰险忧患的生活。魑魅: 鬼怪,指阴险的敌人蒋介石集团。当时董老担任中共代表驻在国民党统治区,和国民党进行合法斗争,随时有被迫害的危险,但董老正义凛然,使敌人不敢侵犯。
20- 中流: 中流砥柱。砥柱山原在三门峡,独立在黄河急流中,能够承受急流的冲击。这里用来比喻董老的坚定不移。当时在国民党卖国投降的危险中,董老代表中国共产党,坚持抗日民主路线。内助: 指董老爱人。
21- 几能: 几人能够。大老: 对年辈、道德、学问、地位都属第一流的人的尊称。苍生: 百姓。楷模: 典范。
22- 红岩: 即红岩村13号,是当时中共中央南方局和八路军驻重庆办事处所在地。百寿图: 祝董老长寿的画幅。晋一觚: 敬一杯酒。觚音孤,酒杯。
23- 孰与俦: 谁可比拟。黄安: 县名,属湖北省。董老是黄安人。千秋: 言董老事业可传千载。
24- 六年参政: 抗日战争时期,国民党反动派伪装民主,在重庆设立所谓"国民参政会"。董老代表中共在参政会中主持正论,时达六年。壮猷: 豪迈的规划。
25- 颠危: 颠覆的危险,这里是指国民党反动派卖国投降的危险。饥溺: 饥寒沉沦,指人民的苦难。先忧: 先天下(人民)之忧而忧。
26- 巴山: 重庆。祝嘏: 祝寿。古人说: "美人自古如名将,不使人间见白头。"这里反用这个说法,指董老这位共产主义的著名战士,已经为革命事业奋斗了几十年,直到六十高龄,须发皆白,但仍坚持不懈。

吕惠生（一首）

吕惠生：安徽无为人。1942年参加中国共产党。曾任江苏仪征县县长、安徽无为县县长、皖江行政公署主任。1945年9月随新四军七师北上，途中遭蒋军袭击被捕。同年11月在南京被国民党反动派杀害。

留取丹心照汗青[1]

忍看山河碎？　愿将赤血流！
烟尘开敌后，　扰攘展民猷。[2]
八载坚心志，　忠贞为国酬。
且欣天破晓，　竟死我何求！[3]

1- 这首诗是烈士在南京江宁镇狱中写的。留取丹心照汗青，原为文天祥《过零丁洋》诗句，意思是说，留着报国的赤诚照耀在历史上。汗青：历史。古代的历史记在竹简上，在记事前，先要把竹简在火上烤，烤时有竹汁渗出像汗，因称历史书为汗青。
2- 烟尘：指战火。开敌后：在敌后开辟根据地。扰攘：纷乱。展民猷：开展人民民主事业，意即在抗日战争的激烈斗争中开辟敌后根据地，建立抗日民主政权。
3- 这是说只要天亮（革命成功）了，死也甘心；除了盼望革命胜利，别的什么要求也没有！

李兆麟(二首)

李兆麟(1908—1946):辽宁辽阳人。曾任东北抗日联军第六军政治部主任、中共北满省委委员、抗联第三路军总指挥。抗日战争胜利后,担任滨江省副省长、中共北满分局委员。1946年3月9日在哈尔滨被国民党特务暗杀。

露营之歌[1]

一

铁岭绝岩,林木丛生,
暴雨狂风,荒原水畔战马鸣。[2]
围火齐团结,普照满天红。
同志们,锐志哪怕松江晚浪生![3]
起来哟,果敢冲锋!
逐日寇,复东北,天破晓,光华万丈涌!

二

浓荫蔽天,野雾弥漫,
湿云低暗,足溃汗滴气喘难。
烟火冲空起,蚊吮血透衫。
兄弟们,镜泊瀑泉唤起午梦酣。[4]
携手吧!共赴国难,
振长缨,缚强奴,山河变,万里息烽烟。[5]

三

荒田遍野,白露横天,

野火熊熊,敌垒频惊马不前。

草枯金风疾,霜沾火不燃,[6]

战士们,热忱踏破兴安万重山。

奋斗呀!重任在肩,

突封锁,破重围,曙光至,黑暗一扫完。

四

朔风怒吼,大雪飞扬,

征马踟蹰,冷风侵人夜难眠。[7]

火烤胸前暖,风吹背后寒,

壮士们,精诚奋发横扫嫩江原!

伟志兮!何能消减,

全民族,各阶级,团结起,夺回我河山。

第三路军成立纪念歌[8]

一

绚烂神州地,

白山黑水间。

八载余,强敌嚣张,

铁蹄肆踏践。[9]

中华民族遭蹂躏,

惨痛何堪言!

骨露原野,
血染白山巅。
义忿填胸,
揭竿齐向前。
誓驱倭寇,
团结赴国难。
民族自救抗日军,
铁血壮志坚,
杀敌救国复河山。

二

驰骋吉黑边,
横扫哈东南。
军威远,松江动荡,
兴安亦震撼。
冰天雪地朔风吼,
夜雨复霜天。
救亡壮志,
永矢兮弗谖![10]
鼓角乍鸣,
将士各争先。
杀声四起,
敌寇心胆寒。
六载于兹未稍懈,
孤军喋血战,[11]

伟哉豪气长虹贯!

三

机动游击战,
突破嫩江原。
貔貅健,长驱挺进,[12]
到处得声援。
反日怒潮澎湃起,
爆发指顾间。[13]
响应我党对日总抗战,
消灭日贼走狗与汉奸。
精诚团结,
粉碎封锁线。
救国重任万众担,
势急不容缓,
国耻血债血来还!

四

举国鼎沸兮,
全民总抗战。
烈焰炽,
战争烽火延烧遍中原。
东北抗联齐奋斗,
统一指挥建,
三路军成立军民齐腾欢。

厉兵秣马,[14]

慷慨赴火线。

果敢冲锋,

寇氛一扫光。

民族革命成功日,

红旗光灿烂,

高歌欢唱奏凯旋。

1- 抗日战争时期,李兆麟同志曾经领导抗联六军深入松花江下游,在木兰、依兰、富锦、萝北等地与日本侵略者进行顽强的斗争,也曾在绥滨一带打过仗。在绥滨一带沼泽地带活动时,遇到极大的困难,为了避开敌人的优势兵力,他们不得不涉过四十五里水深没膝的沼泽,但是战士们的斗志仍极高昂。这首《露营之歌》,就是李兆麟同志和他的几位战友合作,在沼泽地带写的。
2- 铁岭:当指山岭的坚危。绝岩:绝壁,山岩像壁立那样。
3- 松江:松花江的简称。
4- 镜泊瀑泉:镜泊,指黑龙江省宁安市附近的镜泊湖,那里的瀑布很著名。
5- 振长缨:长缨,长带子。汉朝时候,终军向汉武帝要一条长缨,说一定可以把南越王捆住了带回来,见《汉书·终军传》。这里指发动抗日武装力量。山河变:指改变沦陷区面貌,即解放沦陷区。息烽烟:平息战火,即平息日本帝国主义所发动的侵略战争。
6- 金风疾:秋风猛烈。
7- 朔风:北风。征马:战马。踟蹰:徘徊不进。
8- 这首歌是兆麟等同志在西征前后陆续写作的。当时,兆麟同志被任命为三路军总指挥。
9- 1931年9月,日本帝国主义发动"九一八"事变,侵占我国东北三省。至1938年抗联三路军成立,为时已八年。八年间,日寇在东北残酷屠杀中国人民,罪行累累。
10- 矢:誓。谖:音宣,忘。
11- 1933年春,东北抗日武装在中国共产党的领导下陆续组成。兆麟同志曾任抗联六军政治部主任,参与开辟小兴安岭抗日根据地。自1933年至1938年,为时六年，抗联战士始终坚持在抗日的最前线，英勇战斗。喋：踩的意思。形容抗联战士们浴血作战。

12- 貔貅：音琵休。本猛兽名。形似虎，毛色灰白，辽东人谓之白熊。雄者曰貔，雌者曰貅。《史记》说："轩辕教熊罴貔貅貙虎以与炎帝战于阪泉之野"，故沿用为兵队之称，言其有勇如貔貅。

13- 1937年7月，日本帝国主义发动卢沟桥事变，侵占我国华北各省。全国人民在中国共产党团结抗日的伟大号召下，掀起抗日救亡运动，继而展开轰轰烈烈的抗日战争，给东北抗日人民以极大鼓舞。

14- 厉：磨炼。秣：饲养。

王若飞(两行)

王若飞(1896—1946):贵州安顺人。1921年夏在法国和周恩来、赵世炎同志等组织社会主义青年团,同年秋组织中国共产党旅欧支部。1923年在苏联莫斯科东方劳动大学学习,1925年回国。曾任豫陕区党委书记、江苏省委书记、中共中央秘书长、共产国际中国代表团代表之一、陕甘宁边区党委宣传部长、十八集团军副参谋长。在1927年中国共产党第五次全国代表大会和1945年中国共产党第七次全国代表大会上,均当选为中央委员。抗战胜利后参加重庆谈判和政治协商会议。由于国民党破坏政协协议,于1946年4月8日飞返延安,途中因飞机失事遇难。

死里逃生唯斗争, 铁窗难锁钢铁心![1]

1- 这两句诗,是若飞同志在绥远狱中写的。1931年,若飞同志从苏联回国,在绥远被捕入狱。当时,狱中生活条件极为恶劣,若飞同志为了鼓舞难友英勇斗争,曾经写了一篇短文《生活在微笑》,用锋利的笔调,指出生活里充满了斗争,描写了难友们斗争得胜的情景,这两句诗,就是该文的结尾。

除了这两句诗外,若飞同志为了巩固群众的斗争情绪,曾仿照陶行知编的《五千年古国要怒吼呀》的歌谱,写了首《监狱怒吼歌》,可惜这首歌词没有全部被流传下来。我们只搜集到这样几句:

伸出拳头去斗争呀!
斗争就可得自由呀!
伊呀嗨,呀呼嗨,
斗争就可得自由呀!
呀呼嗨,伊呀嗨。

此外,若飞同志为了批判叛徒黄平叛变,还曾引用明代爱国诗人于谦的《焚石灰诗》,激励狱中难友的革命气节:

千锤万击出深山,烈火焚烧若等闲。
粉骨碎身全不顾,只留清白在人间。

若飞同志这种做法,曾给狱中难友以极大的鼓舞。

黄齐生（二首）

黄齐生（1878—1946）：贵州安顺人。著名的老教育家。参加过辛亥革命。1921年与王若飞同志同赴法国勤工俭学，回国后从事教育事业。1945年赴延安。1946年3月代表延安各界赴渝慰问"较场口事件"被殴民主人士。同年4月8日返延，途中因飞机失事遇难。

诗一首[1]

忽惊一电发归绥，　　囹圄阿甥盼诀离。[2]
三次往探嗟无术，　　难为视死等如归。

百灵鸟[3]

平明跨驴东郊出，　　极目白杨映朝日。
前呼后拥恰三人，　　大笑机缘真巧值。

道旁诧见一秃翁，　　颜色艳艳桃花红。
手擎铁笼腰脚健，　　见客满脸堆笑容。

翻身下驴攀翁语，　　翁今此鸟得何处？
其名若何用若何？　　把此能无妨正务！

翁言此便是百灵，　　君胡不识而我名！

惯通人性知人意，　不信试听三两声。

年年来自张家口，　欲得其精须选手。
我今把此已四年，　相爱相亲同腻友。

君看羽毛紫带黑，　不似寻常尽灰白。
两睛光亮若点漆，　身量长不逾半尺。

换毛年年五月期，　垂头丧气不闻啼。
直待旧毛脱却尽，　欢如婴儿穿新衣。

天气愈寒声愈劲，　恍如深夜闻清磬。
翻过春来更精神，　枝头昂首相呼应。

洁身岂为肉食鄙，　日日清供惟小米。
拌以卵黄亦无多，　气饱力足歌声起。

我闻翁言良自得，　却对百灵长叹息。
笼中虽好岂其家？　纵会高飞空扑壁。

不自由兮毋宁死，　人与物兮同一理。
鱼脱钩兮虎脱柙，　世间快事畴能比？

别翁上驴回顾意茫茫，　百灵百灵尔堪怜。
愿得世界铁笼齐毁尽，　乐园处处鸟关关。

1- 黄齐生先生是王若飞同志舅父,一手抚养若飞同志成人。若飞同志在绥远狱中时,黄老先生不避险阻,曾三次前往探视营救。若飞同志正气凛然、视死如归的精神,黄老先生深为称赞。
2- 图圄:音灵语,监狱。
3- 这一首诗,也是1931—1932年作者赴绥远狱中探视若飞同志时写的。据说若飞同志看了以后,十分喜爱,曾以此作为教授同监难友的语文教材。

叶 挺（一首）

叶挺（1896—1946）：字希夷，广东惠阳人。1924年赴苏联东方劳动大学与军事学校学习。1925年回国。第一次国内革命战争时期，曾任国民革命军独立团团长、二十四师师长、十一军军长。1927年先后参加南昌起义和广州起义。抗战时任新四军军长。1941年皖南事变时被国民党非法逮捕，先后被囚于江西上饶、湖北恩施、广西桂林等地，最后移禁于重庆"中美特种技术合作所"集中营。1946年3月4日，由于中共中央的坚决要求，始获自由。出狱后即电中共中央请求加入中国共产党，于3月7日经中共中央批准。4月8日自重庆飞返延安，途中因飞机失事遇难。

囚 歌[1]

为人进出的门紧锁着，
为狗爬出的洞敞开着，
一个声音高叫着：
——爬出来吧，给你自由！

我渴望自由，
但我深深地知道——
人的身躯怎能从狗洞子里爬出！

我希望有一天

地下的烈火，

将我连这活棺材一齐烧掉，

我应该在烈火与热血中得到永生!

1- 这首诗写在囚禁叶挺同志的"中美特种技术合作所"渣滓洞集中营楼下第二号牢房墙壁上。

关向应(一首)

关向应(1902—1946):满族人。生于辽宁金县。1924年春加入中国社会主义青年团,1925年加入中国共产党。1928年在中国共产党第六次全国代表大会上被选为中央委员。曾任中国共产主义青年团中央委员会书记、红军第二方面军政治委员、八路军一二〇师政治委员。1945年在中国共产党第七次全国代表大会上继续当选为中央委员。1946年7月21日因病逝世于延安。

征 途

月色在征尘中暗淡,

马蹄下迸裂着火星。

越河溪水,

被踏碎的月影闪着银光,

电火送着马蹄,

消失在稀微的灯光中。

罗世文（一首）

罗世文（1904—1946）：四川威远人。1923年加入中国社会主义青年团，1925年加入中国共产党。曾任中共川西特委书记、四川省委书记、八路军成都办事处主任、新华日报成都分社社长。1940年在成都被国民党反动派非法逮捕。1946年10月18日在重庆"中美特种技术合作所"被害。

故国山河壮， 群情尽望春；
"英雄"夸统一， 后笑是何人？[1]

1946年10月18日
临难前朗诵于白公馆

1- 群情：指群众都盼望解放。"英雄"是对蒋介石的讽刺，他们曾经夸口要"统一全国"，把全国人民置于独裁统治之下，可是他们的妄想注定失败，最后胜利必然属于人民，最后笑的必然还是人民。

车耀先（四首）

车耀先：四川大邑人。共产党员。曾任中共四川省委军委书记。1940年在成都与罗世文同志同时被捕，1946年在重庆同遭杀害。

自誓诗[1]

幼年仗剑怀佛心，　放下屠刀求真神；
读破新旧约千遍，[2] 宗教不过欺愚民。

投身元元无限中，　方晓世界可大同，[3]
怒涛洗净千年迹，　江山从此属万众。

不劳而食最可耻，　活己无能焉活人，
欲树真理先辟伪，　辟伪方显理有真。[4]

喜见东方瑞气升，　不问收获问耕耘，
愿以我血献后土，　换得神州永太平。[5]

1- 这四首诗是车耀先同志参加革命初期所作，大约写于1929年。车耀先同志原是旧军人出身。在旧社会，由兵士当到旅长，多次在军阀混战中负伤，一足残跛，乃退役，追求救国救民的真理。先笃信基督教，后发现帝国主义利用宗教进行侵略，许多神父牧师不过是帝国主义侵略中国的工具，乃集合基督教中有爱国热情的中国信徒，创立了"中华基督教改进会"。第一首诗，正是揭露宗教的骗局。

2- 新旧约: 即《新约全书》和《旧约全书》,是基督教的"圣经"。
3- 以后,耀先同志致力于理论之研究,最后认定"马克思主义才是一切被压迫阶级与被压迫民族获得解放的福音书",乃要求加入中国共产党,投身到工农群众的革命斗争当中,并且确信人民一定获得最后胜利,共产主义必将在全世界实现。元元: 指人民群众。
4- 认识了马克思主义的真理以后,耀先同志即以消灭阶级剥削、谋求人类解放为己志,和各种反动的言论做斗争。
5- 这是说,胜利的曙光已经在望,作者愿以自己的一生献身祖国,以英勇的战斗换得革命的胜利。后土: 大地。

续范亭（三首）

续范亭（1893—1947）：山西崞县（现划为定襄县）人。早年加入同盟会。1936年西安事变以后，响应中国共产党的号召，回山西推动抗日救亡运动。曾任山西新军总指挥、晋绥边区行署主任、晋绥军区副司令员、中国人民解放区人民代表会议筹委会副主任委员。1947年病逝于山西临县，遗书请求加入中国共产党，经中共中央批准追认为正式党员。遗著有《续范亭诗文集》。

绝命诗[1]

赤膊条条任去留，　丈夫于世何所求？[2]
窃恐民气摧残尽，　愿把身躯易自由。

赠毛主席

领袖群伦不自高，　静如处子动英豪。
先生品质难为喻，　万古云霄一羽毛。[3]

悼关向应同志

抗战初期，晋西相会，沉默寡言，满腹智慧。
益我良多，启我愚昧，与君谈话，徐徐而醉。
三言五语，辞令不费，点头会意，神交默契。
同甘共苦，备尝滋味，何意中途，先后病肺。

延安养疴,互相策励,辗转五载,先我而去。

科学医疗,千方百计,苦无专药,不能治肺。

革命先锋,工人领队,忠诚无间,再接再厉。

既不为名,又不为利,为党牺牲,鞠躬尽瘁。

奋斗终生,四十四岁,布尔塞维,当之无愧。

1- 1935年,日本帝国主义侵入华北,范亭同志深感民族危机严重,曾赴南京呼吁抗日,目睹蒋介石反动政府腼颜卖国,悲忿至极,曾在南京中山陵园剖腹自杀,欲以此激发全国人民反对蒋介石投敌卖国的阴谋。这首诗就是当时写的。
2- 赤膊条条任去留:意思是,对生命无所留恋。
3- 杜甫《咏怀古迹》诗里称赞诸葛亮为"万古云霄一羽毛"。羽毛,指飞鸟;云霄,指高空;万古,言时间久。全句意思是,在历史上极少有的崇高品格。这里借来赞美毛主席的英明伟大。

李贯慈（一首）

李贯慈（1909—1947）：河南沁阳人。1932年参加中国共产党领导的农民运动，1937年参加山西青年抗日决死队。以后到晋察冀边区，曾任灵寿县长、平西专区专员、冀东行署秘书长。1947年冬病逝于冀东军区医院。

哭辽东[1]

哭罢江山无泪流，　亡国惨祸已临头！
恨尔民贼方得意，　哀此匹夫能不羞？
复我片土可百世，　杀敌一毛足千秋！
男儿一副好身手，　拼将热血洒神州。

1931年9月23日闻辽宁失陷之后

---

[1] 这首诗是贯慈同志于1931年9月闻日寇侵入沈阳后忿极而作。

陈国桢（三首）

陈国桢（1898—1949）：字干侯，福建莆田人。1928年冬加入中国共产党，在党内担任军委联络工作。在厦门两次劫狱斗争中，陈国桢同志以《商报》主编名义，掩护出狱同志。1934年由于叛徒告密被捕。出狱后，由党派赴上海、苏南各地工作。1938年赴南洋，在福建会馆工作。1943年在新加坡主编《白虹月刊》和《闽侨月刊》。1946年回国后，党派他到闽南建立地下组织。1949年被国民党反动派逮捕，不久即被杀害。

台湾志士蒋渭清[1] 避难鹭门被逮无力伸雪书此寄慨

1928年于厦门

才出虎口又遭狼，　出谷何曾异探汤。[2]
我痛伯仁罹罟网，[3]　畴怜蒋母啜秕糠。[4]
襟分鹭岛难回首，[5]　雁寄鱼书料断肠。[6]
屠伯凶狂犹胜昔，　死生且莫问苍苍。

回忆胡床曾共语，[7]　畅谈主义又谈诗。
横刀砍碎倭魁首，　破浪兼撄碧眼儿。
事不由人常废事，　时难再遇莫言时。
披坚不息自强志，　痛饮黄龙尚有期。[8]

除夕同台湾同志登汶阳山

除夕登高瞰远陂,[9] 萧森云物眼中收。
千层碧瓦侔金谷,[10] 一片寒滩枕夕流。
长啸碧空惊宿鸟, 穷探幽壑等浮鸥。
多情畴似谷中侣,[11] 岁暮荒山泛漫游。

箕踞冈头谈革命,[12] 个中滋味傲王侯。[13]
频年奋斗心尤壮, 此日登高兴未休。
击楫每怀瀛海治, 乘风辜负鹭江游。[14]
淋漓竞向寒潮诉, 胜似西窗作楚囚。[15]

1929年

长相思

1929年赠军队同志陈某

无事忙,底事忙?[16]
当道匆匆画虎狼,强弩休妄张。[17]

摄螳螂,捕螳螂。
飘忽金丸出紫囊,莫教黄雀扬。[18]

1- 大革命失败后,陈国桢同志于厦门主编《商报》,利用这一公开的职业身份作为掩护,秘密参加军委工作,负采购武器专责。其后,在台湾同志蒋渭清帮助下,购到日本所印中国之秘密军事地图数幅,送往苏区,以利红军作战。不久事发,蒋渭清被捕。

2- 出谷: 即迁居,喻避难。《诗经·伐木》:"出自幽谷,迁于乔木。"探汤: 以手伸人沸水,造成肉体损伤,喻遭难。

3- 伯仁: 晋代周𫖮之字。晋元帝时,镇东大将军王敦于武昌反叛,进军石头(今南京),企图篡位称帝。其时王敦之弟王导正在建康(元帝所在地,今江苏江宁县南),处境相当险恶;周𫖮申表全力营救,然而未为王导知晓。不久,王导奉诏去石头见其兄。王敦问及: 周𫖮此人如何? 王导不作答,周𫖮遂为王敦杀害。日后王导偶见周𫖮申救之表,泣道:"我虽不杀伯仁,伯仁由我而死。"这首诗中,"伯仁"喻蒋渭清。罹: 遭遇。罟: 网。

4- 畴: 谁。原注: 蒋母亦系民族解放运动者,贫不自给,以豆叶充饥。

5- 襟分: 离别。

6- 雁寄鱼书: 书信秘密来往。鱼书:《夷白斋诗话》:"古诗有: 客从远方来,遗我双鲤鱼,呼童烹鲤鱼,中有尺素书。"雁寄: 汉苏武使匈奴被拘,坚贞不屈。后匈奴与汉和亲,汉求匈奴释放苏武等人。匈奴诡言武等已死。常惠教汉使者谓单于: 天子狩猎得雁,雁足系有帛书,言武等在某泽中。单于诡言被识破,无奈释放苏武等人。

7- 胡床: 交椅,靠背椅子。《演繁露》:"今之交床,本自胡来.始名胡床。"

8- 坚信总有一天革命会取得胜利。痛饮黄龙,见李大钊同志遗诗注。

9- 远陬: 远处。陬,隅,作"处"解。

10- 侔: 等同。金谷: 晋荆州刺史石崇于河南洛阳县西置有金谷园,景色佳丽之地。

11- 畴似: 谁似。

12- 箕踞: 伸直两腿坐在地上,形似箕。

13- 个中: 此中。

14- 每次想保卫祖国海防,但自己乘风破浪的壮志没有实现。击楫,《晋书·祖逖传》:"晋祖逖渡江,中流击楫而誓曰: 祖逖不能清中原而复济者,有如此江。"瀛海治: 指海防巩固,把帝国主义赶走。乘风: 南朝宋宗悫要"乘长风破万里浪"。

15- 楚囚:《左传》记楚国人钟仪被晋国俘虏,作楚囚。这里指被拘囚。

16- 底事: 什么事。

17- 这是对敌人的藐视。不要说敌人如虎如狼,已经成为强弩之末,休得再狂妄了。强弩:《汉书·韩安国传》:"强弩之末,力不能入鲁缟。"强弓射出去的箭,到它力尽时连鲁国的薄绢都穿不过。

18- 这是说要惩治特务。《说苑·正谏》说,黄雀跟在螳螂后面想啄食螳螂,少孺子拿了弹弓在下面要弹取黄雀。这里把想捕螳螂的黄雀比特务,把革命者比少孺子,要革命者惩治特务,防他害人。摄,取。飘忽: 状快。

高　波（一首）

高波：共产党员。第三次国内革命战争时期人民解放军新十一旅一团的政治委员。1947年在陕北被国民党反动派逮捕，押送至兰州集中营。1948年底被押至南京，在雨花台被害。

狱中诗[1]

本为民除害，　那怕狼与狗；
身既入囹圄，　当歌汉苏武。

1- 这首诗是高波同志在兰州集中营时写的。

任 锐（二首）

任锐：共产党员，革命烈士孙炳文同志的夫人。1927年孙炳文同志被害以后，她担负起抚养革命遗孤的责任。在白色恐怖下，经历了十一年的困苦生活，终于在1938年到达延安，先后在抗大和马列学院学习。1949年4月病逝于天津。

重庆赴延安途中口占寄儿

儿父临刑曾大呼："我今就义亦从容"。
寄语天涯小儿女，莫将血恨付秋风。

送儿上前线

送儿上前线，　气壮情亦怆。
五龄父罹难，　家贫缺衣粮。
十四入行伍，　母心常凄伤。
烽火遍华夏，　音信两渺茫。
昔别儿尚幼，　犹着童子装；
今日儿归来，　长成父模样。
相见泪沾襟，　往事安能忘？
父志儿能继，　辞母上前方。

余文涵（一首）

余文涵（1917—1949）：四川长宁县人。共产党员。1942年曾任中共达县县委书记，1949年担任中共川南六县（江安、长宁、南溪、庆符、珙县、兴文）边区县委书记。1949年5月为当地敌特所捕，1949年7月被国民党反动派杀害。

铁窗明月有感

铁窗明月恨悠悠，　无限苍生无限仇，
个人生死何足论，　岂能遗恨在千秋！

陈 然（一首）

陈然（1923—1949）：河北大名人。抗日战争初期加入中国共产党。1947年曾任中共重庆市委领导的地下刊物《挺进报》的特支书记。1948年4月被捕，1949年10月28日被国民党反动派杀害。

我的"自白"书[1]

任脚下响着沉重的铁镣，
任你把皮鞭举得高高，
我不需要什么自白，
哪怕胸口对着带血的刺刀！

人，不能低下高贵的头，
只有怕死鬼才乞求"自由"；
毒刑拷打算得了什么？
死亡也无法叫我开口！

对着死亡我放声大笑，
魔鬼的宫殿在笑声中动摇；
这就是我——一个共产党员的自白，
高唱凯歌埋葬蒋家王朝。

1- 陈然同志被捕以后，被囚于重庆"中美特种技术合作所"，在狱中受尽各种酷刑，始终坚贞不屈。特务逼迫他写"自白书"，他严词拒绝，并在激怒中作了这首诗。

许晓轩(二首)

许晓轩:江苏无锡人。1938年加入中国共产党。曾在重庆《新华日报》工作,担任过《青年生活》主编、中共川东特委青委宣传部长。1940年被捕,被囚在重庆"中美特种技术合作所"白公馆集中营内,1949年11月27日被国民党反动派杀害。

赠 别 [1]

相逢狱里倍相亲, 共话雄图叹未成。
临别无言唯翘首, 联军已薄沈阳城。[2]

吊许建业烈士 [3]

噩耗传来入禁宫, 悲伤切齿众心同。
文山大节垂青史,[4] 叶挺孤忠有古风。
十次苦刑犹骂贼, 从容就义气如虹。
临危慷慨高歌日, 争睹英雄万巷空。[5]

1- 这首诗是晓轩同志1947年底在白公馆集中营中写的。当时他常与李子伯同志等筹划集体越狱,后李子伯等同志被移走,晓轩同志乃作此诗赠别。李子伯烈士,四川营山人。1939年加入中国共产党。曾在抗大晋南分校学习,毕业后回蒋管区从事军运工作。1947年计划发动川东农民武装起义,不幸于10月间被捕。1949年11月27日牺牲于重庆"中美特种技术合作所"集中营。
2- 联军:指东北民主联军。薄:临近。
3- 许建业烈士,四川邻水人,共产党员,曾任中共重庆市委员、工运书记。

1948年4月被国民党反动派逮捕。同年7月21日,牺牲于重庆大坪。
4- 文山:文天祥。
5- 许建业同志被捕以后,多次遭受酷刑,始终坚贞不屈。临难时,沿街高呼口号,慷慨激昂,沿途群众对烈士的英雄气概无不崇敬感动。

何敬平（二首）

何敬平（1918—1949）：四川巴县人。共产党员。曾在重庆电力公司工作。1948年4月被捕，囚于重庆"中美特种技术合作所"渣滓洞集中营，1949年重庆解放前夕牺牲。

把牢底坐穿[1]

为了免除下一代的苦难，
我们愿——
　　愿把这牢底坐穿！
我们是天生的叛逆者，
我们要把这颠倒的乾坤扭转！
我们要把这不合理的一切打翻！
今天，我们坐牢了，
坐牢又有什么希罕？
为了免除下一代的苦难，
我们愿——
　　愿把这牢底坐穿！

1948年夏于渣滓洞

我是江河

我只是细小的溪流,
我只有轻轻的涟漪,
　　微弱的漩涡。

我将是汹涌的江河,
我要用原始的野性
　　激荡、澎湃!
我要淹没防堵的堤坝,
我要冲毁阻碍的山岳!
我决不让我的生命窒息,
我渴望海……

我不只是细小的溪流,
我不只有轻轻的涟漪,
　　微弱的漩涡。

我是江河!
我是江河!

1946年于重庆电力公司

1- 这一首诗是何敬平同志在狱中所作,并且自己谱成歌曲,深为狱中同志所喜爱。

余祖胜（二首）

余祖胜（1926—1949）：江西湖口人。共产党员。十三岁即入重庆二十一兵工厂做童工。1948年被捕，囚于重庆"中美特种技术合作所"渣滓洞集中营。在狱中多次遭受毒刑，但始终顽强不屈。当人民解放军进军西南的喜讯传到狱中，他收集了许多胶牙刷柄，刻成一百多个五角星分送战友迎接胜利。1949年重庆解放前夕牺牲。

晒太阳

太阳倾泻在石头上，
温暖着我的身躯，
呵，这也触犯了吸血鬼的法律！
"哼！不讲羞耻！"
眼珠翻滚，
怒目瞪瞪。

在这人和兽混居的城堡里——
　　道德、法律、武力、金钱……
　　全是吃人的野兽！
春天，是强盗们的，
穷人永远生活在冬天里。
忿怒地站在石头上，
我要回答——

总有一天,我们将

　　站在这个城堡上,

高声宣布:

太阳是我们的!

1947年3月9日

明　天

我伏在窗前,
让黑夜快点过去。
希望的梦呵——
总是做不完的。
黑夜里总有星光,
白天怎能叫太阳躲藏?
明天,是个幸福的日子,
明天是我的希望!

1947年春

白深富（一首）

白深富：四川璧山人。共产党员。先后在四川合江、广安等地做学运工作。1948年在璧山被捕。囚于重庆"中美特种技术合作所"渣滓洞集中营。1949年重庆解放前夕牺牲。

花

我爱花。
我爱洋溢着青春活力的花，
带着霜露迎接朝霞。

不怕严寒，不怕黑暗，
最美丽的花在漆黑的冬夜开放。

它是不怕风暴的啊，
风沙的北国，
盛开着美丽的矫健的百花。

我爱花。
我爱在苦难中成长的花，
即使花苞被摧残了，
但是更多的

更多的花在新生。

一朵花凋谢了,
但是更多的花将要开放,
因为它已变成下一代的种子。

花是永生的啊,
我爱花,
我爱倔强的战斗的花。

花是无所不在的,
肥沃的地方有花,
贫瘠的地方有花。
在以太里
有无线电波交织的美丽的花;[1]
在一切的上面
有我们理想的崇高的花。

我爱花,
我愿为祖国
开一朵绚丽的血红的花。

1- 指秘密收听解放区广播时的喜悦。

何雪松（一首）

何雪松：四川高县人。1947年8月因组织武装起义在重庆被捕。在狱中积极为党工作，多次与敌特斗争。1949年重庆解放前夕，在"中美特种技术合作所"渣滓洞大屠杀中牺牲。中华人民共和国成立后被追认为中共正式党员。

魂灵颂[1]

你是丹娘的化身，[2]
你是苏菲亚的精灵，[3]
不，你就是你，
你是中华儿女的革命典型。

1- 《魂灵颂》，是被囚禁在渣滓洞的革命者献给江竹筠同志的一首诗，由何雪松同志执笔。这四句诗是其中的一小节。江竹筠同志，四川人，是一个童工出身的女共产党员，从1939年入党以后一直在白区工作。1947年秋，重庆党组织派同志到川东农村组织农民武装起义，竹筠同志接受任务到万县地区担任联络工作。到奉节后，亲眼看到爱人彭咏梧同志（中共重庆市委委员）突遭国民党残酷杀害，竹筠同志忿慨无比，要求组织让她继续完成彭咏梧同志的遗志，在下川东一带恢复已遭破坏的党的活动。当时，她曾任中共下川东地委委员。1948年夏，由于叛徒出卖，竹筠同志在万县被捕，旋即被送往重庆"中美特种技术合作所"，在狱中历受酷刑，但始终顽强不屈，受到狱中难友极大的尊敬。1949年重庆解放前夕，竹筠同志与难友多人同遭国民党残酷杀害。

2- 丹娘：即卓娅，苏联卫国战争时期女英雄。

3- 苏菲亚：帝俄时代的虚无主义者，反对沙皇，被绞死。这里用苏菲亚来歌颂江竹筠，只取其反封建、反专制、勇敢无畏、不怕牺牲一点而言。

蓝蒂裕（一首）

蓝蒂裕：四川梁平人。共产党员。1948年冬被捕，囚于重庆"中美特种技术合作所"集中营，1949年10月与陈然同志等同时牺牲于重庆大坪。

示 儿[1]

你——耕荒，
我亲爱的孩子；
　从荒沙中来，
　到荒沙中去。

今夜，
我要与你永别了。
　满街狼犬，
　遍地荆棘，
给你什么遗嘱呢？
我的孩子！

今后——
愿你用变秋天为春天的精神，
把祖国的荒沙，
耕种成为美丽的园林！

1949年10月就义前夜

[1] 这一首诗是烈士临刑前在渣滓洞楼上第六号牢房留交同志转给他的孩子的遗嘱。

古承铄（四首）

古承铄（1920—1949）：四川南川人。共产党员。他是诗人和音乐家，写过很多反对蒋介石反动统治的歌曲，如《薪水是个大活宝》等，中华人民共和国成立前在群众中流传甚广。1948年5月被捕，囚于重庆"中美特种技术合作所"渣滓洞集中营，1949年重庆解放前夕牺牲。

宣　誓

在战斗的年代，
我宣誓——
　不怕风暴，
　不怕骤雨的袭击！

一阵火，一阵雷，
一阵狂风，一阵呼号
炙热着我的心；
脑际涨满了温暖与激情。

我宣誓——
爱那些穷苦的、
　流浪的、无家可归的、
　衣单被薄的人民；
恨那些贪馋的、

骄横的、压榨人民的、
　　杀戮真理的强盗。

我宣誓——
　　我是真理的信徒，
　　我是正义的战士，
我要永远永远
　　为人类的自由幸福而战！

1948年作于渣滓洞楼下一号牢房

无　题

假如山崩地裂，
假如天要垮下，
假如一动就会死，
假如有血才有花……
只要能打开牢笼，
让自由吹满天下，
我将勇敢上前，
毫不惧怕！

1947年6月"六一"大逮捕有感

这样不是那样

这样不是那样,事实不是想象,
黑夜不是白天,月亮不是太阳。

苦闷不是悲哀,欢喜不是奸笑;
黑夜处处有强盗,谨慎不是胆小。

黎明之前黑暗,黑暗之中混乱,
世上总有阳光,黑夜毕竟很短。

1947年4月于重庆

薪水是个大活宝

薪水是个大活宝,想和物价来赛跑,
物价一天涨一天,薪水半年赶不到。
赶不到呀赶不到,公教人员啷开交?
这个日子天知道,怎么能够过得了?
年老的爹妈要活命,小小的孩儿要温饱;
自己忽然得了病,那时有谁来照料?
过不了呵吃不消,竟有人还在旁边哈哈哈哈笑!
可恨可恨又可恼,这样的日子要改造,要改造!

1946年6月于北碚

沈迪群(二首)

沈迪群(1907—1949):四川南充人。抗日战争和解放战争时期,在重庆从事文化工作,曾主办进步刊物《活路》。1948年8月被捕,囚于重庆"中美特种技术合作所"渣滓洞集中营,1949年重庆解放前夕牺牲。

青杠叶

青杠叶,二面黄,四面八方在征粮。
征粮征得民叫喊,伤心伤意哭断肠。
若问征粮做啥子,他说拿去打内战!

苦竹叶

苦竹叶,青又青,家家户户要抽丁。
张家抽了张大定,石家又抽石耀廷。
张大定,石耀廷,丢下家中老小一大群;
挨饥受饿无依靠,哭哭啼啼有谁怜?

蔡梦慰（一首）

蔡梦慰：四川遂宁人。新闻记者，诗人。1948年4月被捕，囚于重庆"中美特种技术合作所"渣滓洞集中营。1949年重庆解放前夕牺牲。

黑牢诗篇[1]

第一章
禁锢的世界

手掌般大的一块地坝，
箩筛般大的一块天；
二百多个不屈服的人，
锢禁在这高墙的小圈里面，
一把将军锁把世界分隔为两边。

空气呵，
日光呵，
水呵……
成为有限度的给予。
人，被当作牲畜，
长年地关在阴湿的小屋里。
长着脚呀，
眼前却没有路。

在风门边,
送走了迷惘的黄昏,
又守候着金色的黎明。
墙外的山顶黄了,又绿了,
多少岁月呵!
在盼望中一刻一刻地挨过。

墙,这么样高!
枪和刺刀构成密密的网。
可以把天上的飞鸟捉光么?
即使剪了翅膀,
鹰,曾在哪一瞬忘记过飞翔?
连一只麻雀的影子
从牛肋巴窗前掠过,
都禁不住要激起一阵心的跳跃。
生活被嵌在框子里,
今天便是无数个昨天的翻版。
灾难的预感呀,
像一朵乌云时刻地罩在头顶。
夜深了,
人已打着鼾声,
神经的末梢却在尖着耳朵放哨;
被呓语惊醒的眼前,
还留着一连串噩梦的幻影。

从什么年代起,
监牢呵,便成了反抗者的栈房!
在风雨的黑夜里,
旅客被逼宿在这一家黑店。
当昏黄的灯光
从帘子门缝中投射进来,
映成光和影相间的图案;
英雄的故事呵,
人与兽争的故事呵……
便在脸的圆圈里传叙。

每一个人,
每一段事迹,
都如神话里的一般美丽,
都是大时代乐章中的一个音节。
——自由呵,
——苦难呵……
是谁在用生命的指尖
弹奏着这两组颤音的琴弦?
鸡鸣早看天呀!
一曲终了,该是天晓的时光。

第二章
战斗胜利了

牢门,曾经为你打开,
只消一提脚
便可跨过这条铁的门槛。
管钥匙的人说:
——你想干点什么呢?
  搞事业吗,还是玩政治?
  我给你高官,
  我给你公司、银行、书店、报馆……
——否则呀,哼!
一声冷笑掩蔽了话里的刀;
像修行者抵御了魔鬼的试验,
你呀,拒绝了利与禄的诱惑,
只把脖子一扬,
便将这杯苦汁一气饮下!
连眉头也不皱一皱呀,
从金子堆边走过而不停一停脚,
在红顶花翎的面前而不瞟它一眼。
  爱人的眼睛,
  母亲的笑脸……
多少年青的心灵呵,
都被感情的手撕裂得粉碎;
你呀,光荣的胜利者,
在一点头、一摇首之间,

曾经历了怎样剧烈的战斗!

凭仗着什么?
在一瞬间的若干次斗争中,
你终于战胜了双重的敌人。
像战场上的勇士:
  一手持着信仰的盾牌,
  一手挥砍着意志的宝剑。

从此,牢门上了死锁,
铜钥匙的光亮,
不曾在你眼前晃过。
——为了免除下一代的苦难,
  我们要,要把这牢底坐穿!
二百多颗心跳着一个旋律,
二百多个人只希望着那么一天——
等待着自己的弟兄,
用枪托来把牢门砸开!

    第三章
     意志在闪光

讲着人的语言,
穿戴着人的衣冠,
完全同人类一个模样儿,
却长着蛇与狼的肺脏。

让天真的生物学者去疑惑——
世界上会有这种动物!
这里的二百多个人,
每一个都是活证,
每一个的身上永留着它底爪痕。
热铁烙在胸脯上,
竹签子钉进每一根指尖,
用凉水来灌鼻孔,
用电流通过全身……
人底意志呀,
在地狱的毒火里熬炼——
像金子一般的亮!
像金子一般的坚!

可以使皮肉烧焦,
可以使筋骨折断;
铁的棍子,
木的杠子,
撬不开紧咬着的嘴唇,
——那是千百个战士的安全线呵!
用刺刀来切剖胸腹吧,
挖得出的——
也只有又热又红的心肝!

"老虎凳","鸭儿浮水"……

"水葫芦","飞机下蛋"……
多么别致而又丰富的字眼呀，
在它们的辞典上，
   是对付反抗者的工具，
   是赏心乐意的游戏；
而在人类的斗争史上，
却用鲜红的字迹注写着：
   炼成钢的熔炉，
   琢成玉的磨床。
你，断了腿的，
你，折了臂的……
让自己底躯体残废，
为了花朵开放得完美，
为了果实结垒得丰盛。
是收获的季节了，
当着你的朋友、
   爱人、
   同志……
每一处伤痕呀，
都夸示着它所表现的光荣，
   它所包含的意义。

第四章
欢迎呵战友

欢迎呵!
　亲爱的战友,
　　　　同志。
你是来自何方?
哪一个村,
哪一座城,
已掀起解放的巨浪!

只有混浊的开水,
只有残余的烟蒂,
而友爱的手指,
早拂去了对于魔穴的疑虑。
　才经过熬煎的心灵,
　才经过折磨的躯体,
像浸在温泉里一般安适舒坦……
寒夜,一角薄毯的分享,
使全身全心都感到暖和。

燕子,会带来春信;
来自火线上的人,
传播了斗争的捷音:
　——东山坡呀,
　——西山坪呀,

人民已经翻了身!
在放风场上,
　　每一双眼睛放着亮,
　　每一个脸颊发着光,
火呀,在深心里熊熊地燃烧……

一口冷锅,
几床破絮,
家,破了,无叹息。
暴风雨的夜里,
　　该有多少林间的巢倾覆?
　　该有多少浪里的船沉没?
在同难的兄弟间,
你看到家人的面影,
也感到和家人一般的温存。

像潮水退了,
被抛留在岸洼里的鱼,
　　共同的苦难,
　　共同的企愿,
使大家濡活在彼此的沫液里。
既已听见潮鸣了,
排山倒海的浪涛呀,
必然的,更接近了,
　　　　更接近了呀……

第五章
铁窗里的等待

像笼里的鹰
梳理着它的羽翼,
准备迎接那飞翔的日子;
长期的幽禁呵,
岂能使反抗者的意志麻痹。
在铁窗里面,
无时不在磨砺着斗争的武器——
用黄泥搓成的粉笔,
在地板上写出了讲义,
你,是学生,也是教师,
　卡尔、恩格斯、伊里奇、约瑟夫
就像坐在身边,
同大家亲密地讲叙;
毛泽东的话呀,
　又一遍在心里重新记忆,
　再一遍在心里仔细温习。

寒冷的俄罗斯,
是怎样开遍了香花;
古老的中华,
　怎样燃起了解放的火炬。
同敌人斗争的故事,
同自己斗争的故事,

一幕一幕重现在眼底,
像无数的火星
闪耀在这样黑的夜空里。
转动齿轮的,
挥舞锄锨的,
摇弄笔杆和舌头的;
趁着新建的花园完工之前,
你,向自己的弟兄,
赤裸出深藏的灵魂和躯体,
　看哪里还有暗迹,
　看哪里还有污点,
进入那圣洁芬芳的田园地呀,
谁,好意思带着一身垢腻!
莫说包过脚,
老了便不能解放;
五十几岁的老大哥,
天天在学读书,写字;
还在梦里流尿的孩子,
也会用稚气的口语,
　讲说革命的大道理,
　描述新社会的美丽。
……

1- 蔡梦慰同志在狱中坚持写作,用竹签子笔蘸着棉花烧成灰烬调作的墨汁,写出血泪和仇恨的记录。1949年11月27日深夜,蔡梦慰同志由渣滓洞被押赴松林坡刑场途中,将其未完成的长诗原稿——《黑牢诗篇》抛留荒草丛中,重庆解放后被发现,这一珍贵的诗篇,终于被保存下来。

刘振美(一首)

刘振美(1916—1949):四川叙永人。文化工作者。1947年夏被捕,囚于重庆"中美特种技术合作所"渣滓洞集中营,1949年重庆解放前夕牺牲。

无 题

凤尾从来逞艳姿, 巴山夜雨梦回迟;
史家高秉董狐笔, 诸子低吟鲁迅诗。
初稼新逢六月雪, 厄杨仍发一年枝;
余生入狱何足畏, 且看中天日影移。

1949年渣滓洞楼上一号牢房

文 泽（一首）

文泽：四川合川人，新四军政治干部。1941年1月皖南事变时被捕，先后囚于上饶、息烽、重庆"中美特种技术合作所"白公馆集中营。1949年重庆解放前夕牺牲。在狱中始终没有暴露身份。《告别》是他留下的惟一遗作，由越狱脱险同志携出。

告 别

黑夜是一张丑恶的脸孔，
惨白的电灯光笑得像死一样冷酷。
突然，一只粗笨的魔手，
把他从噩梦中提出。

瞪着两只大眼，定一定神，
他向前凝望：
一张卑鄙得意的笑脸，
遮断了思路。

立刻，他明白了，
是轮次了，兄弟，不要颤抖，
大踏步跨出号门——
他的嘴咧开，轻蔑地笑笑：

"呵,多么拙笨的蠢事,
在革命者的面前,
死亡的威胁是多么无力……"
记着,这笔血债,
兄弟们一定要清算:记着,血仇。
呵,兄弟,我们走吧,
狗们的死就在明朝!

血永远写着每个殉难者的"罪状"——
第一,他逃出了军阀、土豪、剥削者的黑土;
第二,他逃脱了旧社会屠场的骗诈、饥饿;
第三,他恨煞了尘世的麻痹、冷漠、诬害;
第四,他打碎了强盗、太监、家奴、恶狗加给祖国的枷锁;
第五,他走上了真理的道路,向一切被迫害、被愚弄的良
　　　心摇动了反抗的大旗……
呵,兄弟,你走着吧!勇敢地走着吧!
呵,兄弟,记住我们战斗的信条:
　假如是必要,你就迎上仇敌的刺刀。
但是真理必定来到,这块污土就要燃烧。

刽子手轻轻拍拍他的肩膀,
他,突然发出了一声冷笑。
一转身,他去了。
呵,兄弟,
不用告别,每一颗心都已知道!

呵，快天亮了，这些强盗狗种都已颤栗、恐慌，
他们要泄忿、报复，灭掉行凶的见证，
他们要抓本钱，然后逃掉。
但是你听着：狗们不能被饶恕，
血仇要用血来报！

1949年11月大屠杀之夜于白公馆

刘国鋕（一首）

刘国鋕：四川泸县人。共产党员。曾任中共重庆沙磁区特支书记。1948年4月被捕，因于重庆"中美特种技术合作所"白公馆集中营，1949年重庆解放前夕牺牲。

就义诗[1]

同志们，听吧！
像春雷爆炸的，
是人民解放军的炮声！
人民解放了，
人民胜利了！
我们——
没有玷污党的荣誉！
我们死而无愧！
……

重庆解放前夕赴刑场之际朗诵于白公馆

[1] 刘国鋕同志牺牲时，中国人民解放军已进抵重庆郊区，集中营中已清晰地听到我军的隆隆炮声。这时，刘国鋕同志心潮激奋，摸出暗藏的一小截铅笔，正要题诗欢庆解放，刽子手却出现在铁牢门口。刘国鋕同志面对胜利，挺身而出，他扔掉手上的铅笔，立刻高声朗诵道："同志们，听吧！像春雷爆炸的，是人民解放军的炮声！……"直到他慷慨就义，朗诵声还不断传来，迄未中止。这里记下的，仅是他走出白公馆以前朗诵的一段。

续　编

序　言

《革命烈士诗抄》自一九五九年，特别是一九六二年增订本出版以来，距今已二十年左右了。但那些闪光的篇章，仍不减其光彩，依然时时在广大读者心中回响。这些用鲜血写成的诗，在人民中吟诵、传唱，经年不衰；有的诗还由作曲家谱成乐章，广为演唱。读者、诵者、歌者、听者无不为之感动，受到鼓舞。它们像晶莹的金玉，岁月愈久便愈加灿烂生辉。这原因不是别的，因为它们不是一般的诗篇，而是用鲜血和生命写成的。而且他们——那些为了新中国视死如归献出生命的先烈们——的诗"就是他自己"（郭沫若论叶挺诗中语）。正因为如此，它们才那样脍炙人口，那样深入人心，它们才得以流传不朽！

许多读者，特别是青壮年同志一见到我，总不免要提起《诗抄》和那些铿锵有力的豪言壮语：

"砍头不要紧，只要主义真。

杀了夏明翰，还有后来人！"

"头可断，肢可折，革命精神不可灭。

壮士头颅为党落，好汉身躯为群裂。"

可以毫不夸张地说，这都是不朽之作。

我还记得，曾有一位同志对我说："你写的《革命烈士诗抄》增订本序言——《再致读者》里说的几句话：'你要学习写诗吗？

学习这样的诗歌吧!你要学习做人吗?向这样的人学习吧!'对我的印象最深,到现在我还常背诵,特别是在有所感触而想写诗的时候。"

是的,我们要学习他们的诗。这是中国文化宝库中的珍品、瑰宝,无论从思想性、战斗性或艺术性方面都当之无愧;我们也更要学习他们——诗人,烈士,他们是中华民族的骄傲,是全国人民的光荣。诗是战斗的诗,人是革命的人。

"为主义牺牲,为工农流血。
不负天地生,无污父母血。"

——朱也赤

"越杀胆越大,杀绝也不怕。
不斩蒋贼头,何以谢天下!"

——夏明翰

"老子本姓天,家住澧水边。
有人来拿我,除非是神仙。
刀口对刀口,枪尖对枪尖。
有你就无我,你死我上天。"

——贺锦斋

"流血身死何所惧,刀剑丛中斩豺狼!"

——贺锦斋

"横剑跃马几度秋,男儿岂堪作俘囚?
有朝锁链捶断也,春满人间尽自由。"

——汪石冥

"身在牢房志更强，抛头碎骨气昂扬。
乌云总有一日散，共产东方出太阳。"

——龙大道

"三一年华转瞬间，壮志未酬奈何天。
不惜唯我身先死，后继频频慰九泉。"

——邓恩铭

"且将点滴血和泪，洒遍天下自由花。"

——吴厚观

"革命何须问死生，将身许国倍光荣。"

——黎又霖

"我要放出更强烈的火光，
照破人世间的虚伪和欺诈。
我要锻炼成尖锐的小刀，
刺破人与人之间的隔膜。"

——田波扬

另有郭亮和夏明翰的联句：

"一方宝剑帐头挂，大鬼小鬼休进来。"（郭亮）
"斩尽妖魔平天下，山河日月重安排。"（夏明翰）

这些烈士们的珍贵遗诗充满了对共产主义的满腔赤忱和对敌人的刻骨仇恨，表现了革命先烈忧国忧民、舍生忘死的革命精神和愿为革命粉身碎骨的坚强决心，同时也体现了革命先辈对前途乐观、对革命必胜的坚定信念。

正是这些革命先烈——新中国的创造者、奠基人——为了我们今天的事业，在我们的前头光荣地牺牲了。作为后死者的我们，则更任重道远。我们继承了他们的战斗成果，并且应该加以发扬光大，是他们和千千万万的革命者、亿万人民群众造就了一个崭新的中国，我们则要把她建设得更加繁荣、富强。这是我们每一个中国人责无旁贷的光荣义务。

我们学习这种诗与人的"革命回忆录"，对于我们，特别是年轻的一代，建立革命人生观与树立共产主义的远大理想是大有益处的。它可以帮助我们继承和发扬光荣的革命传统，提高我们青年一代的道德风尚；可以培养我们把祖国利益、人民利益看得高于一切的爱国主义精神和为世界大多数人的幸福贡献一切的国际主义精神。它必然会鼓舞我们在建设一个具有高度文明、经济繁荣的四个现代化的社会主义强国的伟大进军中不断前进。

十几年来，许多热心的读者，特别是湖南的梅嘉陵同志广泛搜集了不少在《诗抄》和《增订本》中不曾收入的烈士遗诗，并把它们寄给我。当我收到这些稿子时，是抱着极大的热情与感动的心情来读的。我当即把稿子转交中国青年出版社，建议出版《诗抄》续集。出版社的同志们立即热烈响应，专门组织人力对烈士的遗诗进行了多方面的收集、整理工作，并深入调查了解烈士的生平简历。到目前为止，共得一百一十位烈士的二百九十一首诗。然后又请周振甫同志负主要责任，对诗中的疑难文字和费解之处加了注释，并复写数份分送有关单位和同志审阅，最后定稿付印。续集便是经过许多同志严肃认真的工作以后问世的。

增订本和续集中的一些烈士我是熟悉的。(以牺牲的先后为序)如李大钊、赵世炎、向警予、田波扬、夏明翰、郭亮、罗学瓒、陈昌、蔡和森、恽代英、邓中夏、何叔衡、毛泽覃、瞿秋白、王若飞、黄齐生、关向应、叶挺、续范亭……他们的声音笑貌常在我脑际徘徊。其他多数则不熟悉，但读了他们的诗，感到非常亲切。他们虽然牺牲了，但他们的诗还在，他们的精神永存不朽！他们不愧为无产阶级的先锋、人民群众的领袖。他们堪称为万世楷模。

我们欣幸的是，党的优秀领导者瞿秋白同志在早年以及后来左翼文艺运动时期所作的诗歌，在本集中重新发表；著名作家郁达夫、著名诗人闻一多、蒲风的诗章，也为这本集子增加了光彩。维吾尔族诗人鲁特夫拉·木塔里甫的诗歌是惟一被译成汉文的少数民族革命烈士的诗歌，发表在这本集子里，也是很珍贵的。

最后我感谢梅嘉陵同志，是他促使我们出了这本续集。感谢周振甫同志，是他使我们得以完成这本续集。我还要感谢所有那些对本书出了力的中国青年出版社以及其他的同志们！

萧三
1980 年 11 月 10 日

王尽美(八首)

王尽美(1898—1925):名瑞俊,山东莒县人。五四运动时期,王尽美同志与十几位进步同学组织励新学会。1920年,在济南市发起组织"马克思学说研究会"。不久,成立山东共产主义小组。1921年7月,王尽美与邓恩铭两同志代表山东共产主义小组,出席中国共产党第一次全国代表大会。会后,建立了中国共产党山东支部,王尽美同志任书记。1922年1月,赴莫斯科出席远东各国共产党及民族革命团体第一次代表大会。7月回国,参加中国共产党第二次全国代表大会。会后,在中国劳动组合书记部书记处工作。不久,到山海关一带领导工人运动。1923年调回山东负责党的工作。1925年夏在青岛市病逝,时年二十七岁。

长江歌[1]

看看看,滔天大祸,飞来到身边——
日本强盗似狼贪,硬立民政官!
此耻不能甘,山东又要似朝鲜!
嗟我祖国,攘我主权,破我好河山。

听听听,山东父老,同胞忿怒声,
送我代表赴北京,质问大总统!
反对卖国念一条,保护我山东,[2]
堂堂中华,炎黄裔胄,主权最神圣。[3]

1919年7月

无情最是东流水[4]

无情最是东流水,　日夜滔滔去不停。
半是劳动血与泪,　几人从此看分明。

赠友人

贫富阶级见疆场,[5]　尽善尽美唯解放。
潍水河沙流入海,　试于麓下看沧桑。

1921年

革命天才明

其一　对工人
工人白劳动,　厂主吸血虫;
工人无政权,　世道太不公;
工人站起来,　革命打先锋!

其二　对农民
穷汉白劳动,　财主寄生虫;
人穷并非命,　世道太不公;
农民擦亮眼,　革命天才明!

其三　对店员
店员白劳动,　财东吸血虫;

人穷并非命， 世道太不公；
工商联合起， 革命无不胜！

　　　　其四　对学生
反帝反封建， "五四"大运动；
打烂旧社会， 民族才振兴；
同学快觉醒， 革命学列宁！

　　　　其五　对士兵
小兵死千万， 大官立了功；
为何打内战， 道理讲不清；
枪口要对外， 反帝是英雄！

1923年

1. 1919年爆发"五四"运动，北京学生数千人在天安门前集会，要求取消"二十一条"，收回山东的一切被日本夺去的权利。全国各地学生纷纷起来响应。山东学生除游行示威外，还推派代表去北京向北洋军阀政府的"大总统"徐世昌请愿，要求取消"二十一条"，保护山东的一切权利。这首歌就是王尽美同志为济南学生暑假讲演团谱写的歌词。称《长江歌》，当指学生的爱国精神像长江那样永远滚滚东流，不达目的不止。
2. 念一条：即"二十一条"。是日本帝国主义利用第一次世界大战的时机，向袁世凯政府提出的旨在独占中国的秘密条款。1915年日本驻华公使向袁世凯提出"二十一条"，其中要掠夺山东、南满、东蒙的权益。
3. 炎黄裔胄：指汉族是炎帝神农氏、黄帝轩辕氏的子孙。
4. 这首诗是王尽美同志出席中国共产党第一次全国代表大会后，回到济南市历下亭时写的，表达了要唤醒劳动人民起来革命的决心。
5. 见疆场：指阶级斗争。潍河：源出山东省莒县潍山，东流入海。潍河的泥沙在海边淤积成地，使沧海变成桑田，比喻阶级斗争改造世界。麓下：山下。

李慰农（一首）

李慰农（1895—1925）：安徽巢县人。曾积极参加五四运动。1919年赴法勤工俭学，1922年6月与赵世炎、周恩来等同志在巴黎成立旅欧中国少年共产党（后称社会主义青年团）。1923年2月加入中共旅欧总支部。1923年年底离法赴苏，进东方大学学习。1925年春回国到山东省开展工作，创建中央四方村支部，后任中共青岛市委书记，领导了青岛市"五卅"反帝爱国运动。不幸于7月26日遭北洋军阀政府逮捕，同年7月29日在青岛市团岛牺牲。

游采石乘轮出发[1]

浩浩长江天际流，　风吹乐奏送行舟。

问谁敢击中流楫？　舍却吾侪孰与俦![2]

1- 这首诗写于1917年十月革命前后。采石：即采石矶，在今安徽省马鞍山市长江东岸。
2- 问谁句：引用《晋书·祖逖传》祖逖中流击楫发誓收复中原的典故，表达诗人的慷慨志节。侪（chái）：辈。俦（chóu）：伴侣。

萧朴生(一首)

萧朴生(?—1926):早年赴法勤工俭学。在法参加中国共产党,是中国社会主义青年团旅欧支部执行委员、中国共产党旅法支部组织干事。回国后,负责中国济难会工作。1926年病故。

死 乡[1]

"哗啦啦",电光一闪,接着就是这么一个可怕的声音。
这一定又是那边红铁上的机器崩坏了,
我相信我并没有听错,
但人们还是照常作工。

凄惨的机声照常吼着,
威严的工头照常往来踱着,
一具死尸却已经从医室的前面抬过去了,
人们都望了一望,耸了一耸他们的肩头。

该没有压死爱和我说笑的亨利?
该没有压死爱和我喝酒的保罗?
我心里尽这么念着,
但人们却还是照常作工。

我心里念着,

我心里问着,

不知那威严的工头为什么只恶狠狠地望着我?

呵!原来我忘记了工作!

1923年1月19日

1- 这首诗是萧朴生同志在法国克鲁邹勤工俭学时写的。诗中的亨利和保罗,是两位法国工人,是作者的朋友。

萧楚女(一首)

萧楚女(1893—1927):原名树烈,字秋。湖北汉阳人。早年参加辛亥革命。1920年参加利群书社。1922年加入中国共产党。1922年去四川省从事革命活动,主编《新蜀报》。1924年初回湖北省开展学生爱国运动。同年再去四川省开展革命工作。1925年去上海,与恽代英同志共同主编《中国青年》。1926年在广州协助毛泽东同志编辑《政治周报》,并担任广州农民运动讲习所教员,后任黄埔军校政治教官。1927年在广州"四一五"反革命大屠杀中不幸被捕,壮烈牺牲。

寄孙问梅兼示泥清仲宣[1]

北风吹寒雨, 夹势如飞镝。[2]
飘然天涯来, 萧飒满园湿。
广陌叶声繁, 穷巷泥涂积。[3]
卷帘望秋色, 洒扫无遗迹。
幽人悲岁暮, 念此百感集。
初与君别时, 何言日月疾。
天时不我与, 人事犹如昔。
历历西窗下, 熠熠秋灯侧。[4]
檐花落细雨, 秋声绕虚室。[5]
载饮我浊酒, 载豁我胸膈。[6]
赋诗准曹刘, 谈话拟卫霍。[7]
少年俊迈气, 壮志未肯息。
及今蓬发改, 三十不能立。[8]

酒醒中夜起，抚剑涕横臆。[9]
相知遍海内，此怀何由说。
病叶先衰殒，枯鱼过河泣。[10]
凄恻箜篌引，饱蠹不忍读。[11]
落落肝胆交，维君崇令德。[12]
相视何所赠，炯然此莫逆。[13]
秋花含红泪，淋漓频首滴。[14]
狼藉庭阶前，慰君他乡忆。[15]

1- 这首诗作于1918年12月。当时，萧楚女同志和好友刘泥清、秦仲宣等同志在武汉参加新文化运动。不久，刘、秦先后离开武汉，萧楚女同志便作了此诗，并刊登在1918年12月9日的《汉口新闻报》上。
  诗中反映了辛亥革命失败后革命知识分子彷徨、苦闷的心境，但在诗的字里行间仍然流露出革命壮志，以卫青、霍去病自比，要抚剑而起，去迎接岁尽冬残后的春天。
2- 飞镝：飞箭。镝，箭头，指箭。
3- 广陌：宽阔的路。穷巷：穷困的里弄。
4- 历历：状分明。熠熠：状光亮。
5- 檐花：屋檐下种的花。杜甫《醉时歌》："灯前细雨檐花落。"
6- 载：助词，犹"乃"。
7- 曹刘：三国时魏国的曹植、刘桢，都是著名的诗人。卫霍：汉武帝时的卫青、霍去病，都是著名的大将，屡立大功。
8- 蓬发：像蓬草那样乱的头发。"三十而立"见《论语·为政》，这里指到三十岁还不能建立功业。
9- 中夜起：本于祖逖闻鸡起舞。涕横臆：涕泪满胸。横，横流，指眼泪多。
10- 病叶：比喻有病的人经不起革命艰苦的考验先倒下了。枯鱼过河泣：古乐府《枯鱼过河泣》："作书与鲂鲼，相教慎出入。"被捕的鱼成了干鱼，它写信给别的鱼，告诫它们小心被捕。这是告诫同志要提高警惕。
11- 箜篌引：乐府《相和六引》之一，写一个人徒步渡河被淹死，其妻援箜篌（古乐器）而歌《公无渡河》，声甚凄惨。饱蠹句：书稿给蛀虫蛀坏，不忍卒读。

这两句反映作者的悲愤心情。
12- 落落: 状光明。肝胆交: 肝胆相照的朋友，指革命同志。令德: 美德。
13- 炯（jiǒng窘）然: 状光明。莫逆: 志同道合。指把一颗光明而莫逆的心送给朋友。
14- 红泪: 比革命者的泪，为悼念牺牲的同志而落泪。
15- 狼藉: 状落花的散乱。

孙炳文（一首）

孙炳文（1885—1927）：字浚明，四川南溪人。1909年加入同盟会。1922年9月，与朱德同志一起赴德国留学。同年加入中国共产党。1925年回国。1926年春，在广州任国民革命军总政治部秘书长，后任总政治部后方留守主任。1927年4月16日，在上海被国民党反动派逮捕，4月20日被害。

行路难[1]

吁嗟乎，吾欲登昆仑而望远海兮，岂有贼能阻![2]
吾欲倚长剑天外兮，孰不我许![3]
行路难兮，满地穿墉之雀，宿讼之鼠。[4]
吾不难不顾而去兮，云岥轩举。[5]
哀无辜之民兮，无宁处。
行路难兮，大好河山，
四亿同仇，吾难舍汝。

日暮伤行路，行行欲何之。[6]
君看鹏飞六月息天池。[7]
悲乎哉！息天池易易，恐归来事不可知。[8]
戢羽仪，非以道修阻而淹迟，心縈费思。[9]
天阶月冷，明月出东方，涕彷徨。[10]
君看孤雁，已过横塘。
我何为独此室处，与蜉蝣抢攘。[11]

叱云将，控飘风，俟我与堂。[12]

晞发望洋，息匡床，吞吐大荒。[13]

百思不能去，行路难，何以澹我虑。[14]

嗟夫，此境之不可终留兮，又不可匆遽，还犹豫。[15]

君看去来今豪杰，衺作烟丝何处。[16]

行行重行行，莫更伤路难。

青天一挥手，已在层云端。[17]

男儿报国耳，莫取孤筝弹。[18]

圣人邈天际，君看披心肝。[19]

1919年

1- 行路难：古乐府的曲调名，讲世路艰难。
2- 登昆仑而望远海：本于李白《登高丘而望远海》，指站得极高，看得极远。
3- 倚长剑：本于宋玉《大言赋》："长剑耿耿（状光亮）倚天外。"长剑的一头搁在天的外面。孰：谁。
4- 穿埔之雀、宿（速）讼之鼠：比喻害人的东西。见《诗经·行露》："谁谓雀无角（嘴），何以穿我屋？""谁谓鼠无牙，何以穿我墉（墙）。谁谓女无家（夫家），何以速我讼。"麻雀啄穿屋，老鼠咬穿墙，比喻一个强横男子用打官司来胁迫有夫家的女子嫁给他。宿讼之鼠，招致讼争的坏人像穿墙的老鼠。宿，招致。
5- 云帔（pèi佩）：云霞做成的披肩。轩举：高飞。这句指像仙人那样驾云飞行。
6- 何之：何往，到哪里去。
7- 君看句：借大鹏的飞行比革命者的革命行动。《庄子·逍遥游》讲大鹏从北海飞到南海，一飞六个月才休息。天池就是北海。
8- 息天池：比喻革命者经过一段革命活动后的休息，又怕形势变化。
9- 戢羽仪：收敛翅膀，不飞。修阻：远而难走。淹迟：久留。繄，助词。这句指不是因为路远难走而久留，是因为在用心考虑。

10- 天阶:天上的三台星。彷徨:心里狐疑不定。
11- 蜉蝣:小虫,成虫后交尾产卵即死。抢攘:扰乱不安。这里承"息天池"说,孤雁已经飞去,自己为何还在室内休息,同短命的小虫混在一起。
12- 云将:云神。飘风:暴风。堂:山的宽平处。这里指呼唤风云,等在山上,准备出发。
13- 晞发:洗头后晒头发。望洋:仰望。匡床:方床,大床。大荒:极遥远的地方。这句说又不想出发,仰望远处,在大床休息,呼吸荒野的空气。
14- 澹我虑:解除我的思虑。上文说想走又不想走,因为有种种顾虑,无法排除。
15- 这里说既不可终留,又不可匆忙离开,还在犹豫不定。
16- 君看两句:不论过去、未来、现在的英雄人物,总要化作袅袅的烟丝而消失的。指人必有死,不必多所顾虑。
17- 这句指终于出发,一挥手告别,飞升到层层的云端。
18- 男儿两句:指为报国献身,不要囿于个人的悲欢得失。筝,乐器。
19- 圣人:指革命者。邈天际:远在天边。披心肝:献赤心。这两句指追求革命,要为革命献上忠诚。

田波扬（四首）

田波扬（1904—1927）：湖南浏阳人。1922年5月加入中国共产党，任湖南学联的领导工作。1926年任共青团湖南省委书记。1927年4月出席了中国共产党第五次全国代表大会。"马日事变"后，他坚持地下革命斗争。后因机关被破获，不幸被捕，1927年6月6日与夫人陈昌甫同志一起英勇就义于长沙火车站。

戒牌歌[1]（节录）

不打鼓，不打锣，听我唱个戒牌歌。
你说打牌讲社交，我说打牌惹烦恼。
张三赢了李四的钱，李四打了张三的腰。
赢的如抢不义财，输的要往河里跳……
此种风气不扫除，亡家亡国不得了！

禁烟快板（节录）

不唱天，不唱地，今天唱唱禁烟记。
吸鸦片，最可气，等于拿刀杀自己……
同胞们，团结起，戒牌禁烟扫恶习；
改变害人旧风俗，大家愉快多欢喜。

如梦令[2]

忆旧游

——寄汉文、昌甫诸人

而今细雨纷纷，

正是旧游时节。

旧游何处也？

岳麓依然奇特。

奇特，奇特，

隔岸离人愁绝。

1916年3月30日

我 要

我要放出更强烈的火光，

照破人世间的虚伪和欺诈。

我要锻炼成尖锐的小刀，

刺破人与人之间的隔膜。

1922年11月2日晚

1- 这首歌与《禁烟快板》均作于1916年。当时，田波扬同志在湖南浏阳卓然学校学习，和同学潘心源、彭晓人等宣传剪发、放足，反对赌博和吸鸦片等恶习，还编成歌，印成小册子，发给农民阅读。

2- 如梦令：词牌名。这首词，田波扬同志写他以前和同志游长沙岳麓山后分别的感情。汉文：是烈士好友。昌甫：即陈昌甫，系烈士夫人。

赵世炎(一首)

赵世炎(1901—1927):笔名施英,四川酉阳人。1920年赴法勤工俭学,1921年参加旅法共产主义小组,同年与周恩来同志等组织中国社会主义青年团。1922年任中国共产党法国组书记。1923年回国,先后任中共北京地委书记等职。1926年任江浙区委组织部部长兼上海总工会党团书记,参加领导上海工人三次武装起义。1927年中国共产党第五次全国代表大会上当选为中央委员。同年6月任中共江苏省委代理书记。7月2日在上海被捕,19日英勇就义。

远望莫斯科[1]

我们站立在巴黎铁塔顶上,

高处不胜寒,

一片茫苍苍。[2]

翘首远望,

遥指北方,

万千风光,

令人神往!

听呵!列宁在演讲,

人民群众在拍掌,

《国际歌》响震云霄,

欢呼口号声若狂。

看呵!满天大雪,

无数红旗飘扬;

工农武装,

打倒了沙皇,

赶走了豺狼,

肃清着奸匪,

保护着党。

让我们齐声高呼:

共产主义万寿万疆。

1- 这首诗是赵世炎同志在巴黎勤工俭学时所作,表达了对革命的向往。
2- 高处不胜寒:借用苏轼《水调歌头》词中的话。茫苍苍:指旷远迷蒙不很分明。

帅开甲（三首）

帅开甲（1899—1927）：江西永丰人，又名帅新初，字春生。1926年加入中国共产党，任永丰县总工会秘书。1927年11月16日在南昌英勇就义。

寄　友

江水兮泱泱，　鱼龙起变测。[1]
下有策舟儿，　气吞思竭泽。[2]

扫尽人间贱丈夫

一

湖光山色任萧疏，客里怀思人影无。[3]
为怀故人憔悴尽，茂陵风雨病相如。[4]

二

怕展中原离乱图，伤心使我对愁书。
何时拔起秦横剑，扫尽人间贱丈夫。[5]

1- 泱泱：状水势大。鱼龙：前汉西域人的杂技，有鱼变龙等。变测：当是变化莫测。这是指形势变化。
2- 策舟儿：划船人。策，桨。气吞句：气势要把湖里的水喝干，形容气势极为旺盛。

3- 萧疏：冷落。
4- 茂陵句：借用李商隐《寄令狐郎中》诗句。茂陵，地名，汉朝司马相如住在茂陵，在秋雨时正在生病。这句说自己像司马相如那样病着。
5- 秦横剑：不详，当指秦国的宝剑。横，或指横磨的剑。

姚有光(一首)

姚有光(？—1927)：江西新干人。1926年加入中国共产党。1927年8月1日参加南昌起义。起义失败后，留在南昌工作。在白色恐怖下，不畏艰险，经常自摇竹筏出入南昌一带，从事革命活动。同年11月不幸被捕牺牲。

诗一首

我是新干姚有光，　轻摇竹筏往南昌。
多谢你们有心送，　到处设卡和站岗。[1]

---

[1] 这首诗是到南昌执行革命任务的途中写的。诗中三四两句，嘲笑敌人到处设卡站岗，充满了革命乐观主义精神和英雄气概。

杨 超（一首）

杨超（1904—1927）：江西德安人。1923年在南京东南大学附中学习时加入社会主义青年团。1925年在北京大学学习时加入中国共产党。1926年担任中共江西省委委员，后任中共德安县委书记。1927年蒋介石发动"四一二"反革命政变后，杨超同志秘密来往南昌、武昌和河南等地坚持革命活动。同年10月，在江西九江不幸被捕，12月27日被敌人杀害于南昌。

男儿志在安天下 [1]

莫教桑麻困后人，　浮云富贵不如贫。

男儿志在安天下，　破旧山河再造新。

---

[1] 这首诗是杨超同志小学毕业时写的，原诗无题，本题是收集者所加。

朱也赤（五首）

朱也赤（？—1927）：广东高州人。1926年入党。同年在高州领导农民运动。1927年先后在信宜县怀乡和高州县沙田乡领导了两次农民起义，后调广州湾工作。不幸被捕，坚强不屈，壮烈牺牲，在狱中写下了这五首正气凛然的就义诗。

就义诗

一

黑雾暗无天，　豺狼当道前。
高州悲赤血，　黑狱泣青年。
奋斗已经年，　锄奸志愈坚。
早知遭毒手，　所恨未防先。

二

狱卒呼吾名，　从容就酷刑。
人生谁不死，　我当享遐龄！[1]
白色呈恐怖，　鉴江激怒鸣。[2]
英灵长不灭，　夜夜绕高城。

三

愁云惨雾罩南粤，　战士成仁飞赤血。
浩气长存宇宙间，　耿耿丹心昭日月。

四

为主义牺牲， 为工农死节。

不负天地生， 无污父母血!

五

何呜咽? 何呜咽?

壮哉十六再回头,

碎破山河待建设!

1- 遐龄: 长寿。

2- 鉴江: 高州城附近的一条江。下文的高城即高州城。

袁玉冰(一首)

袁玉冰(1899—1927):江西兴国人。1922年秋加入社会主义青年团,同年加入中国共产党。1924年春去莫斯科东方大学学习。1925年回国,任青年团上海市委书记。1926年任共青团江西省委书记。1927年12月27日在南昌壮烈牺牲。

勖 弟[1]

人生难得是青春, 要学汤铭日日新。[2]
但嘱加鞭须趁早, 莫抛岁月负双亲。

1919年

1- 勖(xù续):勉励。
2- 汤铭:《大学》汤之盘铭曰:"苟日新,日日新,又日新。"这是商汤刻在浴器上的铭辞。

邓雅声(八首)

邓雅声(1902—1928):湖北黄梅人。1923年加入中国共产党,1924年任中共黄梅县委会组织部长,创办平民夜校进行阶级教育,组织农民崇德会来开展农民运动,组织通讯读书会向青年传授唯物史观,并在农村建立了党的组织。1927年,被选为湖北省农民协会秘书长。大革命失败后,担任京汉路南段特委委员、特委书记,并在湖北省孝感县主编《澴川报》。1928年初,赴武汉向省委汇报工作时被捕,不久在汉口英勇就义。

寄《中国青年》记者

众生根器不相差, 石破天惊应醒耶。[1]
热血一腔尽情洒, 十年定放自由花。

酒后心花更怒开, 一时歌哭笑俱来。
几根侠骨如钢铁, 人厄天穷百不回。[2]

有母衰年尚苦饥, 无家真与愿相违。
不堪嚼蜡成滋味, 匣里双龙啸欲飞。[3]

偃蹇床中亦死耳, 不如马革死犹雄。[4]
等闲吾戴吾头去, 留些微痕血海中。

绝命诗[5]

呜咽江声日夜流，　岂知宏愿逐波浮。
萧然独谢长生去，　暮雨寒风天地愁。[6]

平生从不受人怜，　岂肯低头狱吏前！
饮弹从容向天笑，　永留浩气在人间！[7]

苦虑家中更不忘，　谁知今日永分张。
幽魂若不随风散，　应念衰亲返故乡！[8]

本来文弱一书生，　屡欲从戎愧未曾。
不死沙场死牢狱，　三年埋血恨难平！

1- 根器：佛家语。佛教以人之眼、耳、鼻、舌、身、意为六根，这里是说，人都是父母所生，没有多大差别。言外之意俄国人能做到的事，中国人也能做到。石破天惊：这里指马列主义传到我国。
2- 侠骨：指坚强正直的性格。厄：困苦灾难。
3- 作者自注："余不愿为私塾教师，今已定计投笔矣。"嚼蜡：没有味道的意思，借喻做私塾教师索然无味。双龙：用西晋张华、雷焕在江西丰城得到双龙剑，在过延平津时双剑化龙飞去的传说，表达投身革命的决心。
4- 偃蹇（yǎn jiǎn 眼俭）：躺倒不做事之意。《晋书·郭璞传》："庄周偃蹇于漆园。"马革：东汉《马援传》："男儿要当死于边野，以马革裹尸还葬，何能卧床上在儿女子手中邪？"
5- 邓雅声同志就义前，曾写信给他的老师熊竹生先生，并附有下面《绝命诗》四首。他在信中说："漱渠兄处，恕不另作书。但漱渠兄，与吾道虽不同，而交甚笃，藏吾诗甚多，望其选而存之。在精不在多，成一小帖，留我后世子孙，能存一卷更佳。"

6- 萧然: 寂寞冷落。独谢长生去: 孤独地死去。这句指斥国民党反动派的卑怯，对革命者往往秘密杀害，不让人知道。
7- 浩气: 革命的正气。这两句仿照谭嗣同的绝命诗:"我自横刀向天笑，去留肝胆两昆仑。"
8- 衰亲: 衰老的父母。

欧阳梅生(一首)

欧阳梅生(1895—1928):湖南湘潭人。1926年加入中国共产党。曾任湖南省总工会秘书长、中共湖北省委秘书、中共汉阳县委委员。1928年初病逝。

和《城南留别》[1]

干戈遍野有鸿哀, 浩劫沉沉挽不回。[2]
太息苍生谁是雨? 剧怜故我强持杯。[3]
鲁连好洁登高去, 陶令怀清袖菊来。[4]
江汉楚氛悲恶甚, 未堪回首赫曦台。[5]

1- 1918年,湖南第一师范校长孔昭绶被迫辞职,作《城南留别》四绝送给同事与学生,欧阳梅生同志写了这首诗和他。这首诗原刊于1918年《一师校志》中。
2- 干戈:指战争。1918年,北洋军阀政府命令曹锟、张敬尧等率军攻入湖南。鸿哀:鸿雁哀鸣,比喻人民的流离失所,本于《诗经·鸿雁》。浩劫:大的劫难。
3- 太息:叹气。苍生:人民。谁是雨:谁能像甘霖一样,救人民出水火。雨,霖雨,指大旱中的甘雨,本于《书经·说命》。剧怜:极哀。故我:故我依然,我还是照旧那样,自谦没有前进。强:勉强。持杯:喝酒解愁。
4- 鲁连:鲁仲连,战国时代齐国人。他品格高尚,替人排解困难,不受报酬。这里指校长孔昭绶洁身自好,不肯同流合污,因此被迫辞职。陶令:陶渊明,东晋末年人,做过彭泽令,不愿屈膝权贵,辞官回家。这里比喻孔昭绶的辞职。怀清:抱着高尚的操守。"登高去""袖菊来":孔昭绶作诗时,当在阴历九月九日重阳节前不久。重阳节民俗有登高和赏菊的风俗。登高,含有品德高尚意;袖菊指陶渊明爱菊。
5- 江汉楚氛悲恶甚:言湖南湖北两省军阀割据、混战,形势坏得很。汉,指湖北;楚,指湖南。氛,气氛。本于《左传》襄公二十七年"楚氛甚恶"。赫曦台：岳麓山下岳麓书院前面有个赫曦台，是当时书院师生早上欣赏晨曦和集会、演戏的地方。五四运动前后，一师的师生也曾多次在此进行社会活动。这句含有回忆当年开会情景的意思。赫曦，光明的阳光。

王达强(七首)

王达强(1901—1928):号镜清,乳名伯发,湖北黄梅人。1924年考入湖北省立第一中学,1925年春加入中国共产党。寒假回家,在家乡古角成立古角青年学会,成为党在古角山的第一个支部。返校后,支援省港罢工,参加收回汉口英租界的斗争。1926年10月,担任汉口硚口地区团委书记,创办青年政治学习训练班。"四一二"反革命政变后,王达强同志任湖北团省委书记,兼京汉铁路总指挥。同年10月被捕,受尽各种酷刑,坚贞不屈,说:"头可断,血可流,志不可屈!"1928年1月27日英勇就义。

勉 励[1]

自叹青春运不齐, 山河破碎又支离。[2]
胸怀东海波涛阔, 气压西江草树低。[3]
怨处每时思国恨, 闲来挥笔写新诗。
男儿未展凌云志, 空负天生五尺躯。

感 怀[4]

国事蜩螗甚, 民生唤奈何。[5]
投笔从戎去, 舞剑斩妖魔。[6]

1924年

途 中[7]

长堤烟柳绿菲菲，　二月风寒傍晚微。[8]
两岸垂杨随燕舞，　断桥残雪逐帆飞。
笛归牛背声催客，　风落梅花香满衣。[9]
大好河山多破碎，　邦家脆脆万民悲。[10]

1926年春

风雨渡江[11]

一时扁舟似羽毛，　眼前洪水逝滔滔。
拖风带雨孤帆重，　击楫中流志愈高。[12]

1926年春

无 题[13]（二首）

北辙南辕叹旧痕，　纵横未就兴犹存。[14]
崎岖关塞身忘倦，　浪迹江湖志愈精。[15]
得失何曾占理数，　行藏原不计亨屯。[16]
中原逐鹿人神疾，　唤醒同胞莫醉沉。

年来书剑走天涯，　只为匡民不顾家。[17]
东海狂澜西蜀险，　南京名胜北燕奢。[18]
苏州风景扬州月，　沪口楼台汉口花。
大地茫茫荆棘布，　风烟暮地我心嗟。

1926年春

狱中题壁诗[19]

有客有客居汉江，　自伤身世如颠狂。[20]
抱负不凡期救世，　赢得狂名满故乡。
一心只爱共产党，　哪管他人道短长？
我一歌兮歌声扬，　碧血千秋叶芬芳。[21]

有家有家在鄂东，　万山深处白云中。
老父哭儿伤无悸，　老母倚闾泪眼空。[22]
故乡山水今永诀，　天地为我起悲风。[23]
我二歌兮歌声雄，　革命迟早要成功。

有友有友意相投，　千里相逢楚水头。
起舞同闻鸡鸣夜，　击楫共济风雨舟。[24]
万方多难黎民苦，　相期不负壮志酬。[25]
我三歌兮歌声吼，　怒掷头颅报国仇。

有弟有弟在故乡，　今日意料有我长。[26]
昨夜梦中忽来信，　道是思兄忆断肠。
可怜不见已三载，　焉能继我起乡邦？[27]
我四歌兮歌声强，　义旗闻起鄂赣湘。[28]

我五歌兮歌声止，　慷慨悲歌今日死。
我六歌兮歌声乱，　地下应多烈士伴。
我七歌兮歌声终，　大地行见血花红。[29]

1927年7月

1- 这首诗是在黄梅八角亭小学学习时写的。
2- 运不齐: 运气不好。
3- 胸怀两句: 指革命壮志像东海波涛那样壮阔，浩然正气压倒西江两岸的树木和野草。
4- 这首诗是二十三岁时写的。他感叹国事危急，人民苦难，想参加革命军队，打倒军阀。
5- 蜩螗（tiáo táng 调唐）: 蝉和较小的蝉。《诗经·大雅·荡》:"如蜩如螗。"指人民悲叹的声音像蝉鸣，表示国事危急。
6- 投笔从戎: 后汉班超抛了笔去参军，为国立功。
7- 这首诗是在1926年春天作的。当时王达强同志从黄梅回到一中，写路上景物和所感。
8- 菲菲: 状茂盛。
9- 笛归: 骑在牛背上的牧童在回家时吹笛。
10- 邦家: 国家。嶢硊（niè wù 镍兀）: 不安，危险。
11- 这首诗是继上一首写渡江所感。
12- 击楫中流: 东晋时祖逖坐船过江，在中流，用手拍楫说:"不能清中原而复济者，有如此江!"即发誓不能平定中原的战乱，不再回来。这里借来表达革命壮志。
13- 这两首是继上一首在路上写的感事诗。
14- 北辙南辕: 心里想要南去而车却向北走，指背道而驰。辙，车轮的轨迹。旧痕: 旧轨迹。指过去军阀连年混战，破坏了民主革命的大好形势。纵横未就: 合纵连横的计划没有完成。纵横指革命。兴犹存: 指革命的情绪没有变。
15- 崎岖: 路不平，指革命的道路是困难的。关塞: 指险要处。这句指经历革命的艰难而并不息倦。浪迹: 犹漂泊。
16- 得失: 指革命的胜利或挫折。占理数: 占卜吉凶。理数，犹术数。这句指不用卜吉凶，早就知道革命是危险的，但也要不顾个人得失参加革命。行藏: 指出处。亨屯: 亨，通达顺利。屯，艰难。这是说即使困难重重，也要从事革命活动。
17- 书剑: 指随身携带的书和武器。天涯: 天边。匡民: 救民。
18- 东海六句: 指冒着危险为革命奔走各地。沪口: 指上海，因上海是口岸。荆棘: 指革命路上的困难。蓦地: 忽然。
19- 这首诗是受尽敌人酷刑后回到牢房中写的，亦称《七歌》，是仿照杜甫的《乾元中寓同谷作歌七首》作的。

20- 汉江: 指汉口。
21- 碧血: 指为革命而牺牲的血。周朝苌弘忠而被杀,他的血化为碧玉。见《庄子·外物》。
22- 老父: 王达强同志的父亲王海舟,是塾师。无椁(guǒ果): 外棺,这里指棺木。倚闾: 靠着里门(望儿子归来)。
23- 永诀: 永别。
24- 起舞闻鸡: 东晋时,祖逖同刘琨睡在一起,半夜里听见鸡叫,推刘琨醒来,说:"这不是不祥的声音。"两人因而起舞。后用来指有志的人振作起来。
25- 黎民: 百姓。
26- 王达强同志的二弟进达、三弟开发,于1930年加入中国共产党。同年秋在九江被捕,解到南昌被杀。
27- 焉能: 怎么能够。
28- 义旗: 指湖北、江西、湖南的农民运动。
29- 行见: 将要看见。血花红: 指革命烈士的血染遍大地,开出革命的花,终于取得革命的胜利。

夏明翰（七首）

夏明翰（1900—1928）：湖南衡阳人。五四运动时参加衡阳学生爱国运动。1921年到毛泽东同志创办的湖南自修大学学习。1925年后任中共湘南区委委员兼组织部部长，并负责农委工作。1927年起历任武汉中央农民运动讲习所秘书、中共湖南省委常务委员、平（江）浏（阳）特委书记和中共湖北省委委员。1928年2月7日夜在汉口被捕，9日晨英勇就义。

咏 梅[1]（两行）

世人皆颂牡丹艳，
我赞梅花斗雪开。

过长江[2]

洋船水上漂，　洋旗空中飘。
洋人逞淫威，　国耻恨难消。

民 谣[3]

张毒心藏刀，　治湘一团糟。
杀人又放火，　民众怨声高。
吾辈齐奋起，　驱张胆气豪。
张毒如老鼠，　夹起尾巴逃！

江上的白云 [4]（节录）

江上的白云,
一层一层堆起来。
抬头望去,
简直分不清东、西、南、北。

前面的血光快暗了,
后面的热泪又海放江奔,
一点一滴,一寸一尺,
一分一秒,一时一日,
——前进不已!

我们的先锋,已经向前去了,
我们应该庆祝,应该悲悼!

江上的白云,把我的眼界遮住,
使我除了黑魆魆的外,一点也不能看!

呵,我应当知道:
这是什么把我的身体,压上了
　　千万斤的重量!

红　珠[5]（两行）

我赠红珠如赠心，
但愿君心似我心。

诗　谜[6]

一车只装一斤（斩），　好个草包将军（蒋）。
两个小孩相助（示），　又来三个大人（众）。

诗一首[7]

越杀胆越大，　杀绝也不怕。
不斩蒋贼头，　何以谢天下！

1- 这两句诗是夏明翰同志童年时所作。他从小跟母亲学习作诗填词。有一年冬天，院子里梅花盛开，他的大姊提议以梅花为题作诗，他就随口念出这两句诗。
2- 这首诗是夏明翰同志幼年跟母亲坐外国轮船从武汉到九江时所作。当时船上洋人气势汹汹，任意斥责中国乘客。夏明翰同志的母亲触景生情，叫他作诗，他就作了这首诗。
3- 这首诗是1920年所作。当时夏明翰同志在何叔衡同志的领导下，投身于驱逐湖南省长北洋军阀张敬尧的斗争。1920年6月，张敬尧被湖南人民赶走。夏明翰同志异常兴奋，作了这首民谣体的诗。
4- 这首诗是在1922年1月所作。当时，湖南省长北洋军阀赵恒惕杀害湖南早期工人运动的领袖黄爱、庞人铨，各界举行隆重的追悼大会。夏明翰同志写了这首诗，把白云比做北洋军阀的黑暗反动势力，用血光来指革命先烈的血，表达他的悲愤。

5- 这首诗是1926年作。当时夏明翰同志从长沙藩城堤一家杂货店里买到一颗红珠，回家后送给夫人郑家均同志，说："我还想了两句诗送给你。"说着念出这两句诗，以示互励。他又说："为革命，我们要赤胆忠心！"夏明翰同志牺牲后，郑家均同志把这颗红珠缝在内衣里，珍藏到中华人民共和国成立后才取出来。

6- 这首诗是1927年7月作。当时，夏明翰同志在毛泽东同志主持的武汉中央农民运动讲习所任秘书。一天，讲习所内几个学员到他家里，谈到蒋介石叛变革命，发动"四一二"政变的大屠杀，无不义愤填膺。夏明翰同志说："现在革命处于低潮时期，我们更应坚定乐观。有润芝（指毛泽东同志）在，我们就不怕！"又说："蒋介石是什么东西！他是个脓包，没有什么了不起！"说着，他出了这个诗谜叫学员猜，以鼓舞学员的革命斗志。

7- 这首诗是1927年8月作。当时，夏明翰同志从武汉回到长沙，参加了毛泽东同志在长沙沈家大屋主持召开的湖南新省委会议，协助毛泽东同志组织秋收起义。面对国民党反动派的血腥屠杀，夏明翰同志万分愤慨。一天深夜，他作了这首诗，并对郑家均同志说："共产党员是杀不绝的，要坚信革命一定会胜利！"

汪石冥（四首）

汪石冥（？—1928）：四川江津人。1926年在武汉中央军事政治学校学习，加入中国共产党。"四一二"反革命政变后，在汉口罗家墩小学任教，并在泰安纱厂、申新纱厂等工人区域进行革命活动，建立支部，开展1927年底的年关斗争。后调湖北省军委工作。1928年3月，在联系革命工作中被捕，坚贞不屈，英勇牺牲。

牙刷柄题壁诗[1]

当年负笈出夔关，　壮志欲肩天下难，[2]
信有身心如铁石，　哪怕楚子沐猴冠。[3]

横剑跃马几度秋，　男儿岂堪作俘囚？[4]
有朝锁链捶断也，　春满人间尽自由。

敢从烈火炼真金，　镣铐偏能坚信心，[5]
誓舍微命留正气，　残躯任尔斧钺临。[6]

莫庆南牢系死囚，　众生鏖战几曾休，[7]
铁栏杆外朝曦涌，　赤帜飞扬古城头。[8]

1- 这四首诗是汪石冥同志于狱中用牙刷柄刻在石灰墙上，由同狱的同志默记传出的。
2- 负笈（jí急）：背着书箱，指出外求学。笈，书箱。夔（kuí葵）关：夔门，指四川。肩：担负。

3- 沐猴冠: 猴子穿衣戴帽，只有人的样子。楚国项羽占领咸阳，韩生劝他在那里建都，项羽不听。韩生说："有人说楚国人沐猴而冠，确是这样。"指斥项羽做国君好比猴子装人样。这里指斥反动派是沐猴而冠。
4- 几度秋: 几个秋天，指几年。
5- 偏能: 偏偏能够，反而能够，指艰苦磨炼能够加强信心。
6- 残躯: 被酷刑残毁的躯体。斧钺（yuè越）临: 斧子所加，指杀死。钺，大斧。
7- 鏖（aó熬）战: 苦战，拼死战斗。
8- 朝曦: 早晨的太阳。

郭 亮（四首）

郭亮（1901—1928）：号靖笏，湖南长沙人。1920年参加中国社会主义青年团，1921年加入中国共产党，从事工人运动。1923年任湖南工团联合会总干事、中共湖南省委委员兼工农部部长。1926年任湖南省总工会委员长。1927年出席中国共产党第五次全国代表大会，并当选为中央委员。同年参加八一南昌起义。后任中共湖北省委书记、中共湘鄂赣边区特委书记。1928年3月27日由于叛徒告密，在岳阳被捕，29日在长沙就义。

问问社会[1]

一个奇怪的问题，
举人秀才都说"不值一提"，
教书夫子也说是"普通道理"，
可是，他们一概不知!

富人的米是从哪里来的?
为什么种谷人把谷担进富人的仓里?
问问社会，
是何道理?

富人的房屋是从哪里来的?
为什么贫人造屋富人安居?
问问社会，

是何道理?

富人的衣裳是哪里来的?
为什么种棉织布人衣不遮体?
问问社会,
是何道理?

人们同活在一个世界,
为什么贫富不一?
问问社会,
知也不知?

宝剑诗[2]

一方宝剑帐头挂, 大鬼小鬼休进来。(郭)
斩尽妖魔平天下, 山河日月重安排。(夏)

过岳阳楼[3]

潇水流,湘水流, 流入长江不见头。
龙君送我洞庭水, 何时洗尽人间愁!

痛斥赵恒惕 [4]

赵贼恒惕，　人面豺狼，
一手杀人，　一手烧香，
口喊自治，　暗通列强。[5]
此崽不除，　百姓遭殃，[6]
取得狗头，　铜板一双!
劝告警察，　勿受迷蒙，
帮虎吃食，　没好下场![7]
布告一体，　切切记详!

1- 这首诗是郭亮同志在长沙县铜官东山寺高小学堂读书时所作，被县视学员所见，大加斥责，并命东山寺自治局查办。自治局传郭亮同志去责问，郭亮同志据理力争，使自治局长无言对答，只好作罢。

2- 这是郭亮和夏明翰两位同志的联句。据夏明翰烈士的夫人郑家均同志回忆：1926年，郭亮同志买了一把宝剑，挂在帐头，经常在清晨打拳练剑。夏明翰同志问道："你那宝剑挂在帐头是什么意思？"郭亮同志笑而不答。旁边有人打趣道："他在想诗，莫打岔!"郭亮同志笑道："你们真的引出了我两句打油诗：一把宝剑帐头挂，大鬼小鬼休进来。明翰，你作下面两句吧。"夏明翰同志随口答道："斩尽妖魔平天下，山河日月重安排!"逗得满堂大笑。

3- 1922年8月，党派郭亮同志去岳州开展工人运动，他乘船过洞庭湖，经岳阳楼时作了这首诗。岳阳楼：即湖南岳阳县城西门的城楼，正对洞庭。潇水：源出湖南九嶷山，北流入湘水。湘水：源出广西阳海山，东北流，会潇水流入洞庭湖，与长江通流。龙君：指洞庭湖中的龙王。这里是借龙王来说明顺水过湖，为革命奔走。

4- 1925年，郭亮同志回铜官开展工人运动。他发动群众组成纠察队，严惩奸商抬高盐价。与奸商串通的盐局慌忙报告湖南省长军阀赵恒惕。赵恒惕正要捉拿郭亮同志，便出了一张布告："祸匪郭亮，煽惑三湘。危害治安，实属不良。缉拿落网，社稷无恙。谕尔百姓，勿得窝藏。拿获归案，五千赏洋；知信不报，罪与同当；资助隐匿，立正法章！切切此布，一体周详！"同志们将布告撕下来给郭亮同志看，他泰然一笑道："来，我们也还他一张。"就提笔写了这首诗，作为对军阀赵恒惕的回答。

5- 自治: 指赵恒惕提出联省自治，来实行军阀割据。
6- 崽: 犹坏蛋。
7- 帮虎吃食: 指"为虎作伥"，传说替老虎帮凶的鬼叫"伥"。

陈逸群（四首）

陈逸群（1902—1928）：江西铜鼓人。1923年在南昌第一师范学习时加入社会主义青年团。1926年在铜鼓县任县总工会常委，秋收起义前后在铜鼓进行革命活动。1927年12月3日不幸被捕，关押在南昌伪卫戍司令部监狱。组织越狱斗争未成，1928年4月13日被害。

被 捕

我今何事作楚囚，　身负缧绁入囹幽。[1]
白云悠悠寒雁怨，　狴犴森森鬼神愁。[2]
铁窗生涯意中事，　鼎镬甘饴冀能求。[3]
留得明月松间照，　掣取干将铗讐仇。[4]

1927年12月

起 解

缧绁加在桃李枝，　晨光微熹穿赭衣。[5]
穴中蝼蚁蠢蠢动，　枪上刺刀晃晃威。
天地阴沉石震怒，　日月黯淡失光辉。
桁杨雨润待何日，　肺石风清不易期。[6]
关杀未可宁宇宙，　桎梏哪能困蛟螭。[7]
此去只凭莫须有，　留得青山扬笑眉。[8]

1927年12月15日

狱中杂吟

一

夜深更静脚镣声，　惊断愁城梦里魂。
借问来此什么案，　瞠目不能说原因。

二

精神彪炳心气正，　口号随着枪声听。[9]
横眉怒目扫恨天，　野多忠骨少归榇。[10]

1- 楚囚：见杜斌丞诗注2南冠。缧绁（léi xiè垒屑）：旧时捆绑犯人的绳索，指镣铐。囹：牢房。幽：禁闭。
2- 犴狴（bì àn秘按）：牢狱。森森：阴森。
3- 鼎镬句：意思是把受酷刑视作食糖浆，求之不得，表示对敌人的藐视。鼎镬，古代烹煮犯人的残酷刑具。文天祥《正气歌》："鼎镬甘如饴，求之不可得。"冀：希望。
4- 掣：抽，把剑抽出来。干将：古之良剑名。铗：挟，指刺，刺敌人。
5- 桃李枝，指青年学生。微熹：日出前光线不太亮。赭衣：古时囚犯穿的衣服。
6- 桁（héng横）：古时夹在颈和脚上的木制刑具。雨润：雨水润湿干枯之物，比喻缓刑，免刑。肺石：赤色的石子。见《周礼·秋官·大司寇》篇，古时人民喊冤的可以站在肺石上，法官听他申诉。风清：指为官者作风清正。期：求。
7- 桎：脚镣。梏：手铐。
8- 莫须有：犹可能有。秦桧诬杀岳飞，韩世忠去问岳飞罪状。秦桧说："莫须有。"韩世忠说："莫须有三字，安能服天下！"后用莫须有指冤狱。
9- 彪炳：光彩照耀。
10- 榇：棺材。

于方舟（十首）

于方舟（1900—1928）：河北宁河人。原名于兰渚，又名于方洲。五四运动期间，是天津"五七"大游行的总指挥之一。曾任天津学生联合会的评议委员，是天津社会主义青年团创建人之一。1920年，曾和周恩来等同志领导著名的天津"一·二九"斗争。1923年由李大钊同志介绍参加中国共产党，后担任中共顺直省委组织部长、天津地委书记。1927年秋，领导玉田农民暴动，弹尽援绝被俘，在狱中坚贞不屈，1928年春被敌杀害。

浣溪沙

红日过墙三尺透，
监狱门开来走兽；[1]
看到绝食眉头皱，
面对英雄发抖！
标语传单未写够，
牢外同学平安否？

浪淘沙

千古做完人，
震撼三津，
爱国不怕进狱门。
虎狼拒送检察厅，

更增仇恨!

红日透监棂,
满眼光明,
绝食神州风云动。
买办洋奴休横行,
一场春梦!

1920年

西江月

大好河山似锦,
军阀混战乾坤。
二十年来掩泪痕,
遍地疮痍谁问?

民心忧痛如焚,
九河流水鸣喑。[2]
神州破碎金瓯损,
津沽烈火风云![3]

1921年

水灾杂诗

津海道各县水灾,庄稼多淹没。
赴津郊沿堤西南行,至暮始归,
有感得二百二十四字。

落叶秋风卷地来,　大清河水五口开。[4]
十万耕夫漂泽国,　罗绮豪富迁蓬莱。
滔滔洪水浪接天,　沃田万顷没水间。
荷锹千里金堤上,　尽是耕夫渔少年。
中秋节里百鲜陈,　戴月耕夫守堤村。
河道总督四百载,　谁有利剑斩河神?
堤决水溃大陆沉,　鸦鹊已闻官未闻。
砍断柴门塞河口,　禹功原是农桑人。
百姓无食又无衣,　旧网残舟守故居。
喜传城关专船到,　悲知催赋不稽迟。
暴吏扬威到庄村,　由来贫贱最骄人。
富者仰鼻承颜旨,　千家万落掩柴门。
多年百姓受饥荒,　恶吏贪残胜虎狼。
今日津海成泽国,　未闻谁个固堤防。
远天暮鸦逐云飞,　泪雨滂沱映落晖。
网罟空忙鱼虾少,　半筐荒草牧童归。

租界竹枝词（原十首佚四首）

安福官僚多如狗，　直奉政客满街走。[5]
逃命司令闹妓院，　败仗将军醉酒楼。

鸦片吗啡海洛因，　赌局麻将骨牌九。
巡捕侦探便衣队，　洋行买办摆花酒。

当铺印子高利贷，　绫罗绸缎苏州头。
居士彩票姨太太，　描眉画眼假风流。

儿女亲家金兰谱，　银鱼紫蟹洋朋友。
花旗汇丰老头票，　天棚字画大狼狗。[6]

百货厘金味之素，　仁丹牙粉黄酱油。
地痞县官土财主，　肠肥脑满鬼神愁。

老妈厨子小丫头，　包车铃铛红彩绸。
卫兵马弁盒子炮，　旷古无伦万恶薮。

1- 走兽: 这里指反动派。
2- 九河: 指河北省境内的潮白、永定、大清、子牙、滹沱、南运、北运、漳河、卫河。
3- 金瓯: 金属的小盆，古人用来比喻疆土的完整巩固，后来又常指代国土。《南史·朱异传》: "我国家犹若金瓯，无一伤缺。" 津沽: 天津大沽一带。
4- 大清河: 一称上西河。海河水系五大河之一，在天津市汇子牙河入海河。
5- 安福官僚: 安福系，以徐世昌、段祺瑞等为首的北洋皖系军阀的政客集团。直奉政客: 直系、奉系北洋军阀集团。
6- 花旗、汇丰: 美、英在天津开办的银行名。

向警予(一首)

向警予(1895—1928):湖南溆浦人。1918年参加毛泽东同志和蔡和森同志创建的新民学会。1919年赴法勤工俭学,1922年初回国,1922年加入中国共产党。在中国共产党第二次至第四次全国代表大会上均当选为中央委员,并任中央妇女部部长。1925年冬赴莫斯科东方大学学习,1927年4月回国,担任武汉市总工会宣传部领导工作,后调武汉市委宣传部,编辑《长江》刊物。随后又担任中共湖北省委、武汉市委的领导工作。1928年3月在汉口法租界被捕,5月1日英勇就义。

溆浦女校校歌[1]

美哉,庐山之下溆水滨,[2]
我校巍巍耸立当其前。
看呀,现在正是男女平等,
天然的淘汰,触目惊心。[3]
愿我同学做好准备,
为我女界啊大放光明。

1- 1916年,向警予同志在长沙周南女校毕业,回到家乡湖南溆浦县。11月21日,她创办的溆浦县立女子学校开学,并担任第一任校长,创作了这首《校歌》。
2- 溆水滨:指溆浦县东南的溆水边。
3- 天然淘汰:本于达尔文进化论里说的,生物不进化就要被淘汰。

刘象明(一首)

刘象明(？—1928)：湖北麻城人。1925年在武汉中学读书时加入中国共产党。同年冬，与蔡济黄等同志创建了中共麻城县特别支部。1926年任麻城县农民协会委员长。大革命失败后，在麻城、武汉等地继续坚持革命斗争。1928年5月在汉口龙家巷被捕，英勇牺牲。

宝塔诗[1]

哼

农民

好伤心

苦把田耕

养活世间人

看世上的人们

谁比得我们辛勤

热天里晒得黑汗淋

冷天里冻得战战兢兢[2]

反转来要受人家的欺凌

请想想这该是怎样的不平

农友们赶快起来把团体结紧

结紧了团体好打倒那土豪劣绅

1- 这首《宝塔诗》曾于1927年在《湖北农民》刊物上发表。
2- 战战兢兢：本指因害怕而微微发抖，这里指冷得发抖。

贺锦斋（十六首）

贺锦斋（1896—1928）：原名文绣，湖南桑植人。1921年去长沙投考湖南陆军学校。后参加贺龙部队，第一次国内战争时期，任师长，参加八一南昌起义。1927年加入中国共产党。10月南下海陆丰，11月回洪湖，在湖北藕池一带建立游击队。1928年贺龙同志在湘鄂西建立中国工农红军第四军，贺锦斋同志任第一师师长。9月，在湖南石门泥沙战斗中壮烈牺牲。

诗一首[1]

黑夜茫茫风雨狂，　　跟随常兄赴疆场。[2]
流血身死何所惧，　　刀剑丛中斩豺狼！

诗一首[3]

老子本姓天，　　家住澧水边。[4]
有人来拿我，　　除非是神仙。
刀口对刀口，　　枪尖对枪尖。
有你就无我，　　你死我上天。[5]

西归记事[6]

一

荆江两岸是平原，　　水陆交通敌占先。[7]
建立苏区须择地，　　中央指示割双边。[8]

二

战地转移也觉忙， 家囊检点只刀枪。
时逢烽火漫天夜， 冒死随兄过大江。[9]

三

堵湖堤畔雾烟笼， 路被铜墙铁壁封。[10]
烂额焦头皆不顾， 短刀相接看谁雄。[11]

四

连宵闯县复穿州， 海怪山妖被网收。
炮轰南昌人又到， 闻风吓坏蒋光头。[12]

五

西飞却似鸟归林， 冲破漫天万叠云。
夜过黄山留一宿， 隔江鸦雀寂无音。[13]

六

黄金口是古韶关， 战血纷飞水尚丹。[14]
此地兵家皆重视， 芦茅深处有龙蟠。[15]

七

四十三人胆气豪， 拼将枪口对屠刀。[16]
眼中有我全无敌， 斩尽仇头恨始消。

八

溯江西上气横秋，　到处敲门访旧游。[17]
一事能摧妖孽胆，　传单漂荡似浮鸥。

九

九溪渡过又余湖，　烽烟缭绕角呜呜。[18]
党人骨比钢还硬，　不怕层层铁网铺。

十

我军一到万家欢，　擦掌摩拳望揭竿。[19]
女绣红旗男荷戟，　翻天勇气似湘南。

十一

石门地下伏英豪，　战鼓堆陈只待敲。[20]
故向南乡投火种，　促其即日发高烧。

十二

听说常桃降贺龙，　来从何处却无踪。[21]
当时转笑防门狗，　不顾西来只顾东。

十三

旧部家居走马平，　一闻喜讯便来迎。[22]
临风有语杀陈黑，　顺逆顺从眼底分。[23]

十四

为争分秒挽归桡，　准备强弓射大雕。[24]

自问归来枪炮少，　运输全靠老相交。[25]

1- 这首诗是贺锦斋同志1916年跟随贺龙同志参加革命时所作。
2- 常兄，贺龙同志本名贺文常，是贺锦斋同志的堂兄。
3- 这首诗是贺锦斋同志1928年跟随贺龙同志回桑植开辟革命根据地时所作。
4- 本姓天: 本来属于人民，指人民的力量天大无边的意思。澧水边: 澧水经桑植县城西，故称。
5- 上天: 指投入人民革命中去。
6- 西归纪事组诗系1928年3月初贺锦斋同志随贺龙同志渡江西归时所作。
7- 荆江: 长江从湖北枝江到湖南岳阳城陵矶一段，长420公里，河道蜿蜒曲折，适于打游击。
8- 割双边: 占有荆江两边土地建立苏区。
9- 过大江: 即跟着贺龙同志过长江转移到江北。
10- 堵湖两句: 指敌人把堵湖堤包围得像铜墙铁壁。
11- 烂额焦头: 本指拼命救火，额头被火烧坏。此指游击队不顾牺牲，肉搏突围出去。
12- 这首诗指突破包围，深入敌后，一路号召群众参加革命。敌人听说八一南昌起义的贺龙部队到来，惊恐万状。
13- 红军冲破重重包围，向西转移，到达湖南澧县东的津市，对岸是黄山。盘踞在市内的匪军听说贺龙来了，全部溃逃。鸦雀，指匪军。
14- 黄金口: 在湖北公安县东北虎渡河东岸，有路直通江陵，是敌人防守的据点。韶关: 春秋时楚国把守的关口，伍子胥从楚国逃往吴国，过韶关是一难。相传黄金口是古芦花荡，诸葛亮曾躲在芦苇中，想从这里进兵夺取荆州。北伐战争时，贺龙同志率部在此打垮军阀吴佩孚的干将卢金山全部。
15- 龙蟠: 既指诸葛亮（卧龙）藏在这里，也指贺龙同志埋伏在这里。
16- 当时前委领导和随员两个手枪队，共四十三人。
17- 访旧游: 访问老朋友，即和同志联系。
18- 九溪: 九溪河，在湖南慈利一带，流入澧水。角: 号角，指军号。
19- 揭竿: 秦末陈胜起义时，举竿作武器。这里指人民响应红军。
20- 石门句: "马日事变"后，在湖南石门秘密活动的地下党组织等待起义。贺龙同志亲自去领导，就爆发了农民起义。

21- 常桃：常德、桃源二县。这句指贺龙同志往西向常德、桃源发展起义。

22- 马平：在广西。这里指旧部有到马平的，听说贺龙同志领导起义，都来参加。

23- 陈黑：是贺锦斋同志第一师属下的营长，叛变投敌，作恶多端，所以要处死他。

24- 归桡：归船，指回到革命的部队。大雕：指敌人。

25- 自问两句：红军以战场上缴获的武器装备自己，所以说全靠"老相交"（蒋介石）运输。后来，群众讥称蒋介石为"运输大队长"。

熊亨瀚（一首）

熊亨瀚（1894—1928）：湖南桃江县五羊坪人。早年参加民主革命运动，1926年加入中国共产党。1927年蒋介石发动反革命政变后，在白色恐怖中，亨瀚同志仍奔走于江西彭泽，并开设小店为掩护。同时另派同志在武汉鹦鹉洲开设"湘益隆南货号"，秘密从事地下革命活动。1928年11月，在武汉鹦鹉洲不幸被捕，旋即被害。

祢衡墓怀古[1]

赋成鹦鹉岂难筹，　　博得州名鹦鹉洲。

吾独许公能骂贼，　　墓前低首一淹留。[2]

1- 这首诗是熊亨瀚同志1928年在鹦鹉洲写的。祢衡墓：在湖北汉阳西南大江中的鹦鹉洲上。祢衡（173—198），后汉人。曹操要召见他，他不肯去。曹操任命他为鼓吏以示羞辱。事后他到曹操门外大骂。曹操把他送给刘表。刘表送他给江夏太守黄祖。黄祖之子黄射请他写《鹦鹉赋》，他下笔便成，很有文采。后被黄祖所杀，葬在鹦鹉洲上，洲即因《鹦鹉赋》得名。这首诗，借祢衡的骂曹操来表达他对国民党反动派的义愤。
2- 许：称许。淹留：犹久留，有思绪万千的意思。

俞昌准（四首）

俞昌准（1908—1928）：安徽南陵谢家坝人。1925年在上海大学学习时加入中国共产主义青年团，1926年加入中国共产党。曾任中共安徽省芜湖特支书记、共青团芜湖特委宣传部长兼秘书长、长江局军委委员等职。1928年11月，在安庆开展工作时被捕，12月16日牺牲。

一柄朴刀[1]

摒弃了我一切梦幻的欲念，
澄清了我一切颓唐的绮思；[2]
我将我冶成了一块百炼的精钢，
我将我制成了一具完美的器械——
这具完美的器械，
就是一柄锋利的朴刀。

我没有欲念，
我没有绮思，
因为我没有那人类的变幻的一颗心！

我的亲爱的主人呀，[3]
你使用我吧，
充分地使用我吧！
使用我勇敢地去为那无产阶级利益冲锋陷阵！

谁是主人翁

食粮堆积得如山的仓库,
货物垒集得充盈的楼房,
堆集它的是工农的血和汗,
然而冻饿以死在遍野的,
都是他们的骨肉亲房!

峨峨巍巍的大厦,
辉煌灿烂的华堂,
建筑它的是工农的血和汗,
然而浊秽黑魆的茅棚里,
都是囚着他们的弟兄行帮!

是谁该支配着那栈房仓库?
是谁在享受着那大厦华堂?
劳苦的工农大众们哟!
我们要打倒那剥削我们的资本家,
我们要争取做世界的主人翁!

1927年6月8日

慰各地遭压迫的工农同志们

我们同志团结起,叫敌人发抖!
　　遣散开,叫敌人坐卧不安!

我们同志排列着,叫敌人飞逃!
　　开步走,叫敌人进入墓堂!
我们有淹没千军的血和汗,
　　我们有吓退万马的呐喊!
敌人有机关枪大炮,
　　我们有的是斧头和镰刀!
敌人眼前的凶狞,
　　是我们将来骄傲的象征!⁴
敌人极度的淫威,
　　是他最后残喘的挣扎!
同志们! 我们的胜利哟,
　　近在咫尺!⁵

　　　　到天堂去⁶

那边是天堂,
　　大家都想着进去,
　　　　去享受那人间的甘露,
　　　　去学习那天上的规章。

这里是地狱,
　　囚着那蓬头垢面的人群,
　　　　都是那被压迫被剥削的
　　　　劳苦大众的姐妹兄弟。

我暂时不忍离开那苦难的

　　　　兄弟姐妹

　　我要帮助他们，

　　　　冲破黑暗啊，创造光明！

1- 朴刀: 刀的一种，刀身窄长，刀柄较短，双手使用。
2- 绮思: 犹艳情，指恋爱等。在革命艰苦时代，顾不上搞恋爱。
3- 亲爱的主人: 指亲爱的党。
4- 象征: 用具体事物表现某种意义，这里指敌人的凶狞终要被革命消灭，表现为革命胜利的骄傲。
5- 咫尺: 指极近，古称八寸为咫。
6- 1926年9月，党决定派俞昌准同志赴苏联中山大学深造，但他却要求分配到最艰苦的地方去工作，并为此写了这首诗。

王幼安（一首）

王幼安（？—1928）：湖北麻城乘马项家冲人。1924年在武汉中学读书时加入中国共产党，是中共麻城特别支部创建人之一，历任省党部特派员、麻城县教育局局长。积极领导农民运动，注重武装斗争。1927年冬秘密到宋埠买枪，在搬运途中由于坏人告密，不幸被捕。1928年春被国民党反动派杀害。

就义诗

马列思潮沁脑骸，　军阀凶残攫我来，
世界工农全秉政，　甘心直上断头台。[1]

1- 断头台：法国大革命时代的刑具，架木为台，在台上用铡刀铡断人头。这句指甘心为革命牺牲。

赵天鹏(一首)

赵天鹏(1903—1929):江苏南汇(现属上海市)人。曾任中共南汇县委委员。1928年,中共奉贤县委书记李主一同志被捕牺牲。同年5月,赵天鹏同志在两位同志协助下,将陷害李主一同志的伪区长处死,不幸被捕。1929年春英勇牺牲。

钢刀虽快,

杀不尽天下平民;

鱼网虽大,

捉不尽东海之鱼。[1]

1- 这四句诗是赵天鹏同志在就义的路上朗诵的。中华人民共和国成立后,上海市民族事务委员会主任金学成和民建中央主任委员黄炎培发起,在奉贤南四团镇头烈士就义处建立纪念碑,刻上了这首诗。

吴厚观（一首）

吴厚观：湖南人。1927年9月参加过毛泽东同志领导的秋收起义。文家市会师以后，他遵照党的指示，离开主力部队，转入地方，发动群众，组织武装斗争。在一次执行任务的途中，遭敌人围击，不幸被捕。就义前，他高声吟诵了这首诗。

诗一首

牺牲换人群幸福，　革命是吾侪之家。[1]
且将点滴血和泪，　洒遍天下自由花！

1- 吾侪（chái）：我辈，我们。

何挺颖(二首)

何挺颖(1905—1929):陕西南郑人。早年积极参加学生爱国运动。1925年加入中国共产党。1926年初,从事工人运动。北伐时,任第八军的团指导员,后转到叶挺部新兵训练处工作。1927年9月参加秋收起义,并随毛泽东同志上井冈山,历任第一团党代表、师委书记、十一师党代表、三十一团党代表、二十八团党代表,为开辟和捍卫井冈山根据地作出了重要贡献。1929年1月在战斗中壮烈牺牲。

寄谢左明[1]

南京路上圣血殷,　百年侵略仇恨深。[2]
去休学者博士梦,　愿作革命一新兵。

再寄谢左明[3]

四万万人发吼声,　火山爆发世界惊。
中国有了共产党,　散沙结成水门汀。[4]

1- 这首诗作于1925年。当时何挺颖同志在上海大同大学学习,埋头钻研数学。这年五卅惨案发生,他决心投身到革命的洪流中。他在给好友谢左明的另一首诗中写道:"对数表里查不出救国的良方,计算尺不能驱逐横行的虎狼。"
2- 指五卅惨案。圣血:为革命而流的血。殷:赤黑色。
3- 这首诗作于1926年。五卅惨案后,他积极投入革命斗争,思想发生了重大的变化,深刻地认识到人民群众的伟大力量,写了这首诗。
4- 水门汀:即水泥。

占谷堂（两句）

占谷堂（1882—1929）：安徽金寨人。1923年加入中国共产党。1929年2月任鄂东北特委书记兼商城中心县委书记，6月任红军独立十一师政委。同年7月，部队调走后，留地方坚持斗争。不幸被捕，临刑前，咬破手指血写"共产党万岁"五个大字。

漫天撒下自由种，

但看将来暴发时。

张傲寒(一首)

张傲寒:江西铜鼓人。土地革命时期在当地参加革命,不久牺牲。生平事迹未详。

诗一首

狗狐当权乱纷纭, 山河处处有啼痕。[1]
屠杀哪能维统治, 关锁岂可对人民。
蛇蝎咬人胜狼虎, 生灵涂炭泣鬼神。[2]
倚天拔起青锋剑, 诛尽奸劣肃嚣尘。[3]

1- 啼痕:人民哭泣的泪痕。
2- 生灵涂炭:人民陷于泥水和炭火里,比喻生活极度痛苦。
3- 倚天:见孙炳文诗注3。青锋剑:剑锋带青色。肃嚣尘:肃清喧闹的声音和飞扬的尘土。嚣尘,指反动派的吵闹。

黄接舆（一首）

黄接舆：湖南浏阳人。早年参加北京马克思主义研究会，后来从事工人运动。牺牲时只有二十八岁。

对江娥[1]

君为我作楚乡舞，　按节我为汝楚歌。[2]
四面云山齐控纵，　廿年岁月冷云过。[3]
道高一尺魔高丈，　牺牲争随代价多。[4]
此去心安理自得，　更无泪泗对江娥！[5]

1- 江娥：黄接舆同志的爱人。烈士在临刑前作这首诗给江娥。
2- 楚乡：指家乡，湖南古属楚国，因称。按节：唱歌时打拍子的动作。楚歌：战国时楚地的歌。
3- 控纵：犹掌握。指四面的山区都归革命势力所掌握。廿年：江娥可能是二十多岁。冷云过：指江娥的二十多年都在艰难中度过。
4- 道高句：指反动派的力量暂时大于革命的力量。
5- 泗：鼻涕。这句反映了临死不惧的革命精神。

陈 昌（四首）

陈昌（1894—1930）：湖南浏阳县西乡人。1911年考入湖南第一师范。1917年协助毛泽东同志组织新民学会，是最早的会员之一。1920年协助毛泽东同志筹办文化书社、马克思主义研究会，宣传马克思主义。1921年加入中国共产党。随后，与夏明翰、陈作为、陈清河等人在浏阳开展新文化运动。1924年任中共湖南省委委员。1926年在湖南常宁水口山从事工人运动。北伐后，任北伐军第二师党代表。1927年8月，参加南昌起义。1928年在浏阳、上海等地坚持党的地下工作。1930年1月赴贺龙部工作，路经湖南澧县时不幸被捕，于2月24日英勇就义。

除夕偶题[1]

呜呼一去几时归，　烈士空劳举世悲。[2]
沧海桑田成幻影，　万民齐咒帝王徽。[3]

诗二首[4]

一

同舟共济尚仓皇，　大海茫茫渡未遑。[5]
兄弟阋墙先御侮，　凯歌高奏太平洋。[6]

二

唯有强权足自豪，　兴邦雪耻属吾曹。[7]
称戈直渡朝鲜峡，　爱国头颅等弁毛。[8]

诗一首

壮志未酬身尚健，　豺狼当道志弥坚。

鸡鸣起舞迎新岁，　披衣秉剑划长天。

1928年除夕

1- 这首诗是在1915年除夕作的。当时袁世凯决定称帝，下令改明年为洪宪元年。陈昌同志在除夕的日记上写道："今日是民国四年之末日，或谓共和之末日。今日可爱，今日可爱。"慷慨写下了这首诗。
2- 呜呼：唉。一去：即民国改为帝国，不知何时再恢复民国。烈士：指辛亥革命的烈士。空劳：即徒然为民国牺牲。
3- 沧海桑田：沧海变成桑田，比喻民国又要变成帝国，民国只成了幻影。沧海三次变成桑田，见《神仙传》。帝王徽：皇帝的标记，指袁世凯要改年号、封爵、服饰等等。这里是说人民诅咒袁世凯称帝。就在这年12月25日蔡锷等在云南起义，声讨袁世凯。
4- 这两首诗作于1916年。当时陈昌同志在长沙县五美高小担任地理教员，在讲到祖国土地被列强侵占划分势力范围时，泣不成声，愤然写下了这两首诗。
5- 同舟共济：同乘一船，碰到风浪时互相帮助。尚仓皇：还感到慌张。即国势危急，同心合力挽救还有困难。渡未遑：要渡过去还怕来不及。未遑，不及。指中国像航船渡海，怕来不及渡过就碰上危险。
6- 阋（xì细）：斗争。兄弟在墙内斗争，应该先要抵抗外来的敌人。本于《诗经·常棣》："兄弟阋于墙，外御其侮。"
7- 唯有：只有。强权：这里指振作自强。吾曹：我辈。
8- 称戈：指用兵。按陈昌同志写这诗的上一年，日本政府向中国提出"二十一条"。所以这里说要把日本侵略势力赶过朝鲜海峡，赶回到日本去。弁（biàn便）毛：古代二十岁加冠，加冠时，先用黑布裹发，称弁；裹后垂发称毛。加冠后，不用裹布，不垂发，弁毛变成无用。指为了爱国，甘心抛头颅，等于抛弃无用的东西。

郭石泉(一首)

郭石泉(?—1930):江西铜鼓人。1926年参加革命,曾任铜鼓县第七区工会和农民协会负责人,秋收起义前后在铜鼓坚持斗争。后不幸被捕,押于南昌伪省政府第一监狱,1930年在狱中病故。

腊 梅

北风烈烈舞婆娑, 白色而今恐怖多。[1]
赤壁包围成玉壁, 黄河遮蔽变银河。[2]
一竿叟下寒江钓, 六出花飞富岁歌。[3]
惟有腊梅难压服, 五葩开着满枝柯。[4]

1- 婆娑:状雪花的盘旋飞舞。
2- 赤壁:在湖北嘉鱼县长江南岸,是历史上"赤壁之战"的地方。
3- 六出:指雪花。花分瓣叫"出",雪花为六角形,故以"六出"代雪花。富岁:丰收年,冬天下雪预兆丰年。
4- 葩:鲜花。

唐 克（二首）

唐克（1903—1930）：湖南零陵人。1924年考入广州黄埔军官学校学习，同年加入中国共产党。毕业后，参加讨伐军阀杨希闵、刘震寰和陈炯明的战斗。1926年参加北伐，先后任北伐军第八军第四师第十二团政治指导员、第三十六军第二师第六团政治指导员。大革命失败后，参加秋收起义。不久，党派他去香港，以《环球报》记者身份从事地下斗争，后调到广西工作。1930年任红八军顾问、政治学校大队长。同年3月19日在龙州起义中英勇牺牲。

诗二首[1]

一

专制铲除建共和，　爱国男儿热血多。
齐议同登新世界，　谁知室内又操戈。

二

室内操戈南北分，　连年战争总纷纭。[2]
军阀自己争权利，　不念国来不念群。

1- 这两首诗作于1923年。当时唐克同志写信给他的唐花圃老师说："慨时局之不靖，痛社会之污浊，时而此伐彼征，时而此争彼夺。"这两首诗，抒发了他对军阀混战、破坏共和的愤怒之情。

2- 南北分：1917年，张勋拥溥仪复辟。失败后，段祺瑞组织政府，认为孙中山领导制定的约法已被破坏，不必遵守。孙中山为了维护约法，在广州组织军政府，南北分裂。此后，军阀吴佩孚与张作霖又发生多次战争。

张锦辉(一首)

张锦辉(1915—1930):女,福建永定人。土地革命时期党的青年宣传员,永定地区著名的红色歌手。1930年4月,张锦辉同志随着区苏维埃政府宣传队到西洋坪村去开展工作,因反革命分子的告密,不幸被捕牺牲。年仅十五岁。

诗一首

团丁本是工农们, 苦食苦穿家里贫,
土豪劣绅来骗你, 打生打死保别人。
你也穷来我也穷, 穷人痛苦一般同。
团丁要想除痛苦, 快快起来助工农。

陈毅安（一首）

陈毅安（1904—1930）：湖南湘阴人。早年从事学生爱国运动。1924年加入中国共产党。同年6月，到汉阳兵工厂从事工人运动。1926年任国民革命军教导师三团三营七连连长和党代表。1927年6月，任国民政府警卫辎重队长兼供给局主任。大革命失败后，参加秋收起义，跟随毛泽东同志上井冈山，历任工农革命军第一师第一团的连长、营长，红四军三十一团副团长，红五军副参谋长，红四师师长，红三军团第八军第一纵队司令员。1930年8月7日，在长沙战斗中壮烈牺牲。

答未婚妻[1]

寄生者治人，

享受世界上一切权利；

生产者治于人，

所得的代价只有无期的冻饿。

唉! 这是圣人孔孟的道德吗？

这是上帝耶稣的博爱吗？

这是南无阿弥陀佛的慈悲吗？[2]

什么道德、博爱、慈悲，都是一些骗人的鬼话。

创造世界的工农们，

我们赶快地团结起来呀!

死气沉沉的黑暗世界，

要用我们的热血染它个鲜红。

我们要冲破压迫阶级束缚我们的藩篱,
我们惟一的法门——勇敢奋斗!
只要我们努力,
胜利终究要属于我们的,
让我们高呼预祝世界革命成功的口号啊!

1- 这首诗是在1926年8月27日作的。当时,陈毅安同志给未婚妻写信说:"革命的战争,是要实现世界永久的和平,绝对不同于军阀争权夺利的战争。"并作了此诗。
2- 南无(nā mó 那摩):对佛表示尊敬。阿弥陀佛:佛教中的一个佛名。

蓝飞鹤（二首）

蓝飞鹤（1901—1930）：福建惠安人。1928年加入中国共产党，曾任中共福建省委特派员、中共泉州特委常委、中共闽南行动委员会组织部长和红军团长。他曾领导厦门、泉州工人运动。1930年9月26日任闽南行动委员会组织部长时领导惠安起义。由于寡不敌众，不幸被俘，英勇就义。

无　题

闽南土匪惠安最，　此剥彼敲无已时。[1]
饭桶大官如醉梦，　倒悬民苦有谁知？[2]

绝命诗[3]

横胸铁血扫难开，　浩劫摧磨志不灰。[4]
满地铜驼荆棘变，　游魂应逐战旗来。[5]

1- 闽南二句：北洋军阀统治时期，在福建惠安县，土匪横行，人民极度痛苦。
2- 倒悬：即倒挂，指极度痛苦。本于《孟子·公孙丑》："民之悦之，犹解倒悬也。"
3- 这首诗是9月26日于狱中作的。
4- 铁血：指为革命而牺牲的壮志。
5- 铜驼荆棘：指战乱。晋朝的索靖有远见，他看到大乱要来了，指着洛阳宫门前的铜骆驼叹气道："将要看到你埋在荆棘丛中了。"

李司克（二首）

李司克（1912—1930）：原名孝本，四川江安人。1928年在四川大学学习时参加了中国共产党。1930年在广汉女子中学任教，策动驻军二十八军第二混成旅起义。10月25日，李司克同志在广汉女中鸣钟为信号，发动了广汉起义。起义军进入绵竹方面的大山，实行武装游击，终以寡不敌众而失败。李司克同志不幸被捕，他在敌人军法法庭上痛斥敌人道："你们配审讯我们？总有一天我们要审讯你们的！"于11月8日英勇牺牲。

Vector[1]
——给我念念不忘的测苇

其 一

我去了，我去了，
　　今后浪迹天涯！
家庭的诘责，
乡党的舆论，
朋友的鄙视，
这都是不值留恋和顾虑哟！
我愿站在
　　那大炮口前！
我愿睡在
　　那白刀尖上！[2]
寻找自由无羁的天乡。[3]

其 二

我去了，我去了，
　　　今后浪迹天涯!
　山风呀怒号!
　海水呀滔滔!
　旅客呀心摇!
这大概是火山爆发的预兆!
　赶紧烘热
　　　自己的胸膛!
　赶紧握着
　　　残红的戈矛!
　快快把地球迸去火烧。[4]

1929年残秋于云现女中

1- Vector: 物理学名词定向量。这里比喻定向的力量，指确定革命的方向，投奔革命。这首诗载于1930年1月6日成都《白日》新闻副刊。
2- 白刀尖: 即刀口。
3- 天乡: 理想的境地，当指革命胜利后的幸福生活。
4- 迸去: 本是飞溅或喷射，这里当指推入，把地球推到烈火中去，指到处燃起革命的烈火。

王干成(一首)

王干成(？—1930)：湖北黄梅人。中国共产党党员。1930年4月在江西任中共瑞昌区委副书记兼瑞昌县临时苏维埃政府主席。1930年冬被反动派逮捕，坚贞不屈，壮烈牺牲。

临刑前的遗曲

蒋介石，狼心狗肺，
杀人放火，胡作非为，
杀害良民千千万，祖国四处凄凉景。

反动政府，贪官污吏大本营，
每日里花天酒醉，处处欺压人民，
把我革命者踩踏在铁蹄，
造谣言，放空气，造成白色恐怖满天飞。
说什么，要铲除第三国际，
说什么，共产党压迫人共妻，
这些话，完全无根蒂，
都是他，信口乱放屁。
可恨那土劣互相狼狈，利用那"清乡"，
到处刮地皮。

革命战鼓咚咚响,把我的精神提起了百倍。

俺老李,生是革命人,死是革命鬼,[1]

生和死,死和生,

生生死死,死死生生就在这一回。

来到刑场不下跪,看把老子怎么的?

但愿我革命早日胜利,红旗飘扬日光辉。

1- 王干成同志被捕前后化名老李。

姚伯壎（二首）

姚伯壎（1909—1930）：湖南醴陵人。1926年加入中国共产党。不久，担任中国共产主义青年团醴陵团委少共委员。1928年冬，任醴陵县赤卫纵队政治委员。1930年春调上海中央局工作。同年6月，由上海赴武汉，任湘鄂赣边区游击司令部地下工作队长，设秘密机关于武汉大学。不幸于同年10月被捕，12月牺牲于武汉。

诗二首

一

三稔离愁为甚因，[1] 青山红泪两销魂。
堪嗟大地多荆棘， 愿借犁锄一扫空。

二

危棋争一局， 死里去逃生。
乾坤能整理， 何必寿乔松。[2]

1- 三稔：三年。
2- 寿乔松：与乔松一样长寿。

龙大道（三首）

龙大道（1901—1931）：贵州锦屏人，侗族。1923年加入中国共产党。1924年去莫斯科东方劳动大学学习，回国后任上海总工会秘书长等职。曾协助周恩来同志领导上海工人三次武装起义。1927年在武汉从事工人运动。1931年1月在上海被捕，2月在龙华就义。

狱 中[1]

身在牢房志更强，　抛头碎骨气昂扬。
乌云总有一日散，　共产东方出太阳。

粗 布[2]

别看粗布无啥用，　夜当被单日遮风。
输送文件需要它，　对国对民它有功。

黄峭山[3]

黄峭山，黄峭山，
离天三尺三。
人过要脱帽，
马过要下鞍。
爬来的黄蚂蚁，
把它消灭光。[4]

1- 这首诗是1927年8月在武汉狱中作的。当时,他和同志们在一家茶馆内开会时被捕。11月,在党的领导下,利用敌人内部矛盾和狱中防守的疏忽,龙大道同志和难友一百余人一起越狱出来。
2- 这首诗是在越狱后为革命奔走时作的。龙大道同志奔走在上海、浙江、江西、安徽等地,经常用一块粗布包文件和行李。家里人劝他换一块新的,他不肯,随口吟了这首诗。这块粗布现存贵州省博物馆。
3- 黄峭山:是龙大道同志家乡锦屏的一座高山。当时的反动军队常到那里去捣乱抢劫。
4- 黄蚂蚁:借指反动军警。

何孟雄(一首)

何孟雄(1898—1931):湖南酃县人。1920年在北京参加共产主义小组,1921年加入中国共产党。他是早期工人运动的领导人之一,曾领导过著名的京绥铁路大罢工。1926年任中共湖北省委组织部长。大革命失败后,在上海历任中共江苏省委委员和沪西、沪中、沪东区委书记。1931年1月在上海被捕,2月7日在龙华就义。

狱中题壁[1]

当年小吏陷江州, 今日龙江作楚囚。[2]
万里投荒阿穆尔, 从容莫负少年头。[3]

1- 这首诗作于1922年。当时,何孟雄等同志赴苏联出席伊尔库茨克远东大会,行至黑龙江时,一度被奉系军阀逮捕入狱,他曾在壁上题了此诗。
2- 小吏:宋江是郓城县小吏,在江州被捕陷在狱里。龙江:指黑龙江。楚囚:楚国人钟仪被晋国俘虏,称楚囚。
3- 阿穆尔:即黑龙江。莫负少年头:不要辜负少年的头颅,指为革命而斗争牺牲。

欧阳立安(一首)

欧阳立安(1913—1931):化名杨国华,湖南长沙人。从小即受革命影响,曾在武汉担任《大江报》小通讯员。后随母亲陶承同志到上海参加革命斗争,不久加入中国共产党。曾任共青团江苏省委委员兼上海总工会青工部部长、国际青工代表大会中国代表。1931年1月在上海被捕,2月7日在龙华牺牲。

冲冲冲!
我们是劳动儿童团。[1]
不怕敌人刀和枪,
不怕坐牢和牺牲!
杀开一条血路,
冲!冲!冲!

1- 这首歌,据欧阳立安的弟弟欧阳应坚同志回忆,是烈士在1930年五一劳动节写的。当时上海总工会组织五百个童工集会,示威游行。欧阳立安同志便写了这首歌在童工中进行教唱。

邓恩铭(四首)

邓恩铭(1901—1931):贵州荔波人,水族。1920年在济南时与王尽美同志一起组织共产主义小组,加入中国共产党。1921年出席中国共产党第一次全国代表大会。曾任中共青岛市委书记、山东省委书记。1928年被捕,1931年4月5日在济南就义。

述 志[1]

赤日炎炎辞荔城, 前途茫茫事无分。[2]
男儿立下钢铁志, 国际民生焕然新。

答 友[3]

君问归期未有期, 乡关回首甚依依。[4]
春雷一声震大地, 捷报频传是归期。

平 权[5]

男女平权非等闲, 木兰替父出戍边。
自古多少忠烈士, 谁谓女子甘痴眠。

诀 别[6]

三一年华转瞬间， 壮志未酬奈何天。[7]

不惜唯我身先死， 后继频频慰九泉。[8]

1- 这首诗是1917年邓恩铭同志离开贵州荔波去山东济南前夕所作。
2- 荔城：指贵州荔波。
3- 这首诗是邓恩铭同志离荔波赴山东时，为答同学问而作。
4- 君问句：借用李商隐《雨夜客北》一诗首句，表示不忍离别之意。
5- 这首诗是邓恩铭同志在济南时写给家乡女同学的，用以激励她们的革命斗志。
6- 这首诗是1931年3月在济南狱中所作，并随信寄给其母，表示了忠于革命、视死如归的精神。
7- 奈何天：无可奈何的日子，指即将牺牲。
8- 频频：指革命后继的人很多。九泉：指地下。

恽代英(三首)

恽代英(1895—1931):江苏武进人。五四运动时,在武汉创办利群书社,传播革命思想。1920年与萧楚女等组织中国社会主义青年团。次年加入中国共产党。曾任团中央宣传部部长和《中国青年》主编。1926年任黄埔军官学校政治总教官,并在广州农民运动讲习所任教。1927年主持武汉军事政治学校。同年,中国共产党第五次全国代表大会上当选为中央委员。大革命失败后,参加八一南昌起义和广州起义。1928年7月任中共中央宣传部秘书长。1930年任沪东行动委员会书记,同年5月6日被捕,次年4月29日在南京就义。

诗一首[1]

闻道人间事,　由来似弈棋。[2]
本是同浮载,　何用逐雄雌?[3]
鬼妒千金子,　人窥五色旗。[4]
四方瞻瞅瞅,　犹复苦争持。[5]

诗一首

每作伤心语,　狂书字尽斜。[6]
杜鹃空有泪,　鸿雁已无家。[7]
浩劫悲猿鹤,　荒村绝稻麻。[8]
转旋男儿事,　吾党岂瓠瓜?[9]

诗一首[10]

嗟我中国，　强邻伺侧。[11]

外交紧急，　河山变色。

壮哉民国，　风起云蒸。

京津首倡，　武汉继兴。[12]

唯我学界，　风潮澎湃。

对外一致，　始终不懈。

望我学生，　积极进行，

提倡国货，　众志成城。

力争青岛，　事出至诚，

口诛笔伐，　救国之声。

愿我同胞，　声胆俱张，

五月七日，　勿忘勿忘。[13]

1- 1919年，恽代英同志在武昌中华大学学习时，五四运动爆发，他在武汉组织学生罢课和示威，作了这两首诗。
2- 弈棋: 下棋。本于杜甫《秋兴八首》"闻道长安似弈棋"，指世事的变化。
3- 浮载: 浮生在世。逐雄雌: 争胜败。这两句说本是同生在世，何必争权夺利，指斥北洋军阀的争权夺利。
4- 千金子: 富家子弟。这句说鬼都妒忌千金子有钱，是指贪官污吏贪得无厌的敲诈勒索。五色旗: 指辛亥革命后所制定的国旗，当时复辟派都想取消五色旗。像1915年袁世凯称帝，1917年张勋拥宣统复辟，都要取消五色旗。
5- 瞅瞅（chǒu丑）: 看；望。即向四面看看，到处受到帝国主义的侵略，在这种环境里，军阀还在拼命争夺。
6- 狂书: 犹草书，写草字。
7- 杜鹃: 鸟名，春末时鸣，鸣声凄厉，引起人们的感伤，所以说有泪。鸿雁:《诗经·鸿雁》里写鸿雁哀鸣，比喻人民流离失所。这两句说志士空悲，人民苦难。

8- 猿鹤：相传周穆王南征，一军尽化，君子变为猿鹤，小人变为沙虫。这两句说在北洋军阀的统治下，百姓过着不像人过的生活，悲愁交结。

9- 转旋：旋乾转坤，这两句指改造中国是革命男儿的事，我党哪能无所作为呢？瓠瓜：即葫芦。《论语·阳货》："吾岂瓠瓜也哉，焉（哪）能系而不食。"葫芦挂在藤上，不会吃东西，人不能挂着不吃东西，即指人要有所作为。

10- 这首诗是五四时期写的一份诗传单，作为武汉学联机关刊物《学生周报》的发刊词印行。

11- 嗟我两句：1919年1月，第一次世界大战结束，在巴黎召开"和平会议"。会上，日本提出要夺取在山东的一切权利，所以是"强邻伺侧"。

12- 京津两句：5月4日，北京、天津学生在天安门前集会，高呼"外争国权，内惩国贼"，武汉跟着响应，所以说"京津首创，武汉继兴"。

13- 五月两句：当时全国人民要求收回青岛主权，取消"二十一条"。"二十一条"是日本掠夺中国权利的条约，在1915年5月7日压迫袁世凯政府承认，所以5月7日定为国耻纪念日。

周逸群(四首)

周逸群(1896—1931):贵州铜仁人。早年从事学生爱国运动。1924年加入中国共产党。1926年6月协助贺龙同志改造部队,参加八一南昌起义。1928年与贺龙同志一起开辟湘西北根据地,发动武装斗争,先后担任中共湘西北特委书记、鄂西特委书记、红六军政委、红二军团政委、湘鄂西联县政府主席。1931年5月在路经湖南岳阳视察工作时,遭敌伏击,不幸牺牲。

工农团结歌[1]

工农,世界主人翁!

我们的血汗,几乎要流尽。

衣与食,住与行,我们所造成。

权位与幸福,倒归寄生虫。

世界创造者,反作穷罪人。

封建制度,资本主义,一律要铲平。

高举鲜红旗,强与作斗争。

资本家,地主们,我们对头人。

苏维埃政权,从此就实现。

工厂归工友,土地归农民。

工农团结,民主共和,革命大功成。

农民联合起来

农民,联合起来呵!
黑地又昏天,压迫数千年。
忍劳苦,忍饥寒,生产供人间。
手胼复足胝,终岁不空闲。[2]
历尽难中难,才到打谷关。
四六、三七租课付齐,衣食不周全。[3]
想来好伤悲,农民真吃亏。
要吃饭,要穿衣,大家打主意。
快快来团结,加入农协会。
建立苏维埃,实行分土地。
铲除封建,打倒礼教,才得享安逸。[4]

妇女解放歌

愿我女界同胞起来,大家谋解放!
铲除封建,打倒礼教,女权要提倡。
速将足放,快去读书,人格才高尚。
大家奋斗,男女平等,不必存观望。
为什么,一切权力尽归男子掌?
我女子同是人类,为何不一样?
起来,起来!参加革命才有幸福享。
联合世界革命妇女,同登极乐场!

诗一首[5]

废书学剑走羊城,
只为黎元苦匪兵。[6]
斩伐相争廿四史,
岂无白刃可亡秦?![7]

1- 这首和下面两首歌都是1928年作的。当时,周逸群同志跟贺龙同志回到湘西,任湘西北特委书记。他编了这三首歌来教给部队和群众,宣传革命道理。
2- 胼胝(pián zhí便支):手和脚上的老茧。
3- 四六、三七租课:农民被地主剥削的田租,有地主剥削六成的称四六,剥削七成的称三七。
4- 礼教:地主阶级制定的一套封建教条,如三纲五常、父母包办婚姻等。
5- 这首诗是1924年10月入黄埔军官学校学习前所作。
6- 废书学剑:指不学文改学武,即进军校学习。羊城:广州。黎元:百姓。
7- 廿四史:中国历代所编写的历史书,里面多记载战争的事,被称为相砍书。亡秦:楚国被灭亡后,民间传说:"楚虽三户,亡秦必楚。"这里指推翻反动统治。

谭寿林（一首）

谭寿林（1896—1931）：广西贵县人。1923年加入中国共产党。曾任中共广西梧州特委书记。1927年第一次国内革命战争失败后被捕。出狱后，回故乡组织农民运动。不久，被迫离乡，赴广东参加广州起义，又被捕。1928年出狱后，到上海，先后担任全国海员工会秘书长、全国总工会秘书长。1931年在上海再度被捕，同年5月30日在南京被国民党反动派杀害。

土地革命山歌

杨柳青青江水平，　四边田野唱歌声；
唱歌不唱风流调，　单唱农民受苦情。

我辈农民种田地，　交租纳税已有余；
官僚地主享大福，　农民生活狗不如。

地主收租吃白米，　官僚勒税吃山珍；
官僚地主真威福，　当我农民不是人。

似虎官僚逼了税，　如狼地主又追租；
终年辛苦无所得，　饥寒交迫向谁呼！

我辈农民想不通，　做牛做马苦做工；
是否生成天注定，　冇吃冇穿这样穷？[1]

种田到老穷到老，　到老更穷更困难；
耕田种地挨饥饿，　地主米粮叠如山。

我明白了明白了！　明白为何这样穷，
就是高租兼重税，　剥削一重又一重。

官僚地主虎狼凶，　欺压工农理不公；
剥得工农只留骨，　看他狗命几时终！

开天辟地田何来？　是我农民辛苦开！
农民辛苦种田地，　地主收租理不该。

千年田地谁是主？　哪个田头立了碑？
只要大家合力打，　铁铸江山打得正。

道理讲来真不差，　铁铸江山打开花！
本应耕者有其田，　因何田在富人家？！

个个明白这道理，　大家努力去周旋；
打倒官僚才快乐，　铲除地主才安然。

人人种地有田地，　有饭吃来有衣穿；
若想实现这世界，　大家合力扭转天。

革命成功在眼前，　群众奋斗要争先；

杀头当做风吹帽， 坐监也要闯上天。

如果革命胜利了， 我辈主张得出头；
自己种地自己吃， 谁敢逼税把租收？！

大家努力干革命， 革命一定会成功；
到了那时真幸福， 工农来作主人翁！

1- 冇：读如"摩"，广西地方方言，意即"没有"。

张剑珍(四首)

张剑珍(1912—1931):女,广东五华县双华人。大革命时期的女宣传员,革命斗争性很强,后为敌人逮捕,坚贞不屈,于1931年6月被害于华城。

山歌三首

一

五更过哩鸡会啼, 恶鬼唔使叫豺豺。[1]
敢搞革命唔怕死, 剥皮抽筋骨还在。

二

你也唔使眼盯盯, 莫看妹子身骨轻。
敢干革命唔怕死, 唔怕山上睡草坪。

三

你莫切来你莫愁, 总爱革命有出头。[2]
砸破泥碗用金碗, 烧了茅寮住高楼。

五更叹

一更叹,坐监牢,
如今变作笼中鸟。

爱剐爱杀无要紧,
为了革命心一条,
唔怕刑场去过刀。

二更叹,火烧天,
剑珍革命意志坚。
杀头俚话风吹帽,
坐监俚喊嬲花园,[3]
要为穷人出头天。

三更叹,想红军,
红军来了救穷人。
俚愿红军打胜仗,
红旗飘飘扫乌云,
工农当家万年春。

四更叹,俚家庭,
国枢时刻念剑珍。[4]
亲人受难莫流泪,
跟着红军杀敌人,
杀尽白贼正太平。

五更叹,天就光,
又想红军古团长。[5]
培养教育剑珍女,

　　　　党系𠊎个亲爹娘,

　　　　视死如归跟着党。

1- 恶鬼: 指反动派。唔: 不。豺豺: 指恶鬼叫声。
2- 切: 方言,其意不详。承上句或为"怯"。
3- 𠊎: 我。嬲（niǎo鸟）: 游戏。
4- 国枢: 即胡国枢,革命烈士,是张剑珍的大伯。当时他担任双华乡的农会长。张剑珍从小在他培养、教育下成长起来。
5- 古团长: 即红军第十一军四十六团团长古宜权同志,见古宜权诗注。

蔡和森(一首)

蔡和森(1895—1931):湖南湘乡人。早年和毛泽东同志等创立新民学会。1919年赴法勤工俭学。1921年在法国组织中国社会主义青年团,同年冬回国。中国共产党第二至第六次全国代表大会上均当选为中央委员。1922年后主编中共中央机关报《向导》周报。1925年领导五卅运动。中国共产党第五次全国代表大会后当选为中共中央政治局委员,八七会议后任中共中央北方局书记。1931年夏在香港被英帝国主义逮捕,引渡到广州后英勇就义。

诗一首[1]

君不见,武王伐纣汤伐桀,革命功劳名赫赫。[2]
又不见,詹姆斯被民众弃,查理士死民众手。[3]
路易十四招民怨,路易十六终上断头台。[4]
俄国沙皇尼古拉,偕同妻儿伴狗死。[5]
民气伸张除暴君,古今中外率如此。[6]
能识时务为俊杰,莫学冬烘迂夫子。[7]

1- 这首诗是蔡和森同志1918年初写的。他用古今中外很多历史人物和典故,说明人民群众是真正的英雄,革命人民的力量是不可抗拒的。
2- 武王句:夏王桀暴虐,被商王汤打败后流放出去。商王纣暴虐,被周武王打败后自杀。后来称为"汤武革命"。赫赫:状功劳大。
3- 詹姆斯:詹姆斯一世,英国国王。他加强君主专制,横征暴敛,迫害清教徒,为民众所弃,加速了英国资产阶级革命的爆发。查理士:查理一世,詹姆斯一世的儿子,英国国王。他对抗国会,打击新兴工商业,引起英国资产阶级革命,被国会判处死刑。

4- 路易十四: 法国国王,自称"朕(我)即国家",加强专制统治,参加西班牙王位继承战争。晚年后因农民起义,法国专制统治走向没落。路易十六: 法国国王,极力绞杀革命,引起资产阶级革命,被废黜,送上断头台处死。
5- 尼古拉: 尼古拉二世,俄国最后一个沙皇,下令枪杀圣彼得堡示威工人,引起1905年革命。二月革命后被捕。十月革命后被枪决。
6- 率: 都。
7- 冬烘: 思想迂腐、知识浅陋。

高文华（一首）

高文华（1907—1931）：江苏无锡人。1924年入黄埔军官学校学习，1925年加入中国共产党。曾任共青团无锡县委书记。1928年3月被捕，关押在南京伪老虎桥第一模范监狱。1931年7月16日夜，高文华同志既受迫害，又患伤寒症致死。

火[1]

森林里起了星星之火！

山野里起了星星之火！

平原里起了星星之火！

水边上起了星星之火！

火的光渐渐明亮！

星星的火光成为块块的火光！

……

水边之火接着了平原之火，

平原之火接着了森林之火，

森林之火接着了山野之火，

山野之火接着了水边之火！

全世界的火光衔接了！

全世界都着了火了！

---

[1] 这首诗是在狱中所作。高文华同志深信无产阶级革命的星星之火，必将燃遍全世界。

蔡上林(一首)

蔡上林(1899—1932):湖南华容人。幼时给地主当长工。1925年加入中国共产党。1926年被选为华容县农民协会委员长。1927年在湖南南县组织农民武装,击败石首伪团防局。1931年9月去湖北洪湖苏区工作。在1932年突围中,劳累成疾,逝世于洪湖周老嘴。

遣 怀

雄心射越三千丈, 未达成功哪肯休![1]
尝遍穷愁生死味, 淡然过去乐无忧。

1- 射越:相传杭州一带的海潮冲击堤岸,吴越国王钱镠使弓箭手用强弓来射潮头。见《北梦琐言》。越,指吴越的潮头。三千丈:指潮头高。这里指打退敌人的凶焰。

王金林(一首)

王金林(1903—1932):安徽广德人。中国共产党党员。曾任皖南红军独立团团长。1932年在广德光荣牺牲。广德县的金林乡和金林大队,就是为纪念他而命名的。

把地主坏蛋一扫光

莫打鼓来莫打锣,　　听我唱个农民歌:
提起农民真正苦,　　流血流汗养地主。

提起农民真可怜,　　家中没有半亩田,
苛捐杂税租子完,　　妻子儿女不团圆。

提起农民真伤心,　　一年只挣三块钱,
不够吃来不够穿,　　他说农民无算盘。

土豪劣绅实在坏,　　逼迫穷人女儿卖,
卖女儿来哭哀哀,　　眼泪汪汪往下筛。

农民苦来实在苦,　　地主吃细我吃粗,
手提钢刀和快枪,　　把地主坏蛋一扫光。

古宜权(一首)

古宜权(1904—1932):广东五华县梅林人。1924年到广州黄埔军官学校学习,加入中国共产党。1926年参加北伐战争,任左翼军党代表。1927年7月回到五华,参加了革命活动。历任中国工农红军第十一军四十六团、教导团、东江独立师第二团团长,西北游击队队长,东江军事委员会委员等职。转战于五华、入乡山、海陆丰及大南山等地,屡立战功。1932年冬,在普宁县汤头村血战中弹尽援绝,壮烈牺牲。中华人民共和国成立后梅林建有古宜权烈士纪念碑。

追悼烈士歌[1]

烈士英灵在会场, 你在阴间我在阳。
今日开会来追悼, 目汁双双流两行。[2]

土豪劣绅心肝狼, 勾结逆军办共党。[3]
等到革命复兴日, 杀佢头颅理应当。[4]

死难烈士心莫忧, 工农替你来报仇。
如今大家团结起, 誓把反动杀呀就。[5]

死难烈士最荣光, 精神不死众颂扬。
鲜血洒遍田土上, 英雄事迹永留芳。

1- 这一组诗歌是古宜权烈士1930年3月在入乡山滩下一次追悼死难烈士大会上所作。

2- 目汁：眼泪。
3- 办共党：指反动派"围剿"革命地区。
4- 佢（qú渠）：方言，他，他们。
5- 杀呀就：杀干净。

梁建新(一首)

梁建新(？—1933)：湖南安化人。1925年毕业于长沙长郡中学师范科。1926年加入中国共产党，曾任中共湖南安化县蓝田区委委员。"马日事变"后，在上海、南京一带从事党的地下斗争。1929年曾被捕，1931年刑满出狱。1932年，在南京再次被捕，囚于南京军人监狱。在狱中，英勇不屈，仍坚持斗争。1933年3月就义于雨花台。

感时拟赠某将军[1]

百万貔貅不战还，[2] 将军拱手送河山。
忍看日落崦嵫后，[3] 胡马纷纷入汉关！[4]

1- 这首诗作于1931年冬。"九一八"事变后，面对日本帝国主义的侵略，蒋介石采取不抵抗主义，命令东北军"绝对不得抵抗"，并撤至山海关内，致使祖国东北的大好河山被日寇侵占。梁建新同志对此悲愤已极，作了这首感时的七绝，对蒋介石作了辛辣的讽刺。将军，指蒋介石。
2- 貔貅(pí xiū皮休)：一种猛兽，比喻勇猛的军队。
3- 忍看：怎忍看。崦嵫(yān zī烟资)：古代指太阳落山的地方。
4- 胡马：指日本帝国主义侵略军。

刘琦松（一首）

刘琦松：湖南安化人。1926年入黄埔军校武汉分校学习，同年加入中国共产党。毕业后，参加北伐军，历任排长、连长。"马日事变"后被捕，因未暴露身份，三年后被释放。1931年潜入南京、上海一带，和梁建新同志一起从事党的地下斗争。1932年因机关被敌人破坏，潜回湖南长沙。次年夏季，往苏区找红军。后在战斗中牺牲。

和梁兄感时并戏代某将军解嘲 [1]

奉命班师不战还，　满洲千里别江山。[2]

契丹本是儿皇主，[3] 岂忍忘恩拒汉关！

1- 这是烈士在1931年冬和梁建新同志的诗，以辛辣的讽刺暴露蒋介石投降卖国的丑恶嘴脸。
2- 班师：旧指军队出征归来；还师。东北军广大官兵对蒋介石的投降卖国政策极为不满，后于1936年12月12日，以张学良为首的东北军和以杨虎城为首的十七路军受到中国共产党抗日民族统一战线政策的影响，发动了"西安事变"，经中国共产党调停，迫使蒋介石接受和平解决"西安事变"的条件，因而全国的抗日斗争出现了一个新的局面。
3- 儿皇主：儿皇帝的主子。后唐时，契丹入侵，石敬瑭投降契丹，契丹封他为皇帝，建立后晋。石敬瑭尊称契丹为父皇帝，自己做儿皇帝，割幽蓟十六州送给契丹。此处借指日本帝国主义，揭露蒋介石卖国投降的反动政策。

无名烈士（一首）

诗一首[1]

我们是工人，　我们不怕死。

劝你快明白，　切莫要自首。

既不能做人，　也不能做狗。

纵然能做狗，　也是不长久。

---

[1] 这首诗题在上海警察局看守所的墙上，未署名，估计是在1933年写的。这位烈士是工人，他满腔愤怒，斥责那些动摇变节分子。

陈寿昌（一首）

陈寿昌（？—1934）：浙江镇海人，电报工人。1926年参加中国共产党。1933年初，党中央派他到湘鄂赣苏区担任省委书记兼军区政治委员。1934年12月在湖北崇阳县老虎洞战斗中壮烈牺牲。

诗一首

身许马列安等闲，　报效工农岂知艰。
壮志未酬身若死，　亦留忠胆照人间。

1933年底

吉鸿昌(一首)

吉鸿昌(1895—1934)：字世五，河南扶沟人。曾任西北军冯玉祥部师长、国民党第二十一军军长和宁夏省政府主席。1932年加入中国共产党。1933年5月，联合冯玉祥、方振武等在张家口组成察绥民众抗日同盟军，任同盟军第二军军长兼北路前敌总指挥。同盟军失败后，他到平（今北京）津等地从事抗日活动。1934年11月9日在天津被捕，24日在北平英勇就义。

> 有贼无我，　有我无贼；[1]
> 非贼杀我，　即我杀贼！
> 半壁河山，　业经变色，
> 是好男儿，　舍身救国。

1- 这首诗是在1933年作的。当时，他任北路前敌总指挥，在攻克察哈尔的多伦前对战士讲话时作的。

王泰吉（十首）

王泰吉（1906—1934）：字仲祥，陕西临潼人。1924年在黄埔军官学校学习时加入中国共产党。后在河南、陕西国民军和陕军中做革命工作。1927年"四一二"蒋介石发动反革命政变后，他在陕西麟游县率部起义。1928年春，又参加组织渭华起义，与刘志丹等同志创建西北工农革命军，任参谋长。渭华起义失败后，潜入河南南召县，以做长工为掩护，从事党的秘密活动。后被捕，押在南京监狱，未暴露身份，由杨虎城将军营救出狱，在杨虎城部下工作，历任副旅长兼参谋长、新兵训练处长、骑兵团长。1933年7月，率骑兵团在耀县起义，成立西北民众抗日义勇军，任总司令。不久，改编为红军第二十六军第四十二师，任师长。1934年1月去豫陕边做兵运工作，途经淳化县时被捕，3月，在西安英勇就义。

壮 志[1]

七尺男儿汉，　足立天地间。
满目不平事，　蹈履待何年。[2]

诗一首[3]

大河南北红云起，　关陇烽火亦可期。[4]
寄语欲得升平者，　吾人昭苏在此役。[5]

狱中诗[6]

一

南京被押己巳年， 蚤虱围攻何足怜。[7]
翻身消灭尔丑类， 革命精神练愈坚。[8]

二

三尺榻上不容睡， 五步室内寄余身。
狂吟将伯君毋躁， 独对铁窗思好音。[9]

狱中题壁[10]

一

几经奋起几颠沛， 愧无良平智量深。[11]
引颈辞世诚快事， 瞑目庆祝红旗飞。

二

二十八岁空蹉跎， 为谒故人入网罗。
狐鸦结交吾有愧， 悬睛待看事如何。[12]

困顿漫语[13]

一

堪叹国事日益非， 屡经起义与愿违。
莫行于先谁继后， 自我牺牲视如归。

二

功名不必自我成，　革命实践作先锋。
遗嘱同志莫顾虑，　宇宙将来到处红。

绝命诗 [14]

崤函振鼓山河动，　萧关频翻宇宙红。[15]
系念袍泽千里外，　梦魂应知寄愁容。[16]

绝命词

为圆寂，[17]
将门儿掩，
谁也不见；
学秃陀参禅，[18]
像睡佛咒天；
将孔孟抛在一边，
劳什子吓破几许英雄胆！[19]
咱从来不说奈何天。[20]
这头颅任你割断，
这肉体任你踏践，
一切听自然。

1- 这首诗作于1924年，是从西安陕西省立三中去黄埔军官学校学习时作的。
2- 蹈履: 实践革命活动。

3- 这首诗是在1928年组织渭华起义时所作。
4- 关陇烽火: 即指渭华起义。
5- 升平: 太平。昭苏: 恢复生机。《礼记·乐记》"蛰虫昭苏"。此指人民得到解放。
6- 这两首诗作于1929年夏。当时作者被监押在南京监狱。
7- 己巳年: 1929年。
8- 丑类: 指反动派。
9- 将伯:《诗经·正月》"将伯助予"。毛传:"将,请也;伯,长也。"请长辈帮助我,即请杨虎城将军营救。思好音: 盼望得到好消息。
10- 这两首诗作于1934年1月。他去豫陕边做兵运工作,途经淳化县通润镇,到老相识伪保安团团长马云从处投宿,即被扣押。他在拘留室墙上题了这两首诗,又在给父母信中说:"男绝不学杜衡之被捕自首,遭社会上之唾骂,遗及父母羞。"杜衡,曾任中共陕西省委常委、书记,1933年7月被捕后叛变投敌。
11- 颠沛: 困顿、困苦。良平: 汉高祖手下谋臣张良、陈平,多智谋。
12- 悬睛: 战国时伍子胥忠于吴国,吴王夫差要杀他。他临死前说: 把我的眼睛挂在城门上,看越国军队打进来。这里指看革命胜利、反动派灭亡。
13- 王泰吉同志在狱中写了上万言的《困顿漫语》,原稿大部分已丢失,这是留存下来的两首诗。
14-《绝命诗》和下一首《绝命词》均作于1934年初,是就义前写的。
15- 崤函: 崤山,在河南洛宁县西北。函谷关,在河南灵宝市西南。这两处是进入陕西的险要处。萧关: 在宁夏固原市东南,是关中西北方的关口。
16- 袍泽: 部队中的同志。
17- 圆寂;佛教称死为圆寂。
18- 秃陀: 对和尚轻蔑的称呼。参禅: 在静坐中研究佛教道理。
19- 劳什子: 使人讨厌的东西,这里指上文的孔孟之道。
20- 奈何天: 无可奈何的时候。

聂永晖(一首)

聂永晖(1901—1934):化名辛若,湖南浏阳人。1926年加入中国共产党。同年出席湖南全省农民代表大会。1927年任中共浏阳县委宣传部长。1929年在湘鄂赣苏区领导文化工作。1934年任宜(丰)铜(鼓)万(载)中心县委书记。同年,不幸被捕牺牲。

题 扇[1]

大翼卷云天作浪, 余威激水月生波,[2]
岂甘自好为风舞, 怕听人间叫热何。[3]

1- 1928年夏,聂永晖同志与慕容楚强同志在江西上栗市以织布为名,从事党的地下斗争。本诗是他写在慕容楚强同志的扇子上的。
2- 大翼两句:指鹏鸟的大翼像卷云在天空中翻腾,起飞时翅膀击起波浪,在月光照耀下更为壮观。本于《庄子·逍遥游》:"怒而飞,其翼若垂天之云。""鹏之徙于南冥(海)也,水击三千里。"此指革命声势的巨大。
3- 怕听人间叫热:指怕听人民在苦难中呼号,所以要起来革命。

刘自兴（一首）

刘自兴：江西寻乌人，笔名自升，1930年前后历任寻乌县某区赤卫队长、县苏维埃政府秘书长，后任瑞金中华苏维埃共和国临时中央政府机关文书。1934年10月参加长征，在途中牺牲。

寻乌山歌

山歌不唱不风流，　共产唔行茅自由。[1]
行起共产郎先去，　唱起山歌妹带头。

山歌不是考声音，　总爱革命意义深。[2]
革命不是取人貌，　总爱勇敢杀敌人。

食斋不如来食荤，　修善不如当红军。[3]
打倒土豪并地主，　大家同志有田分。

食烟爱食水烟筒，　味道又好烟又浓。
当兵爱当红军去，　名声又好人又雄。

劝告群众莫痴呆，　求神拜佛不应该，
大家要来求幸福，　只有拥护苏维埃。

青菜生来青又青，　摘了一皮又一皮。[4]
敌人枪支真快缴，　缴了一批又一批。

今个世界唔相同，　红旗飘飘好威风。
没有阿哥打单只，　没有细妹茅老公。[5]

实行共产话你知，　共产主义不共妻，
只要两人心甘愿，　不要媒人也可以。

唱倕爹来嘱倕娭，　为拥工农为自己。[6]
饭食加餐心放开，　敌人消灭转归来。[7]

嫩娇莲来嫩娇莲，　你要安心去耕田，[8]
郎在前方多胜利，　公婆到底总团圆。[9]

1934年

1- 唔：方言"不"。唔行，不实行。茅：方言"没有"。
2- 爱：方言"要"。
3- 食斋：即吃素。
4- 一皮：方言"一批"。
5- 打单只：打单身，没有结婚。细妹：方言"年轻女子"。
6- 倕：方言"我"。爹：父亲。娭：方言"母亲"。
7- 转归来：方言"回家来"。
8- 嫩娇莲：指年轻妇女。
9- 公婆：方言，这里指"夫妻"。

杨和钧（二首）

杨和钧：贵州锦屏婆洞人，侗族。1934年12月18日，中央红军长征到达婆洞，宣传革命。杨和钧同志开始接受革命理论，提高了阶级觉悟。26日中午，他救护了重伤掉队的红军王连长，把王连长藏在阁楼上进行治疗，结为兄弟。事情泄露后，王连长被恶霸地主杀害，杨和钧同志因此事也遭敌人毒打。不久，他去投奔红军，途中被反动派发现，惨遭杀害。

板壁上的指南

赶场天或是平常，
寨上的农民或是行人来往，
人人的目光都投向板壁上，
因为板壁上有红军的指南。
这指南是红军留下的宣传标语，
它召唤穷苦农民站起来，
打倒土豪劣绅，分田地，夺政权！
扛起枪把东洋鬼子赶下海洋。

苦

苦呵苦！
老是纠缠着农夫，
农夫要想离开苦，
要等红色太阳东方出。

阮啸仙(一首)

阮啸仙(1897—1935):又名熙朝,广东河源人。五四运动爆发后,他和进步同学发起组织广东学生联合会,推动学生爱国运动。1920年,参加广东马克思主义小组。1921年加入中国共产党,担任中共两广区委委员。1922年任社会主义青年团两广团委书记。大革命时期,任中共两广区委和广东省委农委书记,兼任第一至第六届农民运动讲习所教员,第三届农民讲习所主任。1927年出席党的五大,被选为中央委员。同年11月和张太雷等同志一起组织广州起义。1929年任中共上海市委宣传部长。1931年到达中央苏区,任临时中央政府执行委员、中央审计委员会主任。1934年10月中央红军长征后,他留在中央苏区,担任中共赣南省委书记兼赣南军区政委。1935年3月在江西牯牛岭突围中英勇牺牲。

歌　谣[1]

锄头不拿起,　世人皆饿死。
拿起锄头来,　打死狗地主!

[1] 这首歌作于1924年秋。当时,阮啸仙同志担任广东省委农委书记,领导花县各乡农民成立农民协会。农协成立时,他到会演讲道:"今天,我们成立农民协会,耕田佬要团结起来,拳头要对准剥削穷人的财主佬!财主佬骂我们耕田人是牛精。我看,耕田人不是牛精,而是精于牛,力大于牛!宇宙乾坤,田里五谷,天下人吃的、用的、穿的,哪一件能离开耕田人!"接着,他用广东方言给大家唱了这首自己创作的歌。

毛泽覃（一首）

毛泽覃（1905—1935）：湖南湘潭人。1921年加入中国社会主义青年团。1923年10月加入中国共产党。1927年参加秋收起义。1929年任中共赣西南特委委员、东固区委书记、红军独立师师长等职。1932年后任中共苏区中央局秘书长、中共福建省委书记、闽粤赣军区司令等职。1934年红军主力长征后，在中央革命根据地坚持游击战争。1935年4月，在江西瑞金与敌作战中英勇牺牲。

歌　谣[1]

造福人，不享福，

雇农自己没有谷，

砌匠自己没有屋，

木匠自己没凳坐，

裁缝自己打赤膊。

1- 1927年冬，毛泽东同志派毛泽覃同志到井冈山黄洋界脚下的乔林乡搞土地革命试点。在他创办的农民夜校里，他曾以这首歌谣启发群众的阶级觉悟。

何叔衡（一首）

何叔衡（1876—1935）：湖南宁乡人。1918年参加新民学会。1921年7月出席中国共产党第一次全国代表大会。后任中共湘区委员会组织委员。1927年"马日事变"后到上海为党创办聚成印刷公司，开展地下斗争。1928年赴莫斯科学习。1930年回国，担任共产国际救济总会和全国互济会的领导工作。1931年任中华苏维埃执行委员、中央工农民主政府工农检察部部长、临时最高法庭主席和内务部代部长等职。中央红军主力长征后，留在根据地坚持斗争。1935年4月25日，在福建长汀、平武交界的水口遭敌袭击，不幸壮烈牺牲。

赠夏明翰同志[1]

神州遍地起风雷，[2]　投身革命有作为。
家法纵严难锁志，　天高海阔任鸟飞。[3]

1- 这首诗是1920年作的。当时，夏明翰同志是湘南学联的主要负责人，在何叔衡同志领导下积极推动学生爱国运动。夏的祖父将他关在家里，不让他外出工作。他毅然与封建家庭彻底决裂，到长沙投身革命事业。何叔衡同志作这首诗来鼓励他。
2- 神州：指中国。风雷：指革命。
3- 天高句：本于"海阔凭鱼跃，天高任鸟飞"。

瞿秋白(六首)

瞿秋白(1899—1935):江苏常州人。中国共产党早期的领导人之一。1922年加入中国共产党。1923年至1928年在中国共产党第三次至第六次全国代表大会上都被选为中央委员。曾任中共中央书记、共产国际执行委员和主席团委员。1931年到1933年,在上海和鲁迅合作领导革命文化运动,1933年初到达中央革命根据地,曾任中央工农民主政府人民教育委员。1934年10月中央红军主力长征后,留在根据地坚持斗争。1935年4月25日在福建长汀县水口尚潭被国民党反动派逮捕,同年6月在福建长汀从容就义。遗著有《瞿秋白文集》四卷。

赤潮曲[1]

赤潮澎湃,

晓霞飞涌,

惊醒了

五千余年的沉梦。

远东古国,

四万万同胞,

同声歌颂

神圣的劳动。

猛攻,猛攻,

捶碎这帝国主义万恶丛!

奋勇,奋勇,
解放我殖民世界之劳工,
无论黑、白、黄,无复奴隶种!

从今后,福音遍天下,
文明只待共产大同。
看!
光华万丈涌。

满洲的"毁灭"[2]

要有满洲的"毁灭"!
毁灭的可并不是满洲,
而是一切种种的猎人,
一切种种的猎狗![3]
只要看看中国这片土地上,
已经有过这里那里的毁灭,
可是"莱奋生"旗帜的飘荡,[4]
正在开展着全中国的"毁灭"。[5]
夺尽指挥刀,掉转机关枪,
冲锋罢,看究竟是谁的毁灭!

东洋人出兵[6]
——乱来腔

日本出兵满洲，国民党的政府军队的长官却赶紧逃命，叫做什么无抵抗。国民党原本是地主、买办、官僚资本家的党，他们宁可把国家送给日本帝国主义，送给美国帝国主义，送给国际联盟的帝国主义，他们决不能救国的。我们千万不能够再让中国放在国民党手里，放在这个地主、买办、官僚资本家的党手里。因此，在下编了一首歌，叫做《东洋人出兵》，说说这里面的道理。这首歌的调头是没有什么一定的，大家随口可以唱，所以叫做乱来腔。谁要唱曲子唱得好，请他编上谱子好了，欢迎大家翻印。欢迎大家来唱。欢迎大家来念。一人传百，百人传千。提醒几万万人的精神，齐心起来救国。底下写着上海话和北方话两种歌词，大家请便。

（上海话，略）

（北方话）

一

说起出兵满洲的东洋人，

先要问一问原因才成。

只因为一班卖国的中国人，

狼心狗肺是生成，

天天晚晚吃穷人，

吃得个头昏眼花发热昏。

有了刀，杀工人，

有了枪，打农民，

等到日本出兵占了东三省，

乌龟头就缩缩进，

总司令在叫退兵，

国民党在叫镇静，

可是难为了咱们小百姓,
真是把我们四万万人送人情。

二

千刀万剐的国民党不是人,
打来打去只打小百姓,
就是为着抢吃人,
帝国主义里头抢不清,
先叫国民党呀来帮衬,
帮忙帮得不称心,
日本自己来出兵,
蒋介石走狗要做不成。

三

还要问一问国民党竟是什么人,
原来是大资本家地主的假名称,
他们都是奴才性,
卖国卖民要卖得干干净。
只怕碰着工农兵,
外国的中国的大人先生都惊心,
国民党就赌咒发誓去打红军,
哪知道打了半年打不胜,
帝国主义说我对你不相信,
要想亲手来打中国的工农兵,
这也是东洋军阀出兵的大原因。

四

帝国主义是外国人,

外国人里头也有好人,

这些好人是工人,

还有农民跟穷人,

只有资本家才是坏人,

他们是帝国主义成了精。

讲到俄国的工农兵,

十四年前大革命,

他们的地主资本家已经打干净,

各国的工人跟穷人,

俄国苏联的工农兵,

这些人才能够帮助我们的穷人。

五

大家要是不相信,

请看什么是国际联盟。

意大利,西班牙,德国人,法国人,英国人,

帝国主义呀一大群,

听见日本占了东三省,

谈谈讲讲讲不清,

讲到够了来这么一封信,

反而叫咱们中国也要撤兵,

真是帝国主义世界有理讲不清;

其实国际联盟还是帮的日本人。

六

还有什么美国人,
一样的货色一样的人,
口口声声中日双方别动兵,
日本早就杀进东三省,
还叫中日不要动刀兵,
这么真正是送老命。
这些帝国主义没良心,
趁火打劫是说不定。

七

日本人已经在那里大杀人,
英美德法趁火打劫也说不定,
他们自个儿里头虽然抢不清,
可是谁也保不定,
为来为去总要为着打平中国的工农兵,
也许还想趁此去打俄国的大革命。
说起咱们自己的中国人,
国民党呢,因此在那儿很定心,
他心上只说不要紧,
国际联盟会调停,
美国人也一定来帮衬,
就算瓜分,国民党还想得一份。

八

说来说去还是难为了穷人,

有钱人跟有钱人,

打伙打得挺挺紧,

实在没法也好逃命,

纽约伦敦跟东京。

外国银行多得很,

成千成万拿去存,

官僚军阀有的是金银。

一仗不打就会逃得个干干净,

反正死只死咱们小百姓。

九

哎呀哎呀没性命,

这个样子怎么行?

要想法子还得自己人,

就是咱们工农兵,

还有普通的贫民,

自己起来救自己的命。

十

咱们工人团体最要紧,

罢工没有工会就罢不成。

工会也要自己人,

不要国民党包探那摩温,[7]

罢工起来打倒日本人。
现在准备枪炮要赶紧,
快快联络兵士弟兄们,
革命起来咱们是首领,
首先自己要团结得紧。

十一

说到农民真伤心,
大水淹了十七省,
还要交租纳税养闲人,
地主官僚就是闲人精。
大家起来快革命,
一钱别交最要紧。
不管他是英美日本中国人,
只要是地主就请他滚,
中外军阀要派兵,
咱们就请工人来练红军。

十二

说起兵士更伤心,
天天只替别人去送命,
请看现在东三省,
军官逃得干干净,
兵士可给日本杀掉几千人。
军阀扣住军饷发不清,

还要叫人家去打红军,
简直是要我们去杀亲人,
其实兵士手里枪炮多得很,
干吗受着苦处不做声,
赶紧掉过枪来打司令,
别让国民党去送给外国人,
掉过枪来把军阀杀干净,
自己组织红军去打日本人。

十三

现在除出一班卖国的中国人,
大家都要起来大革命,
问你是不是好好的人,
做奴隶是不是甘心,
劝你反对国民党,还要趁早申明,
不要等到人家卖掉国,
那时候逃命也逃不成,
因为国民党等于私通日本人,
走狗做得成了精,
花言巧语会骗人,
现在戳穿西洋镜,
大家起来要他们的命。

十四

蒋介石是个牛皮精,

他说三年废约一定废得成，
还说废不成尽管要他的命，
现在三年过了是个什么情形，
原来废约废到了送掉东三省，
咱们就要起来要他的命，
还有什么何应钦、王正廷、汪精卫、胡汉民，
一股脑儿请他们滚。

十五

全中国的工农兵，
大家起来大革命，
革命才能打退日本人，
国民党叫咱们镇静是送命。
请问哪一个肯送命，
国民党的话就请他去听。
不止蒋王何汪几个人，
地主大资本家都是祸根，
咱们穷人起来练大兵，
打倒国民党救自己的命。
怎么才能救自己的命？
大家选出代表工农兵，
起来管理中国的事情，
自己组织起来做红军，
联合世界上的工农兵，
保护苏联的大革命，

叫醒日本的工农跟日本的兵,

打退日本的军阀跟有钱的人。

全中国的工农兵,大家起来大革命,

革命才能打退日本人,

国民党叫咱们镇静是要送咱们的命。

（末节可以循环着念）

无　题[8]

近读《申报》"自由谈",见有人说真正快乐的情死却是《金瓶梅》里的西门庆。此外尚有冷摊负手对残书之类的情调,实在"可敬"。欧化白话文艺占领"自由谈"。正像国民革命军进北京城,欲知后事如何,只要看前面分解可也。因此打油一首。

不向刀丛向舞楼,　摩登风气遍神州,

旧书摊畔新名士,　正为西门说自由。[9]

王道诗话

"人权论"是从鹦鹉开头的。据说古时候有一只高飞远走的鹦哥儿,偶然又经过自己的山林,看见那里大火,它就用翅膀蘸着些水洒在这山上；人家说它那一点水怎么救得熄这样的大火,它说："我总算在这里住过的,现在不得不尽点心。"（事出《栎园书影》,见胡适《人权论集》序所引[10]。）鹦鹉会救火,人权可以粉饰一下反动的统治。这是不会没有报酬的。胡博士到长沙去讲演一次,何将军就送了五千元程仪。[11]价钱不算小。这大概就叫做"实验主义"。

但是,这火怎么救,在"人权论"时期（1929—1930年）,还不十分明白。五千元一次的零卖价格做出来之后,就不同了。最近（今年2月21日）《字林西报》登载胡博士的谈话说:

任何一个政府都应当有保护自己而镇压那些危害自己的运动的权利,固然,政治犯也和其他罪犯一样,应当得着法律的保障和合法的审判……

这就清楚得多了!这不是在说"政府权"了吗?自然,博士的头脑并不简单,他不至于只说"一只手拿着宝剑,一只手拿着经典",如什么主义之类。他是说,还应当拿着法律。

中国的帮忙文人,总有这一套祖传秘诀,说什么王道仁政。你看孟夫子多么幽默,他教你离得杀猪地方远远的,嘴里吃得着肉,心里还保持着不忍人之心,又有了仁义道德的名目。不但骗人,还骗了自己,真所谓心安理得,实惠无穷。诗曰:

文化班头博士衔, 人权抛却说王权,
朝廷自古多屠戮, 此理今凭实验传。[12]

人权王道两翻新, 为感君恩奏圣明,
虐政何妨援律例, 杀人如草不闻声。

先生熟读圣贤书, 君子由来道不孤,
千古同心有孟轲, 也教肉食远庖厨。[13]

能言鹦鹉毒于蛇, 滴水微功漫自夸,
好向侯门卖廉耻, 五千一掷未为奢。

1933年3月5日

曲的解放

"词的解放"已经有过专号,词里可以骂娘,还可以"打打麻将"。[14]

曲何妨也解放,也来混账混账?不过"曲"一解放,自然要"直"——后台戏搬到前台——未免有失诗人温柔敦厚之旨。[15]至于平仄不调,声律乖谬,还在其次。

"平津会"杂剧[16]

（生上白）连台好戏不寻常，攘外期间安内忙。[17]只恨热汤滚得快，未敲锣鼓已收场。[18]（唱）

〔短柱天净沙〕

热汤混账——逃亡！

装腔抵抗——何妨？

（旦上唱）模仿中央榜样：

——整装西望，

商量奔向咸阳。[19]

（生白）你你你……低声！你看咱们这汤儿呀，他那里无心串演，我这里有口难分，一出好戏就此糟糕，好不麻烦人也！

（旦白）那有什么，咱们一夫一妇，一正一副，再来一出好了。查办也还够唱的。

（生白）是。（唱）

〔颠倒阳春曲〕

人前指定可憎张，[20]

骂一声不抵抗！

（旦背人唱）百忙里算甚糊涂账？

只不过，假装腔，

便骂骂，又何妨？

（丑携包裹奔上，白）阿呀呀，吓死我了。

（旦抱丑介白）我的儿呀，你这么心慌！你应当在前面多挡这末几挡，让我们好慢慢收拾。（唱）

〔颠倒阳春曲〕

背人搂定可怜汤,

骂一声,枉抵抗,

戏台上露甚慌张相?

只不过,理行装,

便等等,又何妨?

(丑哭介白)你们倒要理行装!我的行装先就不全了,你瞧!

(旦)我儿快快走扶桑。[21](生)雷厉风行查办忙。(丑)如此牺牲还值得,堂堂大汉有风光。(同下)

1933年3月9日

1- 这是一首歌词,曾发表于1923年《新青年》季刊第一期,并曾配有曲谱。
2- 这一首诗是秋白同志在"九一八"事变后写的。满洲:我国东北三省的旧称。
3- 种种的猎人:指国际帝国主义。种种的猎狗:指为帝国主义服务的国民党反动派。
4- 莱奋生:苏联作家法捷耶夫名作《毁灭》中的主角。他是远东一支红军游击队的队长,在极艰苦的条件下顽强不屈地坚持斗争。
5- 指中国工农红军正在全国范围内展开对国民党反动派统治的英勇斗争。蒋介石的反革命政权注定要被人民推翻、摧毁。
6- 这首唱词曾在1931年9月出版的左联机关杂志《文学导报》第五期上发表,并曾作为宣传品印成小册子散发到群众中去。
7- 包探:即侦探。那摩温:英文为Numberone,即第一号,指工头,为帝国主义资本家服务的走狗。
8- 1932年12月7日瞿秋白同志曾以魏凝落款写诗两首,写后寄赠鲁迅先生,此是其中之一。他揭露了当时资产阶级反动文人企图引诱青年堕落腐化、逃避现实、对祖国的前途漠不关心的阴谋。
9- 不向刀丛:指不去和日本帝国主义与国民党反动派架在中国人民头上的屠刀作斗争。西门:《水浒》中的恶霸西门庆,这里指宣传那个恶霸的荒淫生活来迷惑青年。
10- 《人权论集》:胡适等人的论文集,1930年新月书店出版。在这本书里,"新月派"的反动文人一方面对国民党的反动统治装腔作态地表示不满,一方面又卑劣地向它献殷勤送秋波。在这本书的前面，胡适作了一篇序，序中引用鹦鹉救火的故事，以表示他们的苦心。

11- 何将军：指何键，当时统治湖南的反动军阀。

12- 此理句：指胡适宣传美国反动的资产阶级哲学家杜威的实验主义，替反动统治作帮凶。

13- 孟轲：孟子名轲。他对齐宣王说，君子对于家畜，"见其生不忍见其死，闻其声不忍食其肉，是以君子远庖厨也"。这里指出他的虚伪。

14- 当时上海有一个无聊文人曾今可，曾提出过什么"词的解放"。他在1933年2月出版的《新时代》月刊上，作了一首《画堂春》词，提倡"打打麻将"，"国家事，管他娘！"

15- 儒家讲《诗经》，说温柔敦厚是诗教。

16- 这一首由"曲"组成的"杂剧"，是讽刺当时国民党热河省主席汤玉麟在蒋介石的指使下，对日本帝国主义的侵略竟采取所谓"不抵抗"的投降主义卖国路线。

17- 攘外句：当时蒋介石对日本帝国主义的侵略抱不抵抗主义，而用全力进攻中国人民革命力量，提出所谓"攘外必先安内"的反动口号。

18- 未敌句：蒋介石要热河汤玉麟假装抵抗，欺骗民众，等日寇来了再跑，哪知他敌人未到先逃了。

19- 奔向咸阳：指准备逃向西安。

20- "九一八"事变时，蒋介石命令张学良不抵抗，事后把一切责任推在张学良身上。

21- 扶桑：对日本的旧称。《南史·东夷传》："扶桑在大汉国东二万余里。"蒋介石叫汤玉麟逃往日本，他好假装要加以惩办。

方维夏（四首）

方维夏（1879—1935）：湖南平江人。1924年加入中国共产党。1926年任北伐军师的党代表。1927年8月1日参加南昌起义。广州暴动后，党中央派他到苏联中山大学学习。1931年回国后，历任闽西红军学校政治部主任、中央民主政府总务厅长、江西省民主政府教育厅长、湘赣省民主政府教育部长、裁判部长等职。1934年红军北上抗日，方维夏同志在湖南桂东一带坚持游击战争，由于叛徒出卖，被国民党反动派杀害。

和孔昭绶校长 [1]

风雨城南几十年，　摩挲残碣思依然，[2]
即今遥望朱张渡，　犹是秋高月中天。[3]

茂时拥仗祝融峰，　同叩秋风晚寺钟，[4]
料得芷兰生意满，　名山定有五云封。[5]

息影南楼瞥八年，　相惊华发意悠然，[6]
昔时礼殿钟犹在，　秋室声高满暮天。[7]

奎星重聚妙高峰，　断续难闻劫后钟，[8]
忧患与君同出处，　何时新辟草莱封。[9]

1- 孔昭绶先生是湖南省立第一师范学校校长，因比较开明，受环境所迫，托病辞职，作《城南留别》四绝送给同事和学生。方维夏同志作诗和他，诗里说"忧

患与君同出处",对孔校长被迫辞职寄予同情。
2- 风雨句:《诗·风雨》:"风雨如晦,鸡鸣不已。"城南:宋代学者张栻讲学的城南书院,在长沙城南门外。这里指孔校长在黑暗的年代里从事教育工作多年。摩挲:抚摩。残碣:残破的碑石。依然:状想念,对张栻的怀念。
3- 朱张渡:南宋著名的学者朱熹(在湘江对岸岳麓书院讲学)和张栻曾经互相讨论学问,常在湘江的一个渡口相会,故称"朱张渡"。
4- 茂时:盛时,年轻时。拥仗:拥护,扶持。祝融峰:湖南衡山的最高峰。这是说,作者和校长一同登上祝融峰。
5- 芷兰:比喻优秀子弟。东晋谢玄把佳子弟比做芝兰玉树。五云:五彩的云,表祥瑞。这里当指孔校长教育的子弟和学生很优秀,名师出高徒,像名山有祥云那样。
6- 息影:犹居住。南楼:城南楼,孔校长住处。瞥:眼睛一眨。华发:花白头发。悠然:状深思。
7- 礼殿:行礼的殿。秋室声高:秋天天高气爽,钟声更显得响亮。
8- 奎星:古代认为奎星主管文章。妙高峰:在长沙南,城南书院就筑在那下面。这是指师生在城南书院聚会。
9- 出处:出,指出外任事,参加政治活动。处,指在乡野间。草莱封:没有开辟的区域。这是说要同孔校长一同进退,希望另外开辟工作。

方志敏（二首）

方志敏（1900—1935）：江西弋阳人。1922年加入中国社会主义青年团。1923年加入中国共产党。大革命时任江西省农民协会常委兼秘书长。1927年11月发动和领导弋阳横峰起义。是赣东北革命根据地和中国工农红军第十军的主要创建者之一，曾任闽浙赣工农民主政府主席和红十军政治委员。1931年当选为中央工农民主政府执行委员、主席团委员。中国共产党第六次全国代表大会上当选为中央委员。1934年11月，率领红军抗日先遣队北上抗日。1935年1月，在江西德兴县作战，遇七倍多的敌军，突围时因叛徒告密，不幸被捕，同年8月6日在南昌英勇就义。

血……肉 [1]

伟大壮丽的房屋，
用什么建筑成功的呢？
血呵肉呵！

铺了白布的餐桌上，
摆着的大盘子小碟子里，
是些什么呢？
血呵肉呵！

装得重压压的铁箱皮箱，
里面是些什么呢？
血呵肉呵！

1922年8月29日

诗一首[2]

雪压竹头低，　低下欲沾泥。

一朝红日起，　依旧与天齐。

1- 这首诗是1922年作的。血肉：指房屋、宴席及箱子里装的财物，这一切都是劳动人民的血肉创造的。
2- 这首诗是1935年1月作的。当时，方志敏同志率领先遣队北上抗日，碰上七倍多的反动派大军的阻截；在浙皖赣三省的交界处突围时，正值大雪，竹子枝梢覆雪低垂。方志敏同志触景生情，吟成此诗来激励同志。

林　青（一首）

林青（1911—1935）：又名李远方、李肃如，贵州毕节人。少年时当学徒，因不堪虐待，逃到四川。后在重庆加入中国共产主义青年团。1930年到上海当工人，加入中国共产党。1933年底回贵州，创建贵州第一个党支部。1934年红军长征到达贵州，他发展贵州地下党组织，配合中央红军进行革命工作，作出了贡献。1935年1月任中共贵州省工作委员会书记。同年7月19日被捕，备受酷刑，坚贞不屈。9月14日英勇就义。

合　唱[1]

用我心声的音波，

传给我的母亲，[2]

就是这样，

你在东头，我在西头，

我们都是这时代教成的牢囚。

当着这中秋是一年一度呀，

人间天上毕竟有条鸿沟。

见着这污屎桶，

仍旧精神抖擞。

我们这儿，

没有眉毛一弯、唇儿一皱。[3]

当月影拖着一丝尾巴，

倒在这墙脚的时候，

最好是起来同奏一个合唱曲。

尽你所有的歌喉，

凭着西风的遥送，

传到母亲的心中！

1- 这首诗是林青同志在牺牲前的一个中秋节为思念党而作。
2- 母亲：当时地下党员对党组织的称呼。
3- 形容烈士从容镇静，把生死置之度外。

杨 旭(一首)

杨旭：江西余干人。中国共产党党员。1927年在余干县农协工作，1928年在余干县委工作，后参加中央红军，在长征途中牺牲。

长征途中有感

百计无成事事难， 半肩行李出乡关。
丹枫似染离人泪， 红遍前山与后山。[1]

1- 丹枫两句：表现了红军战士对苏区人民的骨肉难分的感情。

郭绍伯（一首）

郭绍伯：湖南石门人。原是小学教员，1935年9月，贺龙同志率领部队驻扎在石门维新地区时，郭绍伯同志带着儿子参加了红军。贺龙同志率领部队长征时，他在后方掩护伤病员，不幸被捕牺牲。

题壁诗[1]

铁肩担主义， 血手写文章。

励志从军乐， 愿君莫彷徨。

1- 这首诗是题在湖南石门维新公社维新大队第七生产队社员唐春娥家的墙壁上。开头两句是改用明朝杨继盛的诗："铁肩担道义，辣手铸文章。"

李 飞（一首）

李飞（1917—1936）：原名李英华，吉林德惠人。中国共产党党员。曾任共青团下江特委书记。1936年冬牺牲。

送友赴平升学[1]

瘴气茫茫在眼前，　开明道路是青年。[2]
登山务期达绝顶，　掘井何堪不及泉。
气壮应嫌天宇隘，　心平莫畏世途艰。[3]
英雄自古皆无种，　惟吾男儿志须坚。[4]

1- 平：北平，即今北京。
2- 瘴气：比喻政治黑暗。
3- 天宇：天空。
4- 皆无种：《史记·陈涉世家》引陈涉说："王侯将相宁（岂）有种乎？"

宋铁岩（五首）

宋铁岩（1909—1937）：又名宋占祥，吉林永吉人。1931年春入北平中国大学学习，不久加入中国共产党。"九一八"事变后，积极参加抗日救亡运动。1932年冬，在东北吉林一带做兵运工作。1933年6月参加南岗游击队，后任东北人民革命军第一军政治部主任。1936年任中共南满省委委员、东北抗联第一军政治部主任。同年秋，率第一军第一师向辽西远征，1937年2月在本溪老和尚帽子山里作战时牺牲。

轰 杀

我心在焦灼，血沸哮，[1]
悲痛着又一个同志坐监牢。
还记着仲平的言词：[2]
"一个朋友坐监牢，
万个朋友杀火冒；[3]
一个朋友枪决了，
千万个朋友滴血誓战刀！"
但应记得：
同志间的热爱，
超越了朋友的情感。
我心在焦灼，血沸哮，
紧紧地背着枪曳着炮，
跨战马冲向前哨！

同志们一齐地冲向前哨,
瞄准了资本主义的堡垒。
轰杀啊,轰杀!
歼灭它! 歼灭它的无数爪牙!
不要流泪和悲伤,
我们在进行最后一次阶级斗争,
要胜利才对得起无数同志的牺牲。
轰杀呵! 轰杀! 轰杀!

诗三首

一

男儿壮志括八荒,　焉能燕雀守栋梁。[4]
揭地掀天为事业,　翻江倒海写文章。

二

黄金碧玉似粪土,　阶下利禄岂能污。
登高大呼效涉广,　逐去独夫造大同。[5]

三

人世消去剥削制,　哪分贫富判是非,
辉煌历史开新颖,　光明人类不作奴。

1923年2月

走 吧!

年光催驶青春少,　风云搅扰势正好。

莫使雄心赴流水,　壮志应勿泻榻间。

伟业丰功标青史,　儿女柔情似等闲。

策马提鞭赴战场,　巨觥三杯热胸膛。[6]

怒火交流我心烧,　将把人类大敌消。

资本恶魔扑杀尽,　工农专政牢又牢。

1- 沸哮: 沸腾咆哮。
2- 仲平同志: 不详。
3- 杀火冒: 杀敌的怒气直冒。
4- 括八荒: 志向远大,指创造前所未有的事业,投入无产阶级领导的革命。焉能: 哪能。
5- 涉广: 陈涉和吴广,是秦末农民起义的领袖。独夫: 指独夫民贼蒋介石。独夫,暴君。造大同: 指创造社会主义的幸福生活。大同:《礼记·礼运》中所描写的理想社会。
6- 觥(gōng宫): 古代用兽角做的酒杯。

吕大千（一首）

吕大千（1909—1937）：黑龙江宾县人。1933年加入中国共产党。曾任中共宾县特别支部宣传委员、书记等职。1937年5月被日寇逮捕，7月在哈尔滨圈河就义。

狱中诗

马列题开共产大，　崭新主义有来由；

劝君莫发呻吟语，　不到十年遍地球。

李延平(一首)

李延平(1903—1938):吉林延吉人。1932年6月加入中国共产党。次年冬去苏联学习。1935年冬回国,任东北抗联第四军第一师师长。1936年夏任第四军军长。1938年秋,被日寇围困于五常县山里,在激烈的战斗中身负重伤,牺牲于拉林河上游的森林中。

游击队

我们是共产党领导的抗日游击队,
我们在各个战场上都打胜仗。
为了从祖国领土上赶走日本法西斯,
同志们不断地战斗在寒冷的疆场。
脚下的雪花越铺越厚,
霜雪凝成的冰溜越挂越长。
严寒不能把英雄们吓倒,
千万个神枪手挥动着步枪。
冻得麻木的手继续着射击,
尽管血水脑浆溅满了衣裳。
把抗日游击战争进行到底!
胜利火花闪耀着一簇簇红光。

辛忠荩（三首）

辛忠荩（1903—1939）：江西德安人。1926年加入中国共产党，任共青团黄老门区团委书记。1927年底任德安临时县委秘书长兼宣传部长，1929年任县委常委，1930年任县委书记。曾两次被捕，斗争坚决。1937年任中共赣北工委宣传部长，在岷山根据地组织抗日游击武装。1939年2月，在敌人制造的"岷山惨案"中被捕，同年4月英勇牺牲。

第二次入狱题监牢

能受天磨真铁汉，　不遭人忌是庸材。

监牢且作玄都观，　我是刘郎今又来。[1]

1931年6月

旅途口占

江州漂泊子，　柴桑失意人。[2]

何时归故里，　仗剑杀豪绅。

1931年10月

春夜偶感

半世韶华逝水过，　敢将颠沛问如何。[3]

喇叭声咽心余恨，　夜夜诗成当战歌。[4]

1939年2月写于监狱中

1- 玄都观:唐朝的道观,在长安。唐朝刘禹锡因参加革新运动被贬官在外,过了十年,朝廷里有人想起用他,召他回到京里。他到玄都观里去看桃花,写了一首诗:"玄都观里桃千树,尽是刘郎去后栽。"嘲讽朝廷上新贵都是他贬官后上台的。因此再被贬官。过了十四年,朝廷上又召他回京,他再游玄都观,桃花已没有了,他再写诗:"种桃道士归何处,前度刘郎今又来。"烈士的这首诗用以借指再次入狱。
2- 江州:在今江西九江。漂泊子:漂流在江州的人,指《水浒》中的宋江,因杀了阎婆惜,充军到江州,在浔阳楼上写了反诗。柴桑:在今九江。失意人:指陶渊明,他辞官回乡,住在柴桑,很失意。这两句说作者像古人那样漂泊,离乡为革命奔波。
3- 韶华:春光,指青年时的光阴。颠沛:困顿。
4- 诗成:作者第三次被捕时,敌人逼他读耶稣《圣经》。他把《圣经》拆开,写诗言志,今原件犹存。

杨靖宇（一首）

杨靖宇（1905—1940）：原名马尚德，河南确山人。1925年加入中国共产主义青年团。1927年加入中国共产党。曾任中共豫南特委书记。1931年"九一八"事变后，任东北反日救国总会会长，积极领导抗日。1932年任中共哈尔滨市委书记。1933年起，历任东北抗日联军第一军军长兼政治委员、第一路军总指挥兼政治委员和中共南满省委书记等职，在东北长期坚持艰苦的抗日游击战争。1940年2月23日在吉林蒙江（今靖宇县）战斗中壮烈殉国。

西征胜利歌

红旗招展，枪刀闪灿，我军向西征。
大军浩荡，人人英勇，日匪心胆惊。
纪律严明，到处宣传，群众俱欢迎。
创造新区，号召人民，为祖国战争。

中国红军，已到热河，眼看到奉天。[1]
西征大军，夹攻日匪，赶快来会面。
日匪国内，党派讧争，革命风潮展。
对美对俄，四面楚歌，日匪死不远。[2]

紧握枪刀，向前猛进，同志齐踊跃。
歼灭日匪，金田全队，我队战斗好。
摩天高岭，一场大战，惊碎敌人胆。

盔甲枪弹，胜利无算，齐奏凯歌还。

同志快来，高高举起胜利的红旗。
拼着热血，誓必打倒日本帝国主义。
铁骑纵横，满洲军队，已有十大军。
万众蜂起，勇敢杀敌，祖国收复矣。

1- **热河**: 旧省名，1956年撤销，分别并入河北、辽宁及内蒙古自治区。**奉天**: 旧省名，即今辽宁省。
2- **四面楚歌**: 项羽战败，退到垓下（在今安徽省灵璧县东），听到四面汉军都在唱楚歌，指被四面包围。

赵敬夫(一首)

赵敬夫(?—1940):原名白长岭,黑龙江省佳木斯人。中国共产党党员。曾任东北抗日联军第三路军第三支队政委。1940年秋,在德都县朝阳山战斗中英勇牺牲。

远征颂

万里长征,山路重重。

热血奔腾,哪怕山路崎岖峥嵘。[1]

纵饥寒交迫,虽雨雪狂风,

我同志,慷慨勇往直前,不怕牺牲。

奋斗!冲锋!

为革命,流尽血,

事业成,变为光明。

1- 崎岖:高低不平。峥嵘:山势高峻突出。

萧次瞻（一首）

萧次瞻（1905—1940）：贵州思南人。1927年加入中国共产主义青年团，1938年加入中国共产党。曾任中共思南县委书记、中共贵州省工委秘书长。1940年夏被国民党特务逮捕，同年12月7日被敌人秘密杀害于贵阳。

狱中诗[1]

云锁苍穹铁锁门，　才惊午炮又黄昏。[2]
焦枯床板连肝腑，　灰黑檐墙合梦魂。
人世荒唐堪诅咒，　血轮循转自寒温。
殷勤护惜三朝孺，　收拾锋芒且勿言。[3]

1- 这首诗是1940年9月在贵阳狱中所作。
2- 苍穹：指天空。午炮：当时每天早中晚鸣炮报时。
3- 三朝孺：生下来才三天的婴儿。萧次瞻同志告诫狱中同志，要像爱护婴儿一样来维护党的利益。

冯志刚（一首）

冯志刚（1908—1940）：吉林怀德县公主岭人。1935年加入中国共产党。历任抗联六军团长、参谋长、支队长等职。1940年12月在阿荣旗任家窝棚作战中牺牲。

浪潮歌

法西斯残暴，
战火烈燃烧。
革命斗争汪洋大海，
谨防水底礁。
狂风起浪潮，
水手舵把牢。
冲锋啊！
敌伪难脱逃。
资本主义坟墓具备了，
葬钟一声敲。
阶级仇恨难消，
誓死高举红旗，
红光普照，
融化万恶消。

李 策（一首）

李策（1914—1941）：又名李策良、李智卿，贵州贵阳人。1934年底在贵州省立高级中学学习时加入中国共产党，曾任中共贵州省工作委员会委员。1938年，党领导的贵州省学联决定利用国民党组织的学生工作团，在寒假中深入农村宣传抗日救国。2月19日，在贵阳召开大会，各校学联支部负责人和积极分子七人被捕，李策同志与其他地下党员发动学生组织请愿团游行、静坐，积极营救。22日，李策等同志被捕，在狱中坚贞不屈，1941年元月被敌人秘密杀害于贵阳。

狱中寄语之九十七[1]

风——呼啸！

雷——怒吼！

闪电——疾驰！

暴风雨又来了。

"一九"，这不祥的日子，

"七·一九"，是毛哥的鲜血染红的，[2]

"二·一九"，产生在抗日时期的风暴中，[3]

偏僻的贵州，

依旧是敌人血腥的屠场，

刽子手们从不考虑外患日重。

狱中的岁月，

漫长的过去，

发霉的年华,
过惯了。
革命的花朵呵,
是需要任何情况下的坚贞来培育的。

我们吃惯了黄饭和苦菜,
我们不怕蚊蝇和蚤虱,
潮湿病,生了根,
肺结核,成朋友,
血色,没有了,
大家都这么消瘦,
但我们的骨头呵,
仍然是挺硬挺硬的。

呵,亲爱的!
让我告诉你:
敌人的皮鞭,我能忍受,
母亲的误解,我能承担,[4]
当然,对自己的遭遇,
我一点也不会模糊。

呵,亲爱的!
让我告诉你:
你应该更勇敢地站起来,
为了保卫真理,

准备与各种各样的敌人,

进行无情的搏斗!

年轻的妈妈呀,

我们新生的婴儿不满一岁,

要教育她成为一个坚实的人,

继承父亲的遗志,

学习母亲的品德。

他们的岁月呀,

将是光辉灿烂的。

记住鲁迅的诗句:

"自己肩住因袭的负担,

抵住黑暗的闸门,

让孩子们到宽阔的地方去,

光明的生活,

合理的做人。"

1- 这首诗是李策同志写给他的妻子丁毅同志的。他在狱中写了不少的文章、诗、信和日记,先后一一编号送出。这是第九十七号,故名"狱中寄语之九十七"。
2- "七·一九":指1935年7月19日,国民党反动派对贵州地下党组织进行破坏,逮捕了中共省工作委员会书记林青等地下党员和进步青年十多人。毛哥:是党内同志对林青同志的亲切称呼。林青同志小名毛幺。
3- "二·一九":指1938年2月19日国民党反动派破坏贵州省学联。
4- 母亲:地下党员对党组织的称呼。误解:李策同志在狱中时曾受到当时省工委个别负责人的误解。李策同志牺牲后,误解已消除。

林正良（三首）

林正良（1907—1942）：贵州金沙人。曾任金沙县城关小学教员和校长。1938年秋加入中国共产党，任中共金沙县党总支书记、金沙中心县委负责人之一。在当地积极领导开展抗日救国活动，1940年腊月二十七日被捕，在狱中坚贞不屈。1941年8月7日在贵阳被国民党秘密杀害。

除夕前二日被捕

蓦地风波起不平，满城风雨鸡犬惊。
声声腊鼓催除岁，处处警岗在捉人。[1]
思想自由偏犯罪，救亡努力反殃身。
河山破碎扶桑恨，祸起萧墙耻用兵！[2]

狱中感怀

腊底蟾圆此地游，万家灯火照洋楼。[3]
河山一角藏歌舞，教育无功罪朋俦。
伤心怕读东林传，挥泪那堪作楚囚。[4]
底事敌人尚压境，同根萁豆忍相仇？[5]

狱中勉诸儿

国仇家难恨重重，责在儿身莫放松。

学艺克家跨灶子，　读书救国主人翁。[6]

歌成正气文相国，　冰结坚甲史阁公。[7]

千古英雄承母教，　圣贤事业盼追踪。

1- 腊鼓：腊月（阴历十二月）听到夜里报更的鼓声，知道阴历除夕快到了。
2- 扶桑：指日本。这句是说恨日本帝国主义侵占我国领土。萧墙：屏风。《论语·季氏》："吾恐季孙之忧不在颛臾，而在萧墙之内也。"季孙在鲁国掌权，要出兵打小国颛臾，孔子指出季孙的祸害在内部，不在外部。祸起萧墙，即祸害在国内，指国民党假抗日真反共的反动政策。
3- 腊底蟾圆：阴历十二月十五日。蟾圆，月圆。蟾，蟾蜍，癞蛤蟆。相传月中有蟾蜍，故古人常用来借指月。
4- 东林传：明朝万历年间顾宪成等在无锡东林书院讲学，议论朝政，士大夫闻风响附，遂有东林党之称。宦官魏忠贤党乱政，大兴党狱，杀戮东林党人。清朝陈鼎著《东林列传》，详记其本末。楚囚：春秋时被俘到晋国的楚人钟仪。借指因抗日救亡遭国民党逮捕下狱的共产党人。
5- 底事：什么缘故。同根萁豆：三国时曹丕做了皇帝，要迫害弟弟曹植，限他在七步中作成一诗。曹植随即吟诗："煮豆燃豆萁，豆在釜中泣。本是同根生，相煎何太急。"这里借来比喻国民党反动派破坏统一战线，残害革命志士。
6- 克家：担当家事，指儿子能继承父母事业。《易经·蒙卦》："子克家。"跨灶：儿子超过父亲。灶有釜（谐父），跨釜即胜父。
7- 文相国：宋朝的宰相文天祥，起兵抗元，战败被俘，作《正气歌》，宁死不屈，为元朝所杀。史阁公：明朝兵部尚书内阁大学士史可法驻守扬州，抵抗清兵，城陷被杀。在作战时，他夜里不睡，靠在战士的背上打一会儿盹，站起来时，露水在甲上结了冰。

程晓村(七首)

程晓村(1913—1941):又名程翊,化名路马,江西人。1936年加入中国共产党,1940年曾任中共鄱阳县委委员,1941年为国民党反动派杀害。遗作有《路马诗集》。

梅 花

梅花,我爱你,
我爱你耐得寒冷呀!
梅花,我爱你,
我爱你带来了春天。
你振起我有为的精神,
严冬中,不带一点枯黄的容颜。

给同志

去,勇敢地去吧!
望着死,
我也前去!
要自由,
怕死是懦弱的,
流出一条血路。

这一条路,
让后一代子孙走去。
要知道,
死了自己,
还有
无穷尽的
继起的同志。
无穷尽的后备军,
在踏着我们的血来了呀!
亲爱的同志!

我不怕

我不怕,
我不晓得什么是怕,
我是一颗铁打的心,
战斗就是我的生活。
此刻如果党命令我,
我马上就出发。

不要懊悔

不要懊悔,
昨天的失败,
就是我今天的开始;

不要哭泣,
昨天的悲哀,
就是我今天的新生。
不要讲大话,
为了光明,
就到战斗中去。
不要怕,同志,
如果牺牲了,
你的血流在草地上,
过路的人看见了,
一定会加上记忆。
一个人是这样做,
千万个人又这样做,
记忆就会扩大起来,
烈士的血花,
就会结成美丽的果品呀,同志。

笑什么

笑什么,朋友,
是不是
笑我是一个傻瓜?
是的,
我是一个傻瓜。
我以我的热情,

我希望将来有一个
大家庭,
不用锁匙,
也不用大门。

到山下去

到山下去,
打仗去!
到山下去,
播种去!
打死了敌人,那多好,
播下了种子,就有花香呀!

迎接太阳

我迎接太阳起山——
我正在为着奴隶们解放的事业,
——我在战场上呀!
我拿起了一支枪,
守在古老的废墟上,
我看见枪口上的花开放了……

吴建业（一首）

吴建业（1913—1942）：又名大可，江西瑞昌人。1937年抗日战争爆发后，去山西民大学习。1938年进延安抗大学习，加入中国共产党。9月去南昌，在新四军驻南昌办事处工作。年底去瑞昌、武宁一带组织抗日游击队，任副营长。1939年调任中共丰城县委书记兼任县自卫队大队长、丰城县《剑锋报》总编辑。1941年2月被捕，解送太和县马家洲集中营，于1942年2月3日就义。

勇敢地去吧[1]

勇敢地去吧

我们红色的英雄

爬上墙头

先吸一口自由的气息

要当心

那墙角头有只狗

冲向原野去

冒着黑暗奔去

祝福你

在黎明之前

加入到战斗的行列

谨记住

那惨痛的教训

集合起我们的同志

无情地打死那

投向敌人的叛徒

最险毒的两面狗

严肃起阵容

我们在等着

最后的斗争

只要有一个信号

挥起我们的拳头

打碎这些枷链

将流尽最后的血

作决死的搏斗

带着你们的胜利

吻着我那还热的脸

给我带上一朵

五角形的红花

将看到我最后的

为真理庆祝的

恬静愉快的笑容

没有伤悼

血的经历使你们

健壮成一支劲旅

向主力会合去

全世界的奴隶们

拥着你们去完成

人类解放的使命

1941年9月25日受刑后初稿

1- 这首诗是1941年9月25日在集中营里作的。在前一天夜里,集中营里有谭汤池等两同志越狱逃跑,这首诗是为祝贺他们越狱成功而作的。

王凌波(八首)

王凌波(1889—1942):湖南宁乡人,1925年加入中国共产党。第一次国共合作期间曾任国民党湖南省党部书记长兼党团副书记。1927年长沙"马日事变"后,曾两次被捕入狱,始终不屈。抗日战争爆发以后,担任八路军驻湘通讯处主任兼新四军驻湘办事处主任。1940年国民党反动派发动反共高潮,非法将王凌波同志武装"押送出境"。同年,王凌波同志调到延安,担任行政学院副院长。1942年6月3日,因患脑溢血症急救无效,不幸逝世。

寄国仁与满妹[1]

天亮一阵黑, 黑已不长久。
寄言与满妹, 先藏胜利酒。

一颗红豆[2]

红豆,红豆!
你来自蓝田之角,
涟水之旁。[3]
既娇小,又玲珑;
单就表面上观察,
应不许和凡品相同,
许是碧玉沾染了血痕。

红豆,红豆!
我把你反复抚摩,
仔细研求。
你是相思种,热血球;
既为了我,也为了人,
你的实质,我已彻底认清,
与我的理想完全一样!

红豆,红豆!
本当饰你以金箔,
裹你以锦囊;
日供诸座右,
夜藏诸怀中。
可是,仅这些珍惜,
实不能说是钟爱的精神!

红豆,红豆!
我率性把你咀成粉碎,
和诸蜜儿一口吞入腹中。
使你每个原子,
都化作我的血肉与灵魂。
你既变了我,
我也就是你;
为马列主义奋斗,
湛然一体!

和姜国仁 [4]

补寄之诗,实为我俩生活史上一重要资料,勉依原韵和于后。

一

我到人间×十年, 饱尝忧患与连颠。[5]
相逢自诩余生在,[6] 痴向知音诉旧缘。

二

女娲要补情天恨,[7] 恨海能填敢自夸。
广厦良田供大众, 身心托处即为家。

三

休问山高与水遥, 二人同心金可销。[8]
冲开血路向前进, 五岳三江好廓辽。[9]

狱中联句 [10]

东北沦亡已十年,(波)
如今狼虎闯垓埏。[11](仁)
血流漂杵沙场劫,[12](仁)
鬼哭烧垣井里烟。[13](波)
四亿民心金可镂,(波)
千秋史迹党争妍。(仁)
莫伤一己生和死,(仁)
且喜红潮浪激天。[14](波)

从桂林到延安途中[15]

一

冲开险境又长征，　幸有知心伴我行。

客里有家家亦客，　天涯何处不怡情。

二

几年国事感蜩螗，[16] 一己安危值若忘。

驱除敌寇苏民困，[17] 短战长征可再尝。

1- 这首诗作于1938年。国仁：指姜国仁同志，烈士的夫人。满妹：指姜国芬同志。这时，王凌波同志在长沙任八路军驻湘通讯处主任兼新四军驻湘办事处主任，在办事处迁至衡阳时，国民党特务阴谋纵火，被发觉。王凌波同志面对白色恐怖，毫无畏惧，在1938年曾写信给姜国仁同志，鼓励她与其妹要认清形势，不要被敌人所吓倒。信中还寄了这首诗。

2- 这首诗是1938年作。当时，姜国仁同志在信里附寄一颗红豆给王凌波同志。王凌波同志便作这首诗答她。古人用红豆来表相思，王凌波同志却借红豆来表达他对革命事业的热爱。

3- 蓝田：在湖南安化县南。涟水：源出湖南宝庆县龙山，入湘水。当时，王凌波同志以八路军总部秘书名义在长沙从事抗日统战工作。姜国仁同志在蓝田国立师范学院任教，他们常作诗互相赠和。

4- 这三首诗是1938年作的。王凌波同志自注："连颠两字倒用，是否通顺？望告我。×了，万一被混蛋偷阅，亦足使他多费猜详。"

5- 颠连：状困苦。

6- 诩：赞许。

7- 女娲：神话中称女娲炼石补天。

8- 金可销：《易经·系辞上》："二人同心，其利断金。"

9- 五岳：东岳泰山，西岳华山，南岳衡山，北岳恒山，中岳嵩山。三江有各种说法。

10- 这首诗是1940年在狱中作的。这年"九一八"纪念前夜，王凌波、姜国仁两位同志被反动派逮捕入狱。两人在狱中联句作诗。
11- 垓埏（gāi shān该山）：广阔的土地。
12- 血流漂杵：《尚书·武成》里讲周武王同商纣王作战，士兵流血流到连木杵都漂起来。
13- 井里：指市集。烟：指被焚烧。
14- 红潮：指革命浪潮。
15- 这首诗是1940年作。当时，王凌波、姜国仁两位同志被敌人逮捕押送桂林。路上，向押送的士兵宣传抗日救国，士兵大受感动，把他们放了。他们到了桂林八路军办事处，转赴延安，途中作了这两首诗。
16- 螗螂：见王达强诗注5。
17- 苏民困：使人民在经历困苦后得到苏复。

陈法轼（四首）

陈法轼（1917—1942）：贵州贵阳人。1939年加入中国共产党。曾积极参加贵州邮电职工运动。1941年11月被捕。1942年6月20日在贵阳被国民党反动派杀害。

诗四首[1]

一

贪吏去兮酷吏后，　污迹遍城熏宇宙。
安得召得河伯来，　鼓浪洗净乾坤垢。

二[2]

青天无片云，　大地裂龟纹，
农夫泣垄畔，　相对愁收成。
盗匪拦路劫，　寂寞无行人，
空阶一夜雨，　万户听到明。

三[3]

人生当作江上岛，　人生莫作江上叶。
江岛逆流存千古，　落叶随风顷刻灭。

四 [4]

生不害世， 死不累人。

雄心无愧， 吾亦可去。

志在救国， 举在济众，

伟业未成， 我应重来！

1- 敌人为了监视陈法轼的革命活动，曾把他调到贵州边远县份，此诗作于土城。贪吏: 贪官。酷吏: 残忍好杀的官。河伯: 河神。
2- 这首诗写于1941年2月，借天旱来写人民苦难。一夜雨: 暗指人民盼望革命胜利。
3- 这首诗系烈士自题在照片上的，用以表明他的志向。
4- 这首诗是陈法轼烈士自题的挽联。1941年11月烈士在被捕前已有所发觉，于是自题挽联，表示对革命的无限忠诚。

蒲 风（三首）

蒲风（1911—1942）：原名黄日华，一名黄飘霞，广东梅县人。现代著名诗人，中国诗歌会发起人之一。1938年加入中国共产党。1940年到皖南参加新四军工作，曾任皖南文联副主任。1942年8月病逝。著有《茫茫夜》《生活》《钢铁的歌唱》《六月流火》《抗战三部曲》等诗集。

热望着

在不远的彼方，

有光明在照耀。

热望，把握，追求，

粉碎身上枷锁，

建造甜的欢笑。

路不远，

心莫焦；

不是孤舟

在大海里漂；

不是只马单身

在日夜里奔驰、跃跳。

热望着，热望着……

前有光明在引导，

前有光明在照耀！

1934年7月

诗 人

诗人,诗人!
你是时代的前哨,
你是大众的良朋,
你是自由、幸福的追求者,
你也是悲哀、苦痛的代言人。
你的心
汇合了人间千万种感情,
发出了至真至诚的呼声。
你怀藏了整个现实,
  火、风、雨,
  清香与污秽,
  正义与欺骗,
  黑暗与新生,
你都看得分明。
你歌唱着,
你的生命是前进,
举着前进的火炬,
踏着人类被屠戮的,
  抑或是为生存而战斗的
那斑斑的血迹,
要把永远的光明追寻。
哪怕自己踏着崎岖荆棘的路,
哪怕黑暗的钢刀横在前面——

罪恶主宰着刽子手;
没有害怕,没有惊惶,
真理安定了你的步伍;
就是在那光明与黑暗的决战场,
除了勇敢,除了把武器当做歌,
再没有神圣的任务。
呵!诗人,诗人!
人类之灵!
你是时代的前哨,你是大众的良朋。
你是悲哀、痛苦的申诉者,
你是自由、幸福的代言人。
呵!诗人,诗人!
人类之灵!
呵!诗人,诗人!
人类之灵!

1938年5月24日

我爱一支枪

我爱一支枪,
枪口上着刀,
时常背在肩上,
　雄赳赳的
　　是一个战士模样!

我爱一支枪,
把它紧靠在身旁;
前后左右移动都先照顾它,
　　它是我的生命,
　　永远握在我手上!

我爱一支枪,
带它进出在火线上:
两眼对准标尺也对准前方,
我要用珍珠般的子弹
射出敌人的脑浆!

喂!
我爱一支枪,
　　把它擦得满漂亮,
　　太阳照着射光芒!
早也爱它,晚也爱它,
夜里有时也把它共着躺,
　　它是我的枕头,
　　它是我的姑娘!

1938年7月1日

郁达夫(五首)

郁达夫(1896—1945):浙江富阳人。著名文学家,创造社主要成员之一。著有《沉沦》《春风沉醉的晚上》《薄奠》《出奔》等小说和散文《达夫散文集》。与鲁迅合编过《奔流》。抗日战争时,在香港、南洋群岛一带从事抗日宣传活动。新加坡沦陷后,流亡苏门答腊。1945年9月被日本宪兵杀害。

诗一首

醉眼蒙眬上酒楼,　彷徨呐喊两悠悠。[1]
群盲竭尽蚍蜉力,[2] 不废江河万古流。[3]

过岳坟有感时事[4]

北地小儿耽逸乐,　南朝天子爱风流。[5]
权臣自欲成和议,　金房何尝要汴州。[6]
屠狗犹拼弦上命,　将军偏惜镜中头。[7]
饶他关外童男女,　立马吴山志竟酬。[8]

1932年10月16日杭州

满江红
——闽子山戚继光祠题壁用岳武穆韵[9]

三百年来,
我华夏威风久歇。[10]
有几个如公成就,
丰功伟烈。
拔剑光寒倭寇胆,
拨云手指天心月。
到于今,
遗饼纪征东,
民怀切。[11]

会稽耻,
终当雪。[12]
楚三户,
教秦灭。
愿英灵永保,
金瓯无缺。[13]
台畔班师酣醉石,
亭边思子悲啼血。[14]
向长空洒泪酬千杯,
蓬莱阙。[15]

1937年作

无 题

一

草木风声势未安， 孤舟惶恐再经滩。[16]
地名末旦埋踪易， 楫指中流转道难。[17]
天意似将颁大任， 微躯何厌忍饥寒？[18]
长歌《正气》重来读， 我比前贤路已宽。[19]

二

赘秦原不为身谋， 揽辔犹思定十州。[20]
谁信风流张敞笔， 曾鸣悲愤谢翱楼。[21]
弯弓有待山南虎， 拔剑宁惭带上钩。[22]
何日西施随范蠡， 五湖烟水洗恩仇。[23]

1943年秋于苏门答腊

1- 这首诗是为了反对有人攻击鲁迅而作。《呐喊》《彷徨》是鲁迅的两本小说集，是五四运动以来新文学史上的丰碑，除了敌人对它们恶毒攻击外，创造社中的同志，一度也曾错误地对它们进行攻击，郁达夫同志因此写了这首诗。悠悠：状遥远，即可以长久传下去。
2- 蚍蜉（pí fú皮浮）：大蚂蚁。韩愈《调张籍》："蚍蜉撼大树，可笑不自量。"
3- 不废江河万古流：本于杜甫《戏为六绝句》，此指《呐喊》《彷徨》可以永远传下去。
4- 岳坟：岳飞的坟，在杭州。这是借岳坟来感慨时事。1931年"九一八"日本发动侵略我国东北的战争，1932年"一·二八"又在上海发动侵略战争。这首诗有感于国难严重而作。
5- 北地两句：指"九一八"前夕，国民党反动派的统治者不论在南方或北方，都是追求享乐，不关心国家的危难。小儿：本于祢衡说的"大儿孔文举（孔融），小儿杨德祖（杨修）"，这里指统治者的无知。爱风流：本于南唐歌女王感化的一句诗,指统治者的荒淫。
6- 权臣:指南宋的奸臣秦桧。他迎合宋高宗的意旨,竭力主张向金国屈辱求和,杀了力主抗战的名将岳飞。汴州:北宋的京城,在今河南开封。金兵攻进汴京,灭了北宋。岳飞向河南进军,在朱仙镇打了大胜仗,正要收复汴京,秦桧用十二道金牌逼迫岳飞退兵,一定要把汴京送给金国。这里讽刺蒋介石不抵抗,一定要把东北送给日本帝国主义。
7- 屠狗:战国时荆轲的朋友有杀狗的。另一朋友高渐离会击筑(一种弦乐器)。荆轲应燕国太子丹之请刺秦王不中,被杀。秦王灭燕,兼并天下,自称秦始皇。后来高渐离应召为秦始皇击筑,他借弹奏之机用筑打秦始皇不中,也被杀。这两句说,像高渐离那样的普通人,还要拼命为燕国报仇,可是国民党的一些将军却爱惜头颅不肯对日作战。
8- 吴山:杭州市内的一座山。本在关外的金主亮想南侵占领杭州,要"立马吴山第一峰"。这两句说,要是国民党反动派走屈辱投降路线,那么关外的日军真的要达到"立马吴山"的愿望了,即中国要给反动派断送了。
9- 闽子山:在福州,上有戚继光祠。戚继光是明朝抗击倭寇的名将。郁达夫的这首词就刻在戚继光祠前的石上,借纪念戚继光来表达他抗战爱国的激情。
10- 华夏:古代汉族的自称,这里指中国。
11- 遗饼:民间的光饼,即中间有一孔的饼,可以用绳穿起,挂在身上作粮食用的。
12- 会稽:山名,在浙江绍兴东南。越王勾践被吴王夫差打败,退守会稽山,向夫差屈辱求和。他卧薪尝胆,重新积聚力量,终于打败夫差,报仇雪耻。
13- 楚三户,教秦灭:秦国灭了楚国,楚国有"楚虽三户,亡秦必楚"的话。金瓯:金属小盂。《南史·朱异传》:"我国家犹若金瓯,无一伤缺。"这里指要报仇雪耻,收复失地。
14- 台畔二句:在戚继光祠附近有他胜利回来醉卧的石头,有他悼念儿子的思子亭。
15- 蓬莱阙:即蓬莱宫,指仙人所住的宫殿。这里可能借指山上名胜处。
16- 草木风声:东晋时苻坚在淝水战败,听见风声鹤唳,便以为敌军近至;见草木皆类人形,惊恐万状。惶恐:滩名。文天祥诗:"惶恐滩头说惶恐。"这两句:指新加坡被日本帝国主义侵占,作者又转往苏门答腊,在小船里经过险滩。
17- 末旦:苏门答腊的小地方,可以隐藏起来。楫指中流:东晋祖逖渡长江,中流击楫,发誓要恢复中原。这句指在流亡中想转道回国从事抗战很难办到。
18- 颁大任:把重大责任交给他。本于《孟子·告子下》:"故天将降大任于斯人也，必先苦其心志，劳其筋骨，饿其体肤。"

19- 《正气》:文天祥在狱中作了《正气歌》。这里说比文天祥的被虏下狱要好得多。

20- 赘秦:秦国人家贫子壮，就到女家去做女婿。赘（zhuì坠），招女婿。指郁达夫在苏门答腊隐姓埋名，做了女婿。揽辔:后汉范滂登车拉马缰绳有澄清天下之志。这里指还想回国抗战立功。十州:泛指中国的沦陷区。李贺诗:"男儿何不带吴钩，收取关山五十州。"十州就从"五十州"来的。下文的"钩"就从"吴钩"来的。

21- 风流:指汉朝张敞替妻子画眉事。谢翱:南宋谢翱听说文天祥不屈被杀，登西台哭祭，作《西台恸哭记》。这里作者指自己曾以创作文学作品的笔，为了忧国而写出爱国的悲歌。

22- 弯弓句:晋朝周处曾射杀南山虎，为民除害。钩:吴钩，是吴国的宝刀。后句指剑并不比著名的吴钩差。

23- 何日两句:这是说想回国杀敌。相传范蠡帮助越王勾践打败夫差，报仇雪耻以后，带了西施到五湖烟水中去隐居。这里表达对抗战胜利的向往。五湖有各种说法，一指太湖。

鲁特夫拉·木塔里甫[1]（六首）

鲁特夫拉·木塔里甫（1922—1945）：维吾尔族人。生于新疆伊犁尼勒克县。1939年到乌鲁木齐求学，1941—1943年在新疆日报社工作，受到共产党的影响，大量创作革命诗歌。1943年秋被国民党反动当局调到阿克苏报社，但仍继续进行革命活动。1945年参与组织反对国民党的"火星同盟"，并准备组织农民武装起义，不幸被捕，于1945年9月牺牲。遗著有《黎·穆特里夫诗选》。

我这青春的花朵就会开放

假使我们能够不断地、英勇地斗争再斗争，
那时我青春的花朵就会开放。
假使我们敢于顽强地背叛陈旧的人生，
那时我青春的花朵就会开放。

假使帝国主义从地球上绝了根，
一切被压迫者从生活里看到远大前程，
大踏步地向着幸福的未来迈进，
那时我青春的花朵就会开放。

假使我们被压迫者同甘共苦，
坚实地向崭新的路上大胆迈步，
让我们稳固地奠定下平等的基础，
那时我青春的花朵就会开放。

假使贫困受难者不再受苦,
再也不说:"啊! 多么闷气哟!"
当他们失望的时候得到同情与互助,
那时我青春的花朵就会开放。

假使文化—科学洋溢在祖国,
被压迫者求知的欲望像浪涛般沸腾,
假使在叛逆者的路上冲破封锁,
那时我青春的花朵就会开放。

假使每个地方都听到工厂的汽笛声,
火车在铁路上奔驰呜呜长鸣,
假使飞机在空中隆隆飞行,
那时我青春的花朵就会开放。

假使英雄的青年们能挺胸而出,
对每一件事都能英勇机警,
假使从阴暗的角落里能放出光明,
那时我青春的花朵就会开放。

假使成群的知识分子能担当起任务,
在艰难的环境中能埋头吃苦,
心里永远盘算为人民的事业而奋斗,
那时我青春的花朵就会开放。

假使把野心的民族主义者从根铲除，
我们敢于为真理挺胸而出，
假使能成为一个解放中国的能手，
那时我青春的花朵就会开放。

假使每一件事都是为了人民的利益，
掌握建设技术，不向困难低头，
在发展的道路上不怕牺牲自己，
那时我青春的花朵就会开放。

木塔里甫，你大胆说出真理的话，
勇敢地堵挡住敌人的道路，
为真理而强烈地高呼"乌拉"，
那时我青春的花朵就会开放。

1938年4月

战斗的中国妇女

"狗报主恩，女人却是累赘。"——
这是痉挛的、黑暗岁月里的一位"贤哲"的谬言！
如今我们把那"头发长、见识短"，
如乱麻似的往年，
早已抛弃在背后，
甩在遥远的一边。

假如用你的智慧瞄准以往岁月的胸膛,
再刺入你的知识—科学的宝剑;
假如你把一根细毛劈成四十半,
你会清晰地看出
以千百万祸害交成的奥秘的画面。

我们的岁月是战斗的,我们都是战斗员,
我们,男的和女的,
都已学会了怎样战斗。
由于那以往的那狭窄的路抛弃在后面,
因此我们要向前进军,
在我们的面前已经开拓了无尽的大路。

1939年3月

当突破黑夜,留下足迹的时候

岁月艰苦……希望却依然光明……
路程迢迢,无终无尽。
遍地是敌人的罗网,
到处是敌人的陷阱……

前面是河流……前面是渡口,
前面是曲折……阴险的道路。
前面是钢铁般胜利的岁月,
前面全是行动,全是战斗。

尽管那里浪涛起伏澎湃,
不断地向陡削的山崖击敲。
你依然站在那战斗的前哨,
坚守着你那战斗的坑道。

这里是暴风……那里是严寒,
阴惨的黑云遮满天空。
你在那里生长壮大的故乡,
洪水巨流已决口泛滥。

那些被摧毁的断壁残墙,
那些坟冢般堆起的废墟,
曾是你生长壮大的地方,
是你用血汗开拓养育的土地。

记住吧,这座村庄,
就是你的祖先和儿孙们的家乡。
那些旷野、花园、巍峨的群山,
如同你难舍的亲人一样。

那些翠绿的森林,对你是何等亲切,
那些深长的山涧,对你是何等坦率,
甚至是每个生灵,每个月夜……
都是你的忠实的伴侣。

那皎洁的明月，灿烂的繁星——
点点闪烁的银光，对你何等体贴。
广阔的田野，无穷的山脉……
都和你有着深厚的感情。

在那遮不住风雨的破屋里，
住着的是你心爱的妈妈。
在那险峻高大的山地，
奔走的是你游击队里的爸爸。

为你运送饮食和弹药的，
是你那六岁的小弟弟。
为你缝补军衣、做鞋的，
是你那七岁的小妹妹。

这就是他们踏过的钢铁的足迹，
它永远不会磨灭，不会消逝。
这就是他们燃起的火炬，
它将永不熄灭，日益旺炽……

那些融和着鲜血的泪水，
永远发光，不会消褪。
那些血的泪，红的血，
将会反射出太阳般的光辉。

若说年是卷,月就是它的页,

星期便是它的行,日子是标点。

用你的战斗来创造战斗的年月,

你赋给日子以力量,战斗的青年!

1942年,乌鲁木齐

我决不……

任凭黑暗的势力压得我驼背弯腰,

任凭魔爪掐住了我的咽喉;

但是,我决不屈服——决不!

决不用哀求的声音要求还给我——

  属于我的——

   一生只有一次的——生命;

决不伸出颤抖的双手向偶像求饶。

我憎恨那些把头埋在敌人脚下的懦夫,

我憎恨那些把光明送给黑暗的叛徒,

我憎恨那些跪拜在偶像面前哭泣的人……

我要揭发——

  那独裁者龌龊的灵魂,

  那鲜血淋漓的屠刀,

  那绞杀真理和幸福的绳索……

敌人砍去了我的头颅——人民会还给我,

敌人砍倒了革命的旗帜——人民会将它重

  新撑起,

敌人将我推向倒塌的死亡的大门,
敌人把我的头悬挂高竿——去告诫人民……
但是,我决不屈服——决不!
我要用我整个的精神歌唱,
我要用我纯洁的心拨响琴弦,
我要用我的血化成复仇的巨流,
冲垮敌人的宫廷,
冲垮魔王摇摇欲坠的宝座,
冲!
　　　冲!
　　　　　冲!

1943年

给岁月的答复

时间太匆忙,一点也不肯停留,
岁月便是时间的最快脚步。
畅流的水,破晓的黎明依然清晰,
疾驰的岁月却是窃取寿命的小偷:
窃取后,头也不回地
一个追着一个,匆忙逃走。
在青春的花园里听不到黄莺拍翅,
树叶枯萎凋零,树枝变成秃头。
青春是人们最美妙的季节,
然而它又是何等短暂。

当你撕去日历上的一页,
便会预感到青春的花朵凋落了一瓣。
岁月之风在飘舞,落叶掩盖了大地,
落了叶的树显得格外可怜……格外悲凄。
岁月,那么慷慨地给姑娘们带来了皱纹,
给男子们带来了满腮的胡须。
但是,不能咒骂岁月,
让它流过去吧,这是它必然的规律。
人们不会放松时间,
把戈壁变成绿洲的还是人们的双手。
岁月的胸襟辽阔,机会无穷,
山一般重大的事还是在岁月里耸立。
你瞧,昨夜还那么幼小的婴儿,
啊,今天他就会站起来走路了!
战斗的人们追随着战斗的岁月,
一定会留下他战斗的子孙;
昨晚为幸福而牺牲的烈士墓上,
明天一定会布满悼念他的花丛。
尽管岁月给我带来了胡须,
但我会在岁月的怀抱里锻炼自己。
在我面前败走的每个岁月里,
早已铭刻了我的创作——不朽的诗篇。
在斗争激烈的时候,我决不会衰老,
我的诗,像天空的繁星在我面前闪耀。
我时时不会忘记,坚忍—果敢就是胜利,

在战斗重重的陡坡上,死亡对我是何等渺小,
我要跟射手们牵起手来,
在前进的道路上紧紧地跟随旗手,
在战斗的疆场上始终不显出疲惫;
我要走遍一切走向胜利的道路。
岁月,你别得意地擂胸狂笑,
在你面前我宁肯断头,绝不受你凌辱。
你别为了催我衰老而过分地枉费心机;
我会把我的儿子许给最后的决斗。
岁月之海,尽管你的浪涛那样汹涌起伏,
我们的舰队一定会突破你的浪头。
尽管你以飞快的速度想恫吓我们,
但是,创造必定会使你衰老——
这就是我们对你的答复。

1943年,乌鲁木齐

幻想的追求 [2]

我不能痴望,朋友,我要追求远大的理想,
我决不能放下为斗争而举起的臂膀。
坚毅的园丁不会使花儿萎谢凋零,
让花园不合时宜地荒凉。

我的幻想宛如一个纯真的婴儿,
不时地为吮吸慈母的双乳而在神往。

我凝视着天空沉浸在甜蜜的想象里,
以思维底眼睛瞧见了那光亮的一方。

当恋人掀起明亮的窗帘期待在窗前,
她心上的人怎能不在酣睡里辗转?
当爱情的烈火燃烧起我的心胸,
我怎能不写富有幻想的抑郁的抒情诗篇?

由于我听过祖母讲述给我的童话,
因此我向来就是一个富有幻想的抑郁的青年。
我既然是情海最深处的波浪,
那渺小的池沼怎能制止我的渴望?

1945年,阿克苏

1- 过去译为黎·穆特里夫,是不够确切的,现根据维吾尔文重新作了校正,应称为:鲁特夫拉·木塔里甫。
2- 1943年,国民党反动派为陷害作者,把他从乌鲁木齐《新疆日报》调到阿克苏《新疆日报》去工作,不久就逮捕入狱。当时敌人逼他写悔过书,改变革命立场,但是作者始终不屈,拒绝了敌人的要求。出狱以后,他以"卡依那木—乌尔克西"(即波浪之意)为笔名,继续进行创作。这首诗就是当时写的,是对敌人的又一次宣战。

王麓水(一首)

王麓水(1913—1945):江西萍乡人。1927年参加中国共产主义青年团,1932年加入中国共产党。原是萍乡煤矿工人,后参加工农红军,历任战士、班长、连长、团长兼政委,参加长征。1940年参加开辟鲁南抗日根据地,历任八路军团政治处副主任、团政委、支队和旅的政治部主任、旅政委、师长兼政委、军区政委等职。1945年12月13日,在山东滕县战斗中英勇牺牲。遗体后迁葬临沂烈士公墓。董必武同志给他的墓碑题词:

身是萍乡一雇工,参加革命显英雄。
鲁南解放开新局,痛惜滕郊未竟功。

挽李大钊烈士联[1]

社会历史原空白,
你一笔,
我一笔,
写到悠长无纪极。[2]

壮士烈士皆鲜红,
这几点,
那几点,
造成全球大光明。

1927年春

1- 王麓水同志在萍乡南溪高小读书时,在追悼李大钊烈士的会上朗诵并写成这首挽联。
2- 无纪极:无限,无穷尽。

叶 挺（二首）

叶挺（1896—1946）：字希夷，广东惠阳人。保定军官学校毕业。1924年加入中国共产党，不久去苏联学习，1925年回国后任国民革命军第四军独立团团长。1926年北伐战争中，在湖北汀泗桥和贺胜桥两次战役中，一举击溃军阀吴佩孚主力，被称为"北伐名将"，所部称为"铁军"。1927年参与领导八一南昌起义，12月又参与领导广州起义，失败后出国，失掉党的联系。抗日战争爆发后，回国任新四军军长，坚持华中敌后抗战。1941年国民党反动派发动皖南事变，负伤被捕，1946年3月获释，又加入中国共产党。4月8日，由重庆返延安途中，因飞机失事在山西兴县黑茶山遇难。

过黄山[1]

层峰直上三千丈，　雾里美人云里山。
悬崖勒马往前看，　出峡蛟龙几时还？

题壁诗[2]

富贵不能淫，　威武不能屈。
正气压邪气，　不变应万变。
坐牢三个月，　胜读十年书！

1- 这首诗是皖南事变前叶挺同志率新四军由泾县茂林北撤，途中经过安徽黄山时，与钱俊瑞同志共同题咏的。前两句指远看黄山，后两句写坚信抗战必胜，我们一定要回来。这首诗最初刊于1949年11月18日的《苏北周刊》上。

2- 这首诗是1941年初，题在上饶李村集中营的墙上的。开头两句本于《孟子·滕文公下》："富贵不能淫，贫贱不能移，威武不能屈，此之谓大丈夫！"

黄齐生（三首）

黄齐生（1878—1946）：贵州安顺人。著名的老教育家。参加过辛亥革命。1921年与王若飞同志同赴法国勤工俭学，回国后从事教育事业。1945年赴延安。1946年3月代表延安各界赴渝慰问"较场口事件"被殴民主人士。同年4月8日返延，途中因飞机失事遇难。

诗二首[1]

一

投身工厂学劳工，　要识劳资两阵容。
阶级森森成壁垒，　怎教世界不相攻。

二

巴黎奢侈足繁华，　酒绿灯红耀眼花。
一盏葡萄一滴血，　由来先觉已兴嗟。

答钱老[2]

自顾偏陂鄙陋姿，　怯如小草望金枝。[3]
忆从戊戌维新后，　种下共和革命思。[4]
入死出生无尽险，　翻云覆雨百千奇。
皇天到底不终复，　惭愧群英呼我师。[5]

1- 这两首诗是黄齐生同志赴法勤工俭学时作的。
2- 这首诗是黄齐生同志六十七寿辰对答钱来苏同志所作。钱来苏（1884—1968），名拯，字太微，原籍浙江杭县人。1943年在延安，任陕甘宁边区政府参议。1947年加入中国共产党。
3- 偏陬（zōu邹）: 偏僻地区。作者是贵州人，故谦称自己如小草生在偏僻地区。金枝: 金枝玉叶，对钱老的尊称。
4- 戊戌维新: 光绪二十四年戊戌（1898）四月，德宗下诏变法维新，采用康有为建议，颁布各种变法命令。八月，慈禧太后再出掌权，把德宗幽禁起来，于是维新失败。共和革命: 孙中山领导的辛亥（1911）革命，推翻清朝，建立民国。共和，民主政体。
5- 皇天句: 指帝制不能复辟，如袁世凯称帝、张勋复辟先后失败。

李公朴（一首）

李公朴（1900—1946）：江苏扬州人，生于镇江。1936年参加全国各界救国联合会，被推为负责人之一，同沈钧儒、邹韬奋等一起被捕，抗战开始后获释。1945年任中国民主同盟中央委员，积极参加爱国民主斗争。1946年7月11日在昆明被国民党特务暗杀。

要救国，要赶早，
国亡后，更难了。
华北抗战已爆发，
救亡雪耻在今朝。
和平不是靠哀求，
和平后面要有炮。

闻一多(四首)

闻一多(1899—1946):本名家骅,湖北浠水人。曾在青岛大学、清华大学等校任教。抗日战争期间,任昆明西南联合大学教授。1943年后,参加反对独裁、争取民主的斗争。抗战结束后,反对国民党发动反人民的内战。曾任中国民主同盟中央委员。1946年7月15日在昆明被国民党特务暗杀。

一句话[1]

有一句话说出就是祸,
有一句话能点得着火。
别看五千年没有说破,
你猜得透火山的缄默?
说不定是突然着了魔,
突然青天里一个霹雳,
　　爆一声:
"咱们的中国!"

这话叫我今天怎么说?
你不信铁树开花也可,
那么有一句话你听着:
等火山忍不住了缄默,
不要发抖,伸舌头,顿脚,
等到青天里一个霹雳,

爆一声:
"咱们的中国!"

发　现[2]

我来了,我喊一声,迸着血泪,
"这不是我的中华,不对,不对!"
我来了,因为我听见你叫我;
鞭着时间的罡风,擎一把火,[3]
我来了,不知道是一场空喜。
我会见的是噩梦,哪里是你?
那是恐怖,是噩梦挂着悬崖。
那不是你,那不是我的心爱!
我追问青天,逼迫八面的风,
我问,(拳头擂着大地的赤胸,)
总问不出消息;我哭着叫你,
呕出一颗心来——在我心里!

1926年

静　夜

这灯光,这灯光漂白了的四壁;
这贤良的桌椅,朋友似的亲密;
这古书的纸香一阵阵地袭来;
要好的茶杯贞女一般的洁白;

受哺的小儿接呷在母亲怀里,
鼾声报道我大儿康健的消息……
这神秘的静夜,这浑圆的和平,
我喉咙里颤动着感谢的歌声。
但是歌声马上又变成了诅咒,
静夜!我不能,不能受你的贿赂。
谁希罕你这墙内尺方的和平!
我的世界还有更辽阔的边境。
这四墙既隔不断战争的喧嚣,
你有什么方法禁止我的心跳?
最好是让这口里塞满了泥沙,
如其它只会唱着个人的休戚!
最好是让这头颅给田鼠掘洞,
让这一团血肉也去喂着尸虫。
如果只是为了一杯酒,一本诗,
静夜里钟摆摇来的一片闲适,
就听不见了你们四邻的呻吟,
看不见寡妇孤儿抖颤的身影,
战壕里的痉挛,疯人咬着病榻,
和各种惨剧在生活的磨子下。
幸福,我如今不能受你的私贿,
我的世界不在这尺方的墙内。
听!又是一阵炮声,死神的咆哮,
静夜!你如何能禁止我的心跳?

1927年

死 水[4]

这是一沟绝望的死水,清风吹不起半点漪沦。[5]
不如多扔些破铜烂铁,爽性泼你的剩菜残羹。

也许铜的要绿成翡翠,铁罐上锈出几瓣桃花;
再让油腻织一层罗绮,霉菌给他蒸出些云霞。

让死水酵成一沟绿酒,漂满了珍珠似的白沫;
小珠们笑声变成大珠,又被偷酒的花蚊咬破。

那么一沟绝望的死水,也就夸得上几分鲜明。
如果青蛙耐不住寂寞,又算死水叫出了歌声。

这是一沟绝望的死水,这里断不是美的所在。
不如让给丑恶来开垦,看他造出个什么世界。

1- 一句话:指诗内的"咱们的中国"这句话,即人民的中国的意思。路易十四说"朕即国家",在封建社会里是皇帝的中国,到了民国是军阀或资产阶级的中国,都不是人民的中国。在"咱们的中国"这句话里含有人民革命推倒三座大山的意思。
2- 这首诗是反映作者对革命的渴慕。
3- 罡(gāng冈)风:极强烈的风。
4- 这首诗的题目《死水》,也是闻一多同志第一部诗集《死水》的名字。这首诗又选入他的《现代诗抄》里,是作者的代表作。它是对旧社会的肮脏的暴露。
5- 漪沦:指微波。

罗世文（八首）

罗世文（1904—1946）：学名瑟夫，四川威远人。1923年参加中国社会主义青年团，1925年加入中国共产党。曾赴莫斯科东方劳动大学学习。1929年回川，1933年任中共四川省委书记。长征后，任陕北红军大学和抗日军政大学教授、八路军成都办事处主任、《新华日报》成都分社社长。1940年3月在成都被国民党反动派非法逮捕。1946年10月18日在重庆"中美特种技术合作所"被害。

为《爝光》停刊

一

勒令淫威下，《爝光》得永生。[1]
燎原燃野火，草木自春荣。[2]

二

苛政猛于虎，先行誓死争。[3]
疾风知劲草，抱璞守忠贞。[4]

三

落帽秋风易，牺牲革命常。[5]
前茅如海塔，后启允鹰扬。[6]

1925年7月

别汉入蜀 [7]

一

金陵铸鼎梦难圆，　　赵构君臣走蜀川。[8]
龙虎苍茫留国耻，　　龟蛇黯淡失汤坚。[9]
企图掮盗输缙策，　　忍作焚萁蒿里篇。[10]
豚犬诸郎难了事，　　终朝坐食误坤乾。[11]

二

秋风夏口望渝蓉，　　百难蚕丛寓意浓。[12]
劫后余生仇禹贡，　　瞻前乐死反尧封。[13]
阎公首义披荆棘，　　楚女横流布阵容。[14]
此去西南偿夙愿，　　开来继往为工农。[15]

1937年秋

访阎公故居

紫燕归来识旧巢，　　门楣禁锁泪双抛。[16]
平生磊落仁心底，　　廿载师承刎颈交。[17]
陋巷春寒伤挂剑，　　红旗日暖喜腾蛟。[18]
他年战士黄龙饮，　　慷慨悲歌悼楚茅。[19]

1938年春

别渝留念

一

渝州酷暑话沧桑， 百难埙篪斗志昂。[20]
共勉终身无小我， 虚心暧暧内含光。[21]

二

从来壮烈不贪生， 许党为民万事轻。
百战身经尝考验， 廿年冰蘗励忠贞。[22]

1938年秋

1- 勒令句：国民党反动派命令革命刊物《爝光》停刊。爝光象征革命的火把的光芒。永生：不朽的意思，《爝光》虽被迫停刊，但革命的光芒是永不熄灭的。

2- 燎原燃野火：言《爝光》像"星星之火，可以燎原"，是扑灭不了的。白居易《草》："野火烧不尽，春风吹又生。"《爝光》又像草树那样，到春天自然蓬勃生长。

3- 苛政猛于虎：《礼记·檀弓》里讲，有个妇人在坟上哭得很悲哀，因为她的公公、丈夫、儿子都被老虎吃了。孔子问她为什么不离开这里，她说这里没有苛政。孔子说："苛政比老虎更可怕。"先行：走在前面的，指革命者。

4- 疾风知劲草：暴风吹不倒强劲的草，比喻暴力压不倒革命者。原句见《后汉书·王霸传》。抱璞：楚国人卞和抱着璞玉，献给楚王。璞是蕴藏着玉的石头。这句指怀抱着革命的忠贞。

5- 落帽：《晋书·孟嘉传》说，孟嘉在阴历九月九日登龙山，帽子被风吹落。这里借风吹落帽的容易，来比喻革命者的牺牲是很平常的。

6- 前茅：犹先锋。春秋时楚国用茅草做旗，在军队前面先行。海塔：海上的灯塔。这里指革命先锋像灯塔。后启：后来开展革命者。允：确实。鹰扬：像鹰的飞腾，见《诗经·大明》。这句指开展革命者确实英勇。

7- 第二次国共合作期间，十八集团军办事处由南京搬迁到武汉，不久又准备由汉迁渝。1937年秋，罗世文同志先行到渝，办理筹迁工作。《别汉入蜀》二首作于汉渝途中。

8- 金陵:南京。铸鼎:夏禹铸九鼎。梦难圆:梦想难以实现。赵构:即南宋高宗,他抛弃了中原,逃到杭州建都,成了小朝廷。走蜀川:逃到四川。这两句指国民党南京政府梦想像夏禹铸鼎那样用暴力统一中国,而面对日本帝国主义的入侵,却像赵构的偏安一隅那样,逃入四川。

9- 龙虎:龙盘虎踞,指南京形势的雄壮。苍茫:迷茫,指不分明。龟蛇:汉阳的龟山和武昌的蛇山夹江相对,指武汉。汤坚:像金城汤池那样坚固。这两句指国民党逃离南京,留下国耻,接着武汉沦陷,又失去坚强的堡垒。

10- 揖盗:开门揖盗,迎接敌人进来。输缯:宋朝把金帛送给辽,又送给金来求和。焚萁:三国魏曹丕逼弟曹植七步成诗,曹植作诗:"煮豆燃豆萁,豆在釜中泣。"蒿里:送丧的歌。这两句指南京政府对敌人想屈辱投降,对革命人民则进行迫害。

11- 豚犬:曹操称刘表父子像豚犬,见《三国志·孙权传注》。豚,小猪。坤乾:即乾坤,天地,国家。这两句指南京政府中的官僚无能,只会坐食,耽误国事。

12- 夏口:汉口。渝:重庆。蓉:成都。蚕丛:指四川,见李白《蜀道难》"蚕丛及鱼凫,开国何茫然"。这两句指在秋风中,从武汉远望重庆、成都,在国难深重时,感到去四川开展革命工作大有可为。

13- 禹贡:《尚书》中的一篇,是我国最早的地理著作,这里指中国疆域。尧封:唐尧时的封疆。这两句指革命者虽遭种种劫难,但仍舍生忘死地为反对侵略者、保卫祖国领土完整而奋斗。

14- 闇(àn岸)公:杨闇公(1898—1927),四川潼南人,早年参加反袁世凯斗争。1925年加入中国共产党,任中共重庆地区委员会书记,领导革命。1927年"三·三一"惨案后被捕,在重庆遭杀害。楚女:萧楚女,见本书萧楚女诗注。这两句指杨闇公开始在四川披荆斩棘,领导革命,萧楚女部署革命阵容,阻止沧海横流。荆棘指困难。横流指逆流。

15- 夙愿:素有的愿望。开来继往:继承过去的革命工作,开展未来的革命工作。

16- 紫燕:燕子的毛紫黑色。这两句指只有燕子来认旧巢,人已进不去了。

17- 磊(lěi累)落:心地正大光明。师承:效法继承。刎颈交:可以为对方牺牲的友谊。战国时赵国廉颇同蔺相如结成刎颈交。这两句指杨闇公一生光明正大,抱着救世的仁心,是作者二十年来效法继承的革命同志。

18- 挂剑:春秋时,吴公子季札出使北方,路过徐国,徐君喜欢季札的剑,季札因出使要用,不好送给他。出使回来,徐君已死,就把剑挂在徐君坟树上,表示生死不变的友谊。这两句指作者在杨闇公故居因怀念生死不变的友谊而悲伤,又因想到革命形势的蓬勃发展而高兴。

19- 黄龙：府名，金国旧都。岳飞对将士说："直捣黄龙府，与诸君痛饮。"楚茅：见本诗注6，指先烈。这两句指将来抗战胜利后，当慷慨悲歌来悼念先烈。
20- 沧桑：沧海变成桑田，指时世的变化。埙篪（xūn chí勋池）：土制和竹制的乐器。《诗经·何人斯》："伯氏吹埙，仲氏吹篪。"指兄弟协调。这两句指在重庆讲到抗战形势的变化，要求在国难深重中，国共合作，发扬斗志。
21- 小我：为个人打算。暧暧：光芒内敛，表谦虚。这句指内心光明而谦虚。
22- 冰蘖（bò柏）：冰寒蘖苦，比喻极艰苦的环境。蘖，黄蘖，乔木名。树皮入药，味苦。

杜斌丞(一首)

杜斌丞(1888—1947):陕西米脂人。1917年毕业于北京高等师范学校。1918年任陕北榆林中学校长。1936年西安事变前后,曾任国民党第十七路军杨虎城部总参议和陕西省政府秘书长。抗日战争期间,先后在成都、重庆、昆明、西安等地,积极参加爱国民主运动。抗战胜利后,任中国民主同盟中央常务委员兼西北总支部主任委员。1947年在西安被国民党反动派杀害。

牢中慰问同难王菊人同志[1]

国家正多难,　南冠到此城。[2]
望门思张俭,　慷慨感侯生。[3]
我志非石转,　君心比月明。[4]
衷怀诚怛怛,　自足慰吾情。[5]

1- 1947年3月,胡宗南侵占延安后,逮捕了杜斌丞。这首诗是他送给难友王菊人同志的。
2- 南冠:指被拘留。春秋时,楚国人钟仪被晋国拘留,他戴着南冠,即楚国的帽子,后因称被拘留为南冠,亦称楚囚。
3- 张俭:东汉人,做东部督邮(地方长官手下的属员)。他弹劾太监侯览违法,侯览诬告他结党,下令逮捕。他逃走时,望见人家的门就去投奔,人家尽力掩护他。这句提到张俭,是说人家曾经掩护过自己。侯生:侯嬴,战国时魏国人。当时秦国围攻赵国都城邯郸,侯嬴向公子信陵君献计,偷取兵符,夺取大将晋鄙的兵权,打退秦兵,救援赵国。信陵君出发时,侯嬴年老不能同去,并为了避免事泄,就自杀灭口来送行。这句是表示:要感谢慷慨掩护自己的同志。
4- 非石:《诗经·柏舟》:"我心匪(非)石,不可转也。"这里是说,我的革命志愿不会像石头那样转动,即宁愿为革命牺牲而决不动摇。
5- 怛怛(dá dá 达):当作"坦坦",内心光明坦然。

钱 毅（六首）

钱毅（1925—1947）：安徽芜湖人。1941年在上海地下党帮助下赴解放区，加入新四军一师一旅服务团。1943年调东海大队，担任文化政治工作。1944年任盐城《大众报》编辑。1945年任副主编。1946年任华中文协大众文艺委员会委员。1947年调任新华社盐城分社、盐城日报社特派记者。同年深入蒋占区采访，遭敌人俘虏，次日英勇就义。

墙头诗

一

解放区欢天喜地， 大后方乌烟瘴气，
要把解放区的欢喜， 带到全中国各地。

二

解放区人民逢人就笑， 敌伪区人民眼泪滔滔，
大后方人民伸不直腰， 请看！哪个地方好？

三

蚂蚁不敢碰热锅， 恶狼不敢靠猛虎。
人民武装扩千万， 反动派只好把脚跺。

四

当了伪军臭煞， 当了顽军咒煞。
子弟加入人民军， 祖宗万代荣耀煞！

五

流血流汗三千日， 百年苦水才吐得。
伸腰日子要长久， 端起钢枪防民贼!

六

一人栽树，
万人遮荫；
新四军流血，
为的是百姓。
劳军! 劳军!
祝部队把敌伪灭干净!

续范亭(三首)

续范亭(1893—1947):山西崞县西社村(今划归定襄县)人。早年参加中国同盟会,辛亥革命时,任革命军山西远征队队长。历任国民军第三军第六混成旅旅长及国民联军军事政治学校校长等职。1935年因痛恨国民党政府卖国投降政策,在南京中山陵剖腹自杀以示抗议,遇救未死。西安事变后,回山西任第二战区保安司令等职。1939年后,在抗日根据地历任山西新军抗日决死队总指挥、晋绥军区副司令员、晋绥边区行署主任、中国人民解放区人民代表会议筹备委员会副主任委员等职。1947年9月在山西临县病逝。中共中央追认为正式党员。续范亭同志的诗作很多,中国青年出版社编的《十老诗选》中收有他的遗诗二十五首。

哭 陵[1]

谒陵我心悲,　哭陵我无泪。
瞻拜总理陵,　寸寸肝肠碎。
战死无将军,　可耻此为最。
靦颜事仇敌,　瓦全安足贵![2]

1935年

绝命诗[3]

灭却虚荣气,　斩删儿女情。
涤除尘垢洁,　为世作牺牲。

1935年

诗一首

烈士英雄西子宫， 山川草木并昆虫。

西湖拜别从军去， 征讨将军逐犬戎。[4]

1- 1935年，日本帝国主义侵占东北后进一步窥伺华北。续范亭同志到南京去呼吁抗日，看到蒋政府屈辱卖国，极度悲愤，在中山陵前痛哭。孙中山是国民党的总理，所以称总理陵。
2- 靦颜：犹丢脸。瓦全：犹在屈辱中苟且求全，与"玉碎"相对。
3- 续范亭同志在哭陵后作《绝命诗》二首，就在中山陵前剖腹自杀。他在《我的自杀》里说："我深信我这一刀，是能够影响到希特勒和日本帝国主义的，并且连中国汉奸之类也给他点疼痛。"他要使日本帝国主义看到中国的爱国志士是愿意为国牺牲的，使汉奸感到惭愧，使人民奋起救国。他的自杀，一时震动全国，激起人民的爱国激情。
4- 1936年续范亭同志在杭州，这首诗当是那时作的。当时他听说绥东抗战开始，又遇杨虎城将军趁来杭州之便邀他赴西北共谋抗日之策，便毅然决定北返参加抗战，跟着抗战的将士去赶走日本帝国主义侵略军。犬戎：周朝的少数民族之一，曾经侵占周朝的京都。

卢志英（四首）

卢志英（1905—1948）：又名卢涛，山东昌邑人。1925年参加中国共产党。1926年后曾在甘肃、北京、南京、江西、贵州等地从事革命工作。1940年任苏北联合抗日部队副司令兼参谋长。抗战胜利后，在上海负责沪宁杭沿线的情报工作。1947年因叛徒出卖在上海被捕，1948年12月在南京雨花台壮烈牺牲。

无 题

弟兄们死了，被人割了头；
被敌人穿透了胸！
活着的弟兄，要纪念他们，
他们作了斗争的牺牲！
世界上惟有为解脱奴隶的命运，
才是伟大的斗争。
惟有作了自己弟兄们的先锋，
才是铁的英雄！
才是伟大的牺牲！
弟兄们，忍耐着艰苦！
弟兄们，忍耐着创痛！
不忍耐没有成功，
不流血怎能解脱奴隶命运！
在地狱的人们，不会有天降的光明！
只有不断地忍耐，不断地斗争。
饥寒交迫的弟兄们……

七绝三首

一

不期被难又同室，　倾吐衷肠两相知；
闻君伉俪已就义，　常留肝胆照青史。[1]

二

铁镣银铐恨倍添，　狱卒狰狞肆凶残；
伤心最是囚婴泣，　凄凄切切震心弦。

三

一统江山扰攘遍，　满朝文武裙带连；[2]
签呈恳请辞旧岁，　等因奉此过新年。[3]

1- 伉俪：夫妻。下文的"囚婴"，即指这对夫妻的孩子。肝胆：指革命精神。照青史：照耀在历史上。古代没有纸时，用竹简来写历史，称青史。
2- 扰攘：混乱。裙带：指亲戚关系。
3- 签呈二句：指旧官僚的文牍主义。签，在公文上签字。呈，送交上级。恳请，向上级请求。等因奉此，旧式公文上叙述事由后的习惯用语。

宋学芬（一首）

宋学芬（1920?—1949）：号至平，又名岳平，湖南湘阴人。抗战初在贵州遵义浙江大学中文系学习，并加入中国共产党。曾在贵阳、重庆等地从事地下工作。1946年至1947年，在重庆办《生路》刊物，该刊被封，又办《活路》。后又在贵阳主编党报《真实》。1949年夏，在贵阳永初中学任教时被捕，于阴历八月十三日半夜，被敌人秘密杀害于贵阳郊外。

感　事[1]

轰隆平地一声雷，　指日偕亡亦快哉！[2]
亚陆风云终变色，　中原萁豆实堪哀。[3]
廿年征战将军老，　百姓其苏我后来。[4]
且待苍生霖雨遍，　与君重话劫余灰。[5]

1945年冬

1- 1945年抗战胜利后，国民党反动派积极准备内战。当时重庆流传一首乩仙诗："不测风云霹雳飞，扶桑落日见降旗。鸿门宴后干戈动，又是中原逐鹿时。"这首诗是说日本投降、国共和谈后，打内战是历史的必然。实际是有人编来替国民党反动派推卸发动反革命反人民内战的罪行。迷信乩仙的人，对此深为忧虑。宋学芬同志因此写了这首诗，对他们进行革命宣传。
2- 平地一声雷：指1945年8月14日日本正式宣布无条件投降。指日偕亡：本于《书经·汤誓》："时（这）日曷丧，予及汝皆亡！"这个太阳什么时候灭亡，我跟你一起灭亡！这里是说，听到日本帝国主义投降的消息时，全国人民欢欣鼓舞。
3- 萁豆：参见林正良烈士诗注5。
4- 百姓其苏我后来：百姓解放了，我们的解放军来了。这话本于《书经·仲虺之诰》："徯予后，后来其苏。"等待我们的君王，君王来了我们的困累得到休息了。后,指君王。苏,指困累后得到休息。
5- 苍生:老百姓。霖雨:大旱中的甘雨。本于《书经·说命》:"若岁大旱,用汝作霖雨。"劫灰:经过劫火后烧剩的灰,佛家认为世界曾经经过劫火。这两句是说,等到全国人民得到解放时,与你再谈斗争胜利后的事。

杨虎城(三首)

杨虎城(1892—1949):陕西蒲城人,曾参加辛亥革命,1917年任陕西靖国军第五路军司令,1924年任国民革命军第三军第三师师长。1927年参加国民革命军,1929年任国民革命军第十七路军总指挥,1935年任陕西绥靖公署主任。1936年12月在中国共产党抗日民族统一战线政策的影响下,和张学良一起发动西安事变,扣留了蒋介石,后经中国共产党派周恩来同志去西安调停,迫使蒋介石接受停止内战、一致抗日的主张。西安事变解决后,被蒋逼令离军出国。抗日战争爆发后回国,为蒋长期监禁。1949年9月6日惨遭杀害。

诗三首[1]

一

西北山高水又长, 男儿岂能老故乡。
黄河后浪推前浪, 跳上浪头干一场。

二

西北大风起, 东南战血多。[2]
风吹铁马动, 还我旧山河。[3]

三

大陆沉沉睡已久, 群兽无忌环球走。[4]
骨髅垒垒高太华, 红潮湃澎掩牛斗。[5]

1- 这三首诗系杨虎城将军在反袁战争和大革命时期所作,表达了他对列强入侵、军阀割据的不满,对民不聊生、尸骨枕藉的同情,提出了"还我山河"的爱国呼吁。
2- 西北大风起:1915年12月,袁世凯准备称帝。25日,蔡锷等在云南起义。次年5月9日,陕西独立,大风或指此。东南战血多:指北洋军阀的战争,如孙传芳与卢永祥的江浙战争。
3- 铁马:挂在檐下的铁片,风吹时撞击发声。双关铁骑,指要起兵推翻军阀,恢复孙中山领导创立的民国。岳飞题有"还我河山"四字。
4- 大陆:指中国。群兽:指帝国主义列强。
5- 太华:华山。红潮:指当时国民革命的洪流。牛斗:二十八宿中的二宿。掩牛斗,极言革命洪流的高涨。

何雪松(二首)

何雪松(？—1949)：四川高县人。1947年8月因组织武装起义,在重庆被捕。在狱中积极为党工作,多次与敌特斗争。1949年重庆解放前夕,在"中美特种技术合作所"渣滓洞大屠杀时,何雪松同志冲向敌人枪口,高呼口号,英勇就义。中华人民共和国成立后追认为中共正式党员。

海 燕(节录)[1]

你——
暴风雨中的海燕,
迎接着黎明前的黑暗。
飞翔吧!
战斗吧!
你——
骄傲的海燕!

迎接胜利[2]

乌云遮不住太阳,
冰雪锁不住春天,
铁牢——
关住了战士的身子,
关不住要解放的心愿。

不怕你豺狼遍野,

荆棘满山,

怎比得,

真理的火流,

革命的烈焰。

看破晓的红光,

销铄了云层,

解放的歌声,

响亮在人间。

用什么来迎接我们的胜利?

用我们不屈的意志,

坚贞的信念!

1- 这首诗是歌颂被囚禁在渣滓洞中的江竹筠烈士的。原来是一首长诗,这里是节录。
2- 这首诗作于1948年中华人民共和国成立前夕。

蔡梦慰（三首）

蔡梦慰（1924—1949）：四川遂宁人。新闻记者，诗人。1948年4月被捕，囚于重庆"中美特种技术合作所"渣滓洞集中营。他在狱中，用竹签当笔，钻木取火，烧几团破棉絮，得黑灰调水当墨汁，写下了著名的《黑牢诗篇》。1949年重庆解放前夕牺牲。

献给母亲[1]
——第二十五度生日

妈呀，你在哪里？
我听得见你在悲叹，
你在呼唤我的乳名，
  千遍
  万遍……
不管隔了多少重山，
  多少年代……
也不管是什么力量，
长远地使我们分开，
而把暮年的寂寞，
留作你惟一的陪伴。
像幼鸟翱翔天际，
  飞向太阳……
像雨点滴入江河，

奔向大海……
你的孩子呀,
属于了他的伙伴,
属于一个众人的理想。

每一粒种子,
都孕育着一个独立的生命,
从剪断脐带的那一刻起,
地下的婴儿,
便已属于他自己。
老一代的爱,
老一代的希望,
被年青人当作羁绊来丢开。

一个时代的毁灭,
一个时代的诞生,
要付出多少母亲的眼泪,
要经过多少母亲的熬煎。
妈,你从泪光中可曾看见,
新的人群呀,
已从桎梏中解放出来,
用劳力耕耘自己底世界,
那里面有你底孩子,
也有你底自己。

牢门要被打开的,

镣铐一定要被砸碎,

囚徒们将奔涌出来,

　　　重新呼吸自由的空气,

　　　重新享受和煦的日光。

他们将张开

　　　还未瘫软的双臂,

热情地拥抱世界呵,

热情地拥抱他底母亲!

春风里摇摆的新枝,

阳光中闪耀的绿叶,

它们与泥里的老根一同枯荣,

妈呀,

我们两个生命,

原来是紧紧地

　　　相依,

　　　　相偎……

连系在两颗心间的纽带呀,

牢牢地谁能割断!

1949年9月

悼屈原[2]

我们追忆
  一团烈火的熄灭
  一瞥闪电的消逝
是哪一个
在临死的时刻
才叹息着说:
  活了一辈子
  还没有让生命的光亮放射

我们仰望
  峭壁飞瀑的倾泻
  奇峰峻岭的挺逸
是哪一个
在临死的时刻
才叹息着说:
  活了一辈子
  还没有让热情的涌泉流畅

我们向往
  有一种昆虫的死亡
  一次斗争便是一生
是哪一个
在临死的时刻

才叹息着说:
　　　活了一辈子
　　　还没有懂得爱和憎恨

谁让生命发霉
谁让热情变成臭水
谁？佝偻着[3]
活在这个世上
当我们悼念着古代的屈原
——这一颗人类灵魂的太阳
他的光芒呀
照彻了几个世纪
使多少为真理斗争的勇士
在战场上得到鼓励
在黑牢里感到慰藉

1949年端午

祭[4]

安息吧，烈士，
请接受这最高的敬礼！
我们不能到坟头来举行奠仪，
甚至于还不知道
你们是否还有一块墓地？
在敌人的监禁中，

我们只有用沉默来包藏着哀痛；
而把你们的碑石呀，
深深地建立在我们的心里。

一年了呵，
你们的尸骨该已化黄土！
而你们英勇的身影，
却活活地显现在革命的火光中，
像一面大旗，
感召着后继者不息地战斗，
感召着我们二百多个人，
在敌人的面前永远不屈。

安息吧，烈士，
请接受这最高的敬礼！
用什么文词呀，
刻在你们的碑石上，
才能显示你们的忠贞？
把金子扔在粪坑里！
把红顶花翎用脚踢开！[5]
你们站在利禄的诱惑前，
像一座巍峨的山，
连敌人的头也低低地垂了下来！

烙铁烧焦了胸脯和背，

竹签子钻进每一根指头……
你们熬受着毒刑,
保障了千百个同志的安全。
像铁锤击落在炽热的钢上,
迸射出意志的火星!
敌人愈残酷呀,
愈显出你们的坚毅。

安息吧,烈士,
请接受这最高的敬礼!
当其你们的面前只有两条独路,
你们毫无踌躇,
　　　从容地走上刑场,
　　　像去赴一个神圣的约会。
在断头台上,
你们先宣判了敌人的命运,
用震撼地球的声音向全世界播告:
——中国革命胜利!
——中国人民能够胜利!

一年了呵,
胜利的花朵,
在战士们的血泊中蓬勃开放!
你们被害的去年今日,
大半个中国还在罪恶的统治下;

今年今日呀,

人民的军队已经渡过大江,

扫荡着敌人的败兵残将;

不会等到明年的今天,

解放的红旗呀,

将飘扬在中国的每一寸土地,

 飘扬在你们的墓头,

 飘扬在这黑牢的门口!

无数代享受幸福的人民,

将从不朽的烈士碑上,

读出那代表光荣与庄严的名字:

——中国共产党员许建业,

——中国共产党员李大荣。

1949年7月21日

1- 这首诗是作者在"第二十五度生日"写的。诗中把对母亲的热爱和对革命的爱交融在一起,表达了作者革命集体主义的激情。
2- 这首诗写于1949年旧历端午节,借纪念战国时代屈原,表达了革命英雄主义的情怀。
3- 佝偻(gōu lóu勾娄):弯腰驼背。
4- 这首诗是为悼念许建业、李大荣二烈士牺牲一周年写的。诗中的许建业烈士,四川邻水县人。1938年8月加入中国共产党,曾任中共重庆市委委员、工运书记。1948年4月被国民党反动派逮捕。1948年7月21日壮烈牺牲。诗中的李大荣烈士,中国共产党党员,被国民党反动派非法逮捕,囚于重庆"中美合作所",1949年牺牲。
5- 红顶花翎:清朝大官头戴红顶花翎冠,表示官阶等级。比喻敌人诱以高官厚禄。

宋绮云(一首)

宋绮云(1904—1949):江苏邳县人。1926年入黄埔分校(中央军事政治学校)学习,在学习期间加入中国共产党。1928年4月,回邳县开辟新区,成立中共邳县县委,任县委书记。1929年在杨虎城部任《宛南日报》主编。1930年随杨虎城部进驻陕西,任《西北文化日报》社社长、地下党西北特别支部委员。1938年任河北临时政府政治处副处长兼组织科长,负责和八路军总部联络工作。1939年回杨虎城旧部第四集团军任少将参议。1941年9月在回家探亲时被捕,押在"中美特种技术合作所"白公馆监狱内。1949年重庆解放前夕被秘密杀害。

歌一首[1]

青山葱葱,

绿水泱泱,

今日之别,

敢云忧伤?

日之升矣!

其将痛饮于东山之上!!

1947年3月1日

1- 这首歌是在1947年3月送梅含章出狱时作的。梅含章,国民党将领,因不满蒋介石的独裁统治,被关在白公馆监狱,与宋绮云同志同监,在宋的帮助下,为党做了一些工作。梅含章出狱时,宋写了一首长诗送他。这首歌是写在《送含章同学赴金陵序》文末。

许晓轩(一首)

许晓轩(1916—1949):江苏无锡人。1938年加入中国共产党。曾在重庆《新华日报》工作,担任过《青年生活》主编、中共川东特委青委宣传部长。1940年被捕,被囚在重庆"中美特种技术合作所"白公馆集中营内,1949年11月27日被国民党反动派杀害。

除夕有感[1]

不悲身世不思乡, 百结愁成铁石肠。
止水生涯无节日, 强颜欢笑满歌场。[2]
追寻旧事伤亡友, 向往新生梦北疆。[3]
慰罢愁人情未已, 低徊哦诵"惯于"章。[4]

1- 这首诗是在狱中除夕夜里作的,写在一封家信里。
2- 止水:指狱中生活像死水一样不能活动。
3- 北疆:指革命圣地延安。
4- "惯于"章:鲁迅哀悼柔石等五位烈士惨遭杀害作的诗,首句"惯于长夜过春时"。

黎又霖（四首）

黎又霖（1895—1949）：贵州黔西人。在北京大学学习时，积极投入五四反帝爱国运动。1927年参加北伐战争，加入中国共产党，长期以民主党派身份在国民党军政界为党进行统战工作。抗战时期，以重庆聚康银行专员身份，从事军运和营救难友等革命活动。1949年8月被捕，关押在重庆"中美特种技术合作所"白公馆。1949年11月27日重庆解放前夕被敌人杀害。

狱中诗

一

斜风细雨又黄昏，　危楼枯坐待天明。
溪声日夜咽墙壁，　似为何人数不平。[1]

二

祸国殃民势莫当，　三分天下二分亡。[2]
狱中自古多豪俊，　留待他年话仇肠。

三

卖国殃民恨独夫，　一椎不中未全输。[3]
银铛频向窗前望，　几日红军到古渝？！[4]

四

革命何须问死生，　将身许国倍光荣。
今朝我辈成仁去，　顷刻黄泉又结盟。

1- 咽：呜咽，声音低沉悲哀。牢狱的墙外有泉水声，像在呜咽悲鸣，为革命者鸣不平。
2- 三分句：指全国大部分地区已经解放，国民党的反动统治快要灭亡。《论语·泰伯》："三分天下有其二。"
3- 独夫：暴君，指蒋介石。一椎：秦始皇出巡时，路过博浪沙（在今河南新乡），张良请大力士用铁椎击秦始皇，没有击中。这里指黎又霖同志的地下工作虽然遭到破坏，但整个革命事业还是胜利了。
4- 银铛：锁链。这里指被监禁入狱，戴上手铐脚镣。古渝：重庆是古代的渝州，今简称渝。

余祖胜(三首)

余祖胜(1926—1949):曾用笔名苍扉,江西湖口人。中国共产党党员。十三岁即入重庆二十一兵工厂做童工。1948年被捕,囚于重庆"中美特种技术合作所"渣滓洞集中营。1949年重庆解放前夕牺牲。

阴暗的角落

我走进了一条阴暗而潮湿的巷子里,
衰老的墙脚两边生了一层绿苔,
没有都市的喧闹声;
人们把这冷寂的巷子遗忘。

墙脚下好像有个什么东西,
远远地很难看得清楚。
黄昏带来了灯光,
渐渐能使我辨认他的面目。

他抬起了头默默地看了我一下,
从胸前伸出一只手来,
我知道他是一个小乞丐,
他没有控诉,
他那流着的眼泪替他说得太多。

我停止了脚步,想给他一点钱,
但衣袋里除两张草纸外什么都没有,
我惭愧地望着他滴着眼泪,
最后他向我点点头默默地走了。

1946年11月6日

我的家

上眼皮和下眼皮在交战,
昏昏倒在床上;
竹笆床吱吱在叫,
一床破被好香甜。

风,从屋缝里钻了进来,
春寒冷透了我的心。
不知何时下起雨来,
明天,又得光着脚板走路。

妈妈对着潮湿的柴火发愁,
小妹妹在灶前把眼揉;
好容易借来半升米,
时过九点未下肚。

阴沟里臭水在翻泡泡,
从耗子洞涌进屋来了;

破脸盆浮在水上打转,

我的家,就是一座水牢啊!

1947年2月2日放工后

火焰献词

火焰! 火焰!

燃烧着热情的火焰!

你辉煌万丈的光芒,

照遍了大地阴暗的角落。

你强烈的火焰燃烧着魔鬼,

温暖着我们每个战斗的心。

为着真理……

……

我们要唤醒沉醉的人们。

你美丽鲜明的火焰,

使多少人倾羡着你!

只有顽固的自私者,

想用残酷不人道来毁灭你!

多少青年狂恋着你,

呵! 你的爱赐给大众,

是那么的普通,

像天宇的太阳一样。

在黑暗里你指示正确的路,
他们举起了坚实的手臂,
向你致敬;
呵! 投进你的怀抱!

周从化（两行）

周从化（1895—1949）：四川新繁人。曾任刘湘二十一军团长、参谋处长，抗日战争期间任国民党第七战区长官司令部及川康绥靖公署参谋处长，第二十三集团军总司令部参谋长，1948年任四十四军参谋长、川北团管区司令等职。1949年春加入中国国民党革命委员会，联络川军反对蒋介石。同年8月在成都被捕，1949年在重庆"中美特种技术合作所"牺牲。

五言诗[1]

失败膏黄土，[2]
成功济苍生。

1- 这一联五言诗是烈士在重庆"中美特种技术合作所"白公馆监狱三号牢房墙上刻的，表达了作者的进步思想和革命决心。
2- 膏：作动词用，"肥"的意思。

古承铄（三首）

古承铄（1920—1949）：四川南川人。中国共产党党员，诗人和音乐家，写过很多反对蒋介石反动统治的歌曲，在群众中流传甚广。1948年5月被捕，囚于重庆"中美特种技术合作所"，1949年重庆解放前夕牺牲。

磨房的瘦马[1]

狗儿汪汪叫，

主人哈哈笑，

猫儿咪咪叫，

主妇嘻嘻笑。

狗儿猫儿都得意，

天天讨好逗强暴。

最苦的是那磨房的瘦马，

吃不饱来住不好。

两眼蒙块布，

嘴上笼个套，

成天劳苦又饥寒，

连喘气、呻吟、呼喊，

也被主人剥夺了！

也被主人剥夺了！

去年过了今年到

去年过了今年到,
今年来了真热闹,
红红绿绿到处有,
印出"关金"发大钞。[2]
物价听见喜洋洋,
一跳跳到八丈高;
涨风从此满天下,
大钞魔力如虎豹!

苦的苦来乐的乐,
哭的哭来笑的笑!
投机老板喜洋洋,
囤积了货物想翻梢。[3]
公教人员老百姓,
都在一边大嚎啕,
苦工做了一个月,
一件布衣买不到!

追 求

有人追求黄金,
我追求良心;
有人追求女人,

我追求爱情——[4]

种下瓜儿便生瓜,

种下民主开遍自由花;

种出爱情爱天下,

天下人民也爱他。

1947年于重庆

1- 这首诗写蒋介石为了维持摇摇欲坠的法西斯统治,豢养着大批特务、打手和走狗,这些家伙狗仗人势,横行无忌;而千百万劳动人民却像磨房中的瘦马,过着饥寒交迫的日子。
2- 关金:国民党政府发行的一种专用支付手段,全称"海关金单位兑换券",简称关金,后作为纸币投入流通,严重贬值。钞:纸币名,金代有交钞,亦称钞引,分大钞、小钞。现在称纸币为钞票,本此。这句讽刺蒋介石滥发纸币,搜刮民财,苟延残喘。
3- 翻梢:四川方言,这里指可以大发横财。
4- 爱情:这里指热爱祖国、热爱劳动人民的感情。